Belva Plain

Signature majeure de la littérature féminine mondiale, disparue en 2010, Belva Plain est l'auteur de nombreux best-sellers, tous parus chez Belfond, parmi lesquels figurent *Tous les fleuves vont à la mer* (2005), *Les trésors de la vie* (2006), *Le collier de Jérusalem* (2007), *La splendeur des orages* (2008), *Les Werner* (2009) et *Là où les chemins nous mènent*, son dernier roman, publié en 2010.

LÀ OÙ LES CHEMINS NOUS MÈNENT

DU MÊME AUTEUR
CHEZ POCKET

TOUS LES FLEUVES VONT À LA MER
LES FARRELL
LES CÈDRES DE BEAU-JARDIN
LE COLLIER DE JÉRUSALEM
À L'AUBE L'ESPOIR SE LÈVE AUSSI
ET SOUDAIN LE SILENCE
PROMESSE
À FORCE D'OUBLI
LES DIAMANTS DE L'HIVER
LE SECRET MAGNIFIQUE
LES MIRAGES DU DESTIN
COMME UN FEU SECRET
LA TENTATION DE L'OUBLI
LE PLUS BEAU DES MENSONGES
LES SAISONS DU BONHEUR
LES TRÉSORS DE LA VIE
LA SPLENDEUR DES ORAGES
LES WERNER
LÀ OÙ LES CHEMINS NOUS MÈNENT

BELVA PLAIN

LÀ OÙ LES CHEMINS NOUS MÈNENT

*Traduit de l'américain
par Michel Ganstel*

Belfond

Titre original :
CROSSROADS
publié par Delacorte Press, New York

Ce livre est une œuvre de fiction. Les noms, les personnages, les lieux et les événements sont le fruit de l'imagination de l'auteur ou utilisés fictivement. Toute ressemblance avec des personnes réelles, vivantes ou mortes, des événements ou des lieux serait pure coïncidence.

Le Code de la propriété intellectuelle n'autorisant, aux termes de l'article L. 122-5, 2° et 3° a), d'une part, que les « copies ou reproductions strictement réservées à l'usage privé du copiste et non destinées à une utilisation collective » et, d'autre part, que les analyses et les courtes citations dans un but d'exemple et d'illustration, « toute représentation ou reproduction intégrale ou partielle faite sans le consentement de l'auteur ou de ses ayants droit ou ayants cause est illicite » (art. L. 122-4).
Cette représentation ou reproduction, par quelque procédé que ce soit, constituerait donc une contrefaçon, sanctionnée par les articles L. 335-2 et suivants du Code de la propriété intellectuelle.

© 2008, Bar-Nan Créations, Inc. Tous droits réservés.

Et pour la traduction française
© 2010, Belfond, un département de place des éditeurs

ISBN 978-2-266-20809-3

RENCONTRES

Envier est le propre de la nature humaine.

HÉRODOTE

1

Si le plafond de nuages gris ne s'était pas déchiré en lâchant des trombes d'eau, Jewel Fairchild aurait volontiers regagné la gare à pied, en longeant les arbres et les haies verdoyantes qui bordaient la route. Quelle n'était pas sa stupéfaction de découvrir tant de silence et de sérénité aussi près des rues bruyantes et encombrées de la ville où elle vivait et travaillait ! Mais la journée entière n'avait-elle pas eu de quoi la stupéfier ?

En faisant sa promenade à cheval ce matin-là, Cassandra Wright, P-DG et unique actionnaire des Verreries Wright, s'était blessé la jambe contre un piquet de clôture. En conséquence, elle devait rester quelques jours à la maison, événement inouï dans l'entreprise où son principe sacro-saint « le travail avant tout » était légendaire. Le plus clair de la journée, Mme Wright, qui continuait à tout diriger de chez elle, l'avait passé au téléphone avec son efficace secrétaire. Quand on s'était aperçu dans l'après-midi qu'un important document requérait la signature de la patronne, Jewel Fairchild, réceptionniste, avait été chargée par son chef de service de porter le document à la résidence de Mme Wright pour le lui remettre en main propre. Dans le cas présent, le qualificatif de « résidence » était tellement inadapté à la grandeur et à la beauté quasi féerique de la demeure apparue devant Jewel que c'en était presque risible.

Bien sûr, Mme Wright et sa famille n'auraient pas pu vivre dans un taudis, mais Jewel n'avait jamais rien vu d'aussi magnifique. Confortablement assise sur son siège, à côté du jardinier des Wright qui la reconduisait en ville, elle revivait chaque instant des quelques dernières heures afin de les graver à jamais dans sa mémoire.

Il y avait d'abord eu le trajet en train depuis Wrightstown, la ville dynamique baptisée du nom de la verrerie qui lui donnait sa raison d'être. Il allait sans dire que Cassandra Wright n'habitait pas près de son travail mais résidait à la campagne, où l'air était pur et les nuits paisibles. Un embranchement de la voie ferrée aboutissait à une petite gare qui desservait les environs. Jewel avait quitté la gare à pied – il ne pleuvait pas encore – et, au bout d'un petit quart d'heure, avait vu se dessiner une imposante maison blanche que la grisaille du jour rendait plus étincelante.

À l'intérieur aussi, tout scintillait. Une femme de chambre avait ouvert la porte et fait entrer Jewel dans le vestibule, où la brève vision de meubles luisants, de soie, de verreries et de photos dans des cadres d'argent l'avait aussitôt frappée. Au plafond, un lustre de cristal répandait une lumière chatoyante ; sur un mur, face au majestueux escalier, était accroché un grand tableau d'un peintre au nom français. La femme de chambre en avait dit le nom en passant, mais Jewel était trop captivée par un tel étalage de splendeur pour le retenir.

La femme de chambre l'avait entraînée dans une

enfilade de couloirs et de pièces – beaucoup trop nombreuses pour l'usage d'une seule famille, aurait-on pu penser. Une horloge tintait comme de la musique – un précieux trésor, cette horloge, avait précisé la femme de chambre. Mais Jewel en arrivait à se dire que le terme de « trésor » pouvait s'appliquer à tout ce que contenait la maison.

D'abord trop émerveillée pour faire plus qu'écarquiller les yeux, elle ressentit peu à peu le besoin de toucher ce qu'elle voyait. En suivant la femme de chambre à travers les salons, elle éprouvait la douceur moelleuse d'un tapis, elle tâtait le brocart d'un fauteuil. Si elle l'avait pu, Jewel aurait tout... aspiré. Elle aurait fait n'importe quoi pour absorber en elle-même tant de luxe et de beauté afin d'en prendre possession, ne serait-ce qu'une seconde.

Un seul objet paraissait ne pas scintiller dans la maison. En fait, il ne s'agissait pas d'un objet mais d'une jeune fille qui lisait, assise sur un canapé. Le livre, le canapé et la jeune fille se trouvaient dans la bibliothèque, où la femme de chambre avait emmené Jewel.

— Vous pouvez attendre ici, je vais prévenir Mme Wright..., avait-elle commencé avant de se rendre compte que Jewel et elle n'étaient pas seules dans la pièce. Oh, je vous demande pardon de vous déranger, mademoiselle Gwen, je ne vous avais pas vue.

La jeune fille ne parut pas offusquée qu'on ne fasse pas attention à elle.

— Cette personne est une employée de l'entreprise venue porter à madame votre mère un papier à signer, poursuivit la femme de chambre. Je la ferai attendre au petit salon.

— Ça ne fait rien, elle peut rester ici, répondit la jeune fille.

Elle avait une voix douce, un ton mesuré avec un soupçon de ce que Jewel aurait volontiers qualifié de condescendance. Cette fille était donc Gwendolyn Wright, la fille de Cassandra Wright – sa fille adoptive, en réalité. À Wrightstown, le fait que la Reine Cassandra ait adopté une fille faisait d'elle une sorte de célébrité ou, tout au moins, un sujet de curiosité.

Il ne fallut à Jewel qu'une seconde pour la juger. « Mademoiselle Gwen » était terne. Son visage, sans être vraiment laid, était insipide, ses traits quelconques – le genre de visage qu'on voit partout dans les rues et qu'on ne reconnaît pas quand on le revoit. Elle avait des cheveux roux d'une nuance délavée et des yeux vaguement marron, sans plus d'éclat que le reste. Il n'y avait de brillant sur sa personne que le bracelet d'or qu'elle portait à un poignet et la montre en or à l'autre.

Elle leva les yeux vers Jewel, qu'elle salua d'un bref signe de tête.

— Ma mère va arriver d'une minute à l'autre, dit-elle.

Elle hésita, comme si elle voulait ajouter quelque chose, et se ravisa. Deux taches roses apparurent sur ses joues et elle baissa les yeux vers ses mains, qu'elle joignit sur ses genoux. Son regard resta obstinément baissé tandis que le silence durait, malaisé d'abord pour devenir carrément blessant.

Elle ne m'offre même pas un verre d'eau ! pensa Jewel avec indignation. *Je n'ai peut-être pas été élevée dans une grande maison avec des pendules qui sont des trésors et des tableaux peints par des étrangers aux noms imprononçables, mais je sais quand même que ce n'est pas comme ça qu'on doit traiter un visiteur ! Elle ne connaît pas les bonnes manières, ou quoi ?*

Comme si elle avait lu dans les pensées de Jewel, Gwen releva enfin les yeux.

— Asseyez-vous, je vous en prie, dit-elle avec un sourire gêné.

Elle est timide, se dit Jewel. *Timide au point d'en perdre sa langue.* Cette constatation l'étonna. La fille portait sur elle des bijoux qui valaient des centaines, peut-être des milliers de dollars, et elle vivait dans un palais ! Comment pouvait-on être timide dans ces conditions ? Pourtant, les deux taches roses gagnaient maintenant tout le visage ingrat de Gwen Wright et viraient au cramoisi.

C'est donc à moi de nous en sortir, se dit Jewel en arborant son propre sourire, éclatant, chaleureux. Elle avait une bouche superbe, une dentition irréprochable, et savait s'en servir. Son image, vue tous les matins dans le miroir, justifiait son sentiment de supériorité. Contrairement aux mèches ternes et informes de Gwen Wright, sa chevelure était une masse d'ébène soyeuse et ondulante. D'épais cils de velours soulignaient ses grands yeux bleus, presque violets. Elle avait un teint de porcelaine, un nez aussi parfaitement modelé que ses lèvres. Quant à ses formes, eh bien... disons simplement qu'elles n'avaient jamais eu de mal à attirer l'attention des garçons. La beauté de Jewel était un talisman auquel elle faisait appel quand elle voulait se donner confiance. Non qu'elle en ait eu besoin pour nouer une conversation avec ce laideron aussi gauche que muet, qui ne savait que lancer des regards de regret au livre que sa bonne éducation la contraignait à délaisser.

— Qu'est-ce que vous lisez ? demanda Jewel pour briser la glace.

— *Le Petit Prince*, de Saint-Exupéry.

Elle prononçait ce nom avec le même accent nasal que celui de la femme de chambre quand elle avait dit le nom du peintre, auteur du tableau dans le vestibule.

— C'est français, n'est-ce pas ? Vous parlez français ?

Gwen acquiesça d'un hochement de tête. Son mutisme et sa timidité commençaient à agacer Jewel. Elle voulait bien faire l'effort de nourrir la conversation, mais il fallait que « Mademoiselle Gwen » y mette un minimum de bonne volonté. C'était elle, après tout, qui avait tous les privilèges – même celui de parler français ! On aurait dit que c'était à Jewel de tout faire à sa place et que Gwen considérait avoir droit à la sollicitude des autres ! Jewel était prête à parier que ça se passait toujours comme ça.

Alors, miracle des miracles, la muette retrouva sa langue :

— Je vais bientôt aller à Paris, voyez-vous. Il faut donc que je perfectionne mon français. C'est pour cela que je lis du Saint-Exupéry.

Son évident manque d'enthousiasme agaça Jewel encore davantage. *Je ne suis jamais allée nulle part, pas même à Boston ou à New York. Et elle, elle va à Paris comme si c'était une corvée !*

— Je devrais être ravie, je sais, reprit Gwen comme si elle avait encore lu dans ses pensées. Mais j'y vais avec ma mère…

Ah bon, voilà l'explication à son attitude ! Jewel vit passer l'image de la redoutable Mme Wright, qui avait été mariée deux fois mais gardait son nom de jeune fille parce que c'était celui de ses ancêtres et de son entreprise. La Mme Wright dont les moindres ordres à l'usine et au bureau étaient exécutés à la lettre. Des ordres toujours donnés de façon assez aimable, mais auxquels les employés obéissaient en un temps record parce que nul n'aurait jamais osé imaginer ce qui se passerait dans le cas contraire. Mme Wright se montrait d'ailleurs aussi pointilleuse sur la discipline chez elle, comme tout le monde le savait en ville par les bavardages de ses domestiques. Jewel s'efforça d'imaginer ce que pouvait être un voyage avec une femme qui exigeait que son courrier personnel soit trié et présenté sur un plateau sitôt qu'elle franchissait la porte en revenant de son travail. Une femme dont les cadeaux de Noël étaient enveloppés et prêts à être distribués dès le 1er décembre. Une femme dont la seule concession aux décorations des fêtes consistait en une unique guirlande de houx sur la porte d'entrée parce que – ainsi l'avait-elle décrété afin que nul ne l'ignore – en exhiber davantage aurait été vulgaire. Non, Cassandra Wright ne devait pas être un agréable compagnon de voyage. Mais, d'un autre côté, elle offrait à sa fille un voyage de rêve. Qu'elle soit une maniaque de l'ordre et de la ponctualité, la belle affaire ! Jewel en aurait supporté cent fois plus pour avoir une chance de visiter Paris !

— Vous vous amuserez quand même beaucoup, j'en suis sûre. Paris doit être une ville… intéressante.

— Oh oui, répondit Gwen. Ce voyage sera certainement… intéressant.

Pour la première fois, Jewel crut voir s'allumer un éclair ironique dans les ternes yeux marron. Un éclair vite évanoui, car Mme Wright entra dans la pièce à ce moment-là.

Jewel l'avait souvent déjà vue, bien entendu. Tous les matins, en traversant le hall pour aller à son bureau, Cassandra Wright lui lançait un « Bonjour, Jewel ! » par-dessus son épaule. Elle ne semblait jamais pressée quand elle se déplaçait, mais l'on sentait qu'elle ne pensait qu'au but qu'elle s'était fixé. Et malheur à quiconque la retardait ! « Déterminée », voilà ce qu'elle était. Certains lui appliquaient le qualificatif de « royale ».

Royale, elle l'était aussi chez elle, mais avec des nuances. D'abord comme les chiens gambadaient à ses côtés – une colley nommée Missy et un exubérant corniaud répondant au nom de Hank – Mme Wright les fit asseoir et les récompensa de leur docilité par un « Bons chiens ! » prononcé sur un ton câlin que Jewel ne l'aurait jamais crue capable de prendre. Et puis il y avait la manière dont elle était habillée : au bureau, on ne la voyait que dans des tailleurs d'une coupe stricte, toujours à la dernière mode ; chez elle, elle portait une jupe de tweed et un pull gris à col roulé adoucis par l'usage, et qui paraissaient l'adoucir elle aussi. Sa chevelure brune grisonnante était coiffée en un chignon devenu immuable, mais des mèches folles s'en échappaient pour retomber autour de son visage. Si ses hautes pommettes, sa bouche aux lèvres ciselées et le regard pénétrant de ses yeux restaient les mêmes, ils étaient moins intimidants. Cette relative douceur résultait peut-être de la blessure à sa jambe droite et de la légère claudication qui ralentissait ses mouvements, mais sa posture était aussi parfaite que jamais.

Cassandra Wright était le pur produit d'une classe qui restait droite jusqu'à sa dernière heure.

En sa présence, ce fut au tour de Jewel de perdre sa langue, mais, heureusement, personne ne parut s'en apercevoir. Jewel tendit le document à la femme de chambre, qui le remit à Mme Wright afin qu'elle le lise et le signe à sa convenance. Mme Wright remercia Jewel d'avoir bien voulu se déplacer par un temps aussi inclément – comme si Jewel avait eu le choix ! – et la conversation en resta là.

— Il n'est pas question que vous retourniez à la gare à pied sous une pluie pareille, décréta Mme Wright. Si Gwen avait son permis de conduire, elle vous y aurait accompagnée, mais elle ne passera l'examen que dans une huitaine de jours. Incroyable, n'est-ce pas ? Elle retarde cette formalité depuis deux ans. Elle a déjà sa voiture, mais elle ne s'en est pas encore servie.

— Je n'aime pas les voitures, elles sont dangereuses, déclara Gwen. Conduire est une trop lourde responsabilité.

Elle paraissait encore plus éteinte depuis l'entrée de sa mère.

Celle-ci balaya le commentaire d'un geste de la main et se tourna de nouveau vers Jewel.

— Je vais demander à Albert, notre jardinier, de vous raccompagner jusque chez vous. Il est trop tard pour que vous retourniez travailler aujourd'hui. Albert est un très brave homme, nous le connaissons depuis toujours.

2

Albert était certes un brave homme, mais un homme bavard. En moins de cinq minutes de trajet, il avait déjà montré à sa passagère l'écurie où Mme Wright logeait ses chevaux bien-aimés et débité force anecdotes sur ses prouesses équestres quand elle avait vingt ans.

— Vous connaissez bien Mme Wright, commenta Jewel pour dire quelque chose.

— Je travaille pour la famille depuis plus de vingt ans, répondit fièrement Albert. Et si je n'avais pas soixante-dix-huit ans à la fin du mois, je ne serais pas près de prendre ma retraite. Mme Wright, c'est le sel de la terre, moi, je vous le dis.

Il lança un regard à Jewel dans le rétroviseur, comme s'il attendait qu'elle se joigne à ses louanges de la grande dame. Mais Jewel avait l'esprit trop occupé par la belle et vaste maison qui s'estompait derrière eux, et dont la masse immaculée semblait étinceler sous la pluie. Le plaisant sentiment de bien-être qu'elle avait éprouvé à l'intérieur s'émoussait lui aussi, malgré ses efforts pour le raviver.

Lorsque son chef lui avait demandé d'aller porter des documents chez Mme Wright, elle s'était sentie comme une écolière à qui on accorde une récréation inattendue. Et puis elle avait eu un bref aperçu d'un paradis dont elle n'imaginait même pas l'existence. Maintenant, la récréation était finie ; elle était poliment bannie du paradis et retombait dans la réalité. Demain, elle retrouverait son job monotone, elle ferait des sourires à tout le monde et se montrerait aimable afin que nul ne devine à quel point elle haïssait ce rôle indigne d'elle. Voilà tout ce qui l'attendait dans la vie. Et derrière elle, dans la grande maison blanche, il y avait une fille qui se lamentait d'aller à Paris et n'appréciait même pas assez le fait d'avoir une voiture à elle pour se donner le mal de la conduire !

Cette Gwen Wright a sans doute plus d'argent au fond de sa poche que je n'en ai jamais eu sur mon compte en banque. Je parie qu'elle ne sait même pas combien elle a, elle n'a jamais eu besoin de compter. Moi, je sais au sou près combien j'ai, parce que j'y suis bien obligée !

La voix d'Albert la tira de ses réflexions.

— Vous avez vu Hank, le corniaud ? Eh bien, Mme Wright l'a recueilli alors qu'elle avait déjà Missy, sa chienne colley qui gagne toutes les médailles. Mme Wright ne supporte pas de voir souffrir un animal. Ce chien perdu est arrivé un jour à la porte de la cuisine, tout galeux et une patte farcie de plombs – sans doute un fermier du coin qui lui avait tiré dessus. N'importe qui aurait achevé la pauvre bête, mais pas Mme Wright. Elle l'a emmené chez le vétérinaire afin qu'il fasse le nécessaire pour le sauver. Je ne sais plus combien de fois il a fallu l'opérer ! Cela a coûté une fortune, mais, maintenant, le toutou vit dans la maison et a un lit à côté de celui de Missy. Mme Wright ne fait pas la moindre différence dans la manière de traiter ses deux bêtes. Voilà le genre de personne qu'elle est. Un cœur d'or, je vous dis !

Une fois encore, Albert marqua une pause et Jewel comprit qu'il attendait une réaction.

— C'est très bien de sa part, parvint-elle à dire.

Pour Albert, c'était insuffisant.

— Et puis, enchaîna-t-il, regardez comment elle a recueilli Gwen, qui n'était encore qu'un bébé. La pauvre petite était seule au monde.

— C'est le cas de tous les bébés proposés à l'adoption.

— Oui, mais cette pauvre petite…

— Oh, bon sang, de quoi plaignez-vous Gwen Wright ? l'interrompit Jewel, agacée. Avez-vous seulement vu son bracelet ? De l'or massif incrusté de diamants !

— Mme Wright lui en a fait cadeau pour ses dix-huit ans. C'est justement ce que je disais, elle a si bon cœur ! Elle a tant fait pour Gwen, après tout ce que…

Il s'interrompit, comme s'il s'était tout à coup rendu compte qu'il allait en dire trop.

— Tout ce que quoi ? demanda Jewel, dont la curiosité balaya la mauvaise humeur en un clin d'œil.

— Rien, juste que… Mme Wright a bon cœur, voilà tout.

Ce n'était évidemment pas ce qu'il avait été sur le point de dire.

— Elle a bon cœur parce qu'elle voulait un enfant et en a adopté un ? le provoqua Jewel. Cela se passe tous les jours.

— Sauf que Mme Wright ne voulait justement pas ce bébé-là. Elle n'aurait pas pu en vouloir !

Albert avait laissé échapper ces derniers mots, Jewel s'en rendit compte aussitôt.

Il n'était donc pas question qu'elle le laisse se refermer comme une huître.

— De quoi parlez-vous ?

— C'est sans importance.

— Que savez-vous sur Mme Wright et sur Gwen ? insista Jewel.

— Rien... Je ne sais rien en particulier, c'est vrai.

— Mais vous *croyez* savoir quelque chose, n'est-ce pas ?

— La famille Wright ne me fait pas de confidences.

— Vous savez sur elles quelque chose de mal...

— Mais non, rien de mal ! N'en parlons plus.

Le vieil Albert était maintenant fâché. Il y avait donc bien anguille sous roche, Jewel en était sûre.

— D'accord, ne dites rien. Mais je vais poser des questions autour de moi. Dans une ville comme celle-ci, on trouve toujours quelqu'un qui sait quelque chose. Alors, il vaudrait mieux que j'obtienne des informations par vous plutôt que je soulève de la boue au hasard.

Albert dut en conclure que le raisonnement était juste, car il réfléchit quelques secondes avant de déballer ce qu'il savait.

— Mme Wright a eu sa part de problèmes dans la vie. Elle n'a pas toujours eu une existence facile comme tout le monde le croit. Son premier mari est mort dans un accident de voiture...

— Je le savais déjà. Il était à La Nouvelle-Orléans pour inspecter une succursale ou un magasin.

Maintenant qu'Albert avait commencé à vider son sac, Jewel était impatiente d'en savoir davantage.

— Non, ce n'était pas tout à fait ça. En réalité, reprit-il après une pause, l'homme n'était qu'un vaurien. La plupart des gens ne s'en doutaient pas parce qu'il était toujours aimable et sympathique, qu'il siégeait dans beaucoup de comités de bonnes œuvres… Mais ceux d'entre nous qui le connaissaient bien avaient déjà compris.

Il marqua une nouvelle pause. Jewel était sur des charbons ardents. *Il va se décider à parler, oui ou non ?*

— Vous vous rappelez comment il était ? demanda-t-il.

— Non. Je n'avais que quatre ans quand il est mort.

— Il était rouquin, pas vraiment roux mais d'une teinte plutôt terne. Comme Gwen…

Il fallut un moment à Jewel pour saisir le sous-entendu. *Grand Dieu !* pensa-t-elle. *Il serait donc… ?*

— Vous voulez dire que… ?

— Tout ce que je dis, c'est que je ne sais rien de précis. Mais tout le monde dans la maison savait qu'il trompait Mme Wright depuis des années. Le magasin de La Nouvelle-Orléans était une idée à lui. Il s'y accrochait alors que l'endroit perdait de l'argent…

— Bien sûr, s'il avait une maîtresse là-bas ! enchaîna Jewel, surexcitée par cette révélation. Mme Wright savait qu'il la trompait ?

— Elle s'en doutait peut-être, mais je ne crois pas qu'elle serait restée mariée avec lui si elle en avait eu la certitude.

— Elle a donc appris l'existence du bébé après sa mort ?

— Oui, et elle l'a adopté. La fille illégitime de son mari !

— Elle n'en a jamais parlé à personne ?

— Non, juste à Mavis, la nourrice de Gwen, et Mavis me l'a dit sous le sceau du secret. Mme Wright voulait épargner à Gwen l'humiliation de savoir qu'elle était illégitime.

— Plutôt pour se protéger elle-même de la honte ! déclara Jewel.

Elle se délectait d'apprendre que la fière et royale Cassandra Wright avait été forcée de se confier à une domestique et de mentir au monde entier.

— Si elle n'avait voulu que se protéger, rétorqua Albert avec indignation, elle aurait abandonné la petite à son sort, sans personne pour s'occuper d'elle ! Adopter la pauvre orpheline était méritoire et…

— Je sais, je sais, Mme Wright est une sainte ! l'interrompit Jewel, agacée. Est-ce que Gwen est au courant ? Elle sait qui est son père ?

— Bien sûr que non ! Je vous l'ai déjà dit, Mme Wright a toujours voulu protéger Gwen. Surtout, ne répétez pas un mot de tout ce que je vous ai dit. Mavis me l'a confié à moi seul.

— Voyons, Albert ! protesta Jewel en prenant une mine ulcérée. Je ne suis pas du genre à colporter des secrets !

Il parut un peu rassuré – un tout petit peu.

— Je ne voudrais pas causer du tort à Gwen, vous comprenez.

— Bien sûr.

— C'est une bonne fille, voyez-vous. Elle est juste un peu… différente. Oui, c'est ça. Un peu différente.

Différente... Le terme tournoya dans l'esprit de Jewel pendant le reste du trajet. *Oui, Gwen Wright est différente. Différente de moi, en tout cas. Elle a dix-huit ans et j'en ai vingt-deux. Sa mère couchait avec des hommes mariés, la mienne était une honnête femme fidèle à son mari qui a élevé cinq mioches jusqu'à en crever d'épuisement. Et maintenant, la fille de la traînée a tout ce dont une fille peut rêver pendant que je suis obligée de travailler pour vivre péniblement au jour le jour.*

Elle a donc été adoptée dans des conditions plus que douteuses. Et le secret a été bien gardé pour qu'elle ne sache ni d'où elle vient ni qui elle est en réalité. C'est dur – mais pas plus dur que ce que j'ai vécu après la mort de maman et quand, dix-huit mois plus tard, papa a trouvé une autre femme et est parti aussi loin qu'il le pouvait sans tomber dans un océan.

Albert dit de Gwen qu'elle est différente. Ce qu'il veut dire, en fait, c'est qu'elle est spéciale. Privilégiée. Qu'elle n'a pas à affronter la vie comme nous autres. Qui a décidé ça ? Je voudrais bien le savoir !

— Duffy Street. C'est votre adresse, n'est-ce pas ?

Jewel était tellement absorbée dans ses réflexions qu'elle ne s'était pas aperçue que la voiture était déjà en ville.

— Oui, c'est là. Déposez-moi devant le *delicatessen*. J'habite au troisième étage.

— Vous y voilà.

— Merci, Albert. Bonne soirée.

— Euh... Jewel ?

— Bouche cousue, Albert. C'est juré.

— Bon. Eh bien... bonne soirée, Jewel.

3

Après être descendue de la voiture du jardinier, Jewel regarda s'éloigner le dernier vestige de sa visite au paradis. *Te voilà de retour dans ton monde, Jewel. Ton monde dans toute sa gloire. Trois étages d'un escalier branlant et des propriétaires trop radins pour y mettre un éclairage convenable. Ne trébuche surtout pas, tu risquerais de te casser une jambe. Et tu arrives dans ton appartement – deux pièces et une kitchenette, comme on dit, paraît-il. Compare avec ce que tu viens de voir. Les tapis comme du velours, les fleurs dans le vase de cristal sur la table de l'entrée qui ressemblait à de l'acajou – oui, sûrement de l'acajou, si sombre, si luisant… Tu ferais mieux d'arrêter de comparer, ça te rendrait folle. Pourtant, tu ne pourras jamais t'empêcher de penser au palais où vit Gwen Wright, tu ne t'arrêteras d'y penser que le jour de ta mort. Tu y penseras le soir en t'endormant, tu en rêveras pendant la journée. Tu rêveras sans arrêt à cette maison comme les autres filles rêvent de trouver l'amour de leur vie.*

Dans le prétendu salon trônait un fauteuil à bascule, seul meuble neuf que Jewel ait acheté elle-même. Elle s'y assit et ferma les yeux en espérant que le balancement la calmerait. Rien n'y fit. Pas ce soir, en tout cas. Elle rouvrit les yeux, scruta la pénombre autour d'elle. Elle avait été si heureuse de s'installer à Wrightstown, elle était sûre de grimper désormais en haut de l'échelle !

Comme beaucoup de villes de Nouvelle-Angleterre, Wrightstown était bâtie au bord d'une rivière. Fondée avant que les Wright y établissent leur verrerie mondialement réputée – personne ne se souvenait de son nom auparavant –, la ville avait grandi et prospéré grâce à cette verrerie, alors que d'autres dépérissaient. Wrightstown regorgeait d'emplois, et cette manne avait entraîné la création d'affaires et de commerces devenus florissants. La ville comptait maintenant nombre de restaurants, de cinémas ainsi qu'un grand complexe commercial flambant neuf un peu à l'écart du centre. Il y avait des médecins, des avocats, des dentistes, des professeurs, car Wrightstown avait aussi sa propre université. On trouvait même un théâtre servant de cadre aux spectacles en tournée venus de New York, aux concerts de rock ou de musique classique et autres événements culturels. Il y avait des quartiers riches, aux belles maisons étagées sur les coteaux surplombant la vallée ; et des quartiers populaires, aux modestes maisonnettes massées autour des voies ferrées. Les logements bâtis un siècle auparavant pour les ouvriers de la verrerie subsistaient toujours. Certaines de ces zones parmi les plus anciennes, laissées à l'abandon dans les années 1970-1980, étaient maintenant redécouvertes par une population de jeunes diplômés aux portefeuilles bien garnis qui les réhabilitaient à grands frais.

Jewel n'était pas originaire de Wrightstown mais

d'une ville plus petite, en amont, fondée autour d'une usine de textile à l'époque où l'Amérique produisait encore elle-même son fil et ses tissus. Le père de Jewel y était venu de la ferme en faillite où sa famille élevait des vaches laitières. C'était un garçon intelligent, mais amer et révolté parce qu'il aurait voulu faire des études, n'en avait pas les moyens et devait se contenter de travailler de ses mains. Le seul emploi qu'il avait pu trouver dans la ville, déjà déclinante, était celui de menuisier. L'atelier où il travaillait ne fabriquait pas de meubles raffinés avec des bois précieux, qui auraient satisfait ses aspirations, mais des placards grossièrement assemblés, munis de quincaillerie bon marché, pour des cuisines et des salles de bains aussi sinistres que celles de son propre logement. Quand il rentrait chez lui le soir, il sentait le bois, la sueur et la graisse de machine. Jewel ne se rappelait pas l'avoir vu sans sciure dans les cheveux, même le dimanche.

Sa mère n'était pas aussi intelligente que son père, mais elle avait été très belle. C'est d'elle que Jewel tenait ses yeux, sa bouche et sa chevelure superbes. Encore enfant, Jewel avait vu la beauté de sa mère s'évanouir à mesure que les stigmates du stress et des soucis marquaient ses traits, entre les yeux d'abord, puis autour des lèvres pour devenir de profondes crevasses. Jadis radieux, son sourire se transformait en grimace. C'était la constante pénurie d'argent qui l'avait dépouillée de sa jeunesse et de son beau sourire. L'argent faisait toujours toute la différence.

Jewel bougea dans son fauteuil. Une image lui était apparue, une image qu'elle ne voulait pas revoir mais qu'elle ne pouvait pas chasser de son esprit. Ce n'était rien de plus que l'instantané d'un moment fugitif, mais assez marquant, assez puissant pour infléchir le cours d'une vie. Il s'était produit à la fin d'une journée, quand son père revenait du travail, fatigué et de mauvaise humeur comme d'habitude. Maman avait servi le dîner, préparé davantage en fonction des maigres ressources du ménage que de la saveur des plats et du plaisir de les déguster. Jewel avait vu empirer l'humeur de son père et observé la suite. Sa mère avait regardé les enfants assis autour de la table – bien plus de bouches à nourrir qu'ils n'en avaient les moyens – avant de se tourner vers le père. Et Jewel avait lu dans ses yeux un accablement, une résignation désespérée, comme si elle portait sur ses épaules un fardeau si lourd qu'elle était sur le point de succomber sous son poids. Si Jewel était encore trop jeune pour tout savoir des rapports entre les hommes et les femmes, elle avait néanmoins compris ce que ce regard exprimait. La fatigue et la mauvaise humeur du père n'avaient jamais atténué ce que la mère appelait ses… « besoins ». Au contraire, plus l'homme était écrasé de fatigue et d'humeur sombre, plus ses besoins semblaient exigeants – ce qui voulait dire un enfant de plus chaque fois, mais cela ne le dissuadait pas. Sachant comment se passerait la nuit, la mère de Jewel s'avouait vaincue d'avance. La fillette s'était alors hâtée de lui prendre le plat des mains pour servir la purée de pommes de terre – et c'est ainsi que tout avait commencé. Ce soir-là, Jewel était devenue une de ces fillettes pour qui les insouciantes années de jeunesse n'étaient qu'un mythe parce qu'elles assumaient déjà des responsabilités d'adulte.

Et ces responsabilités ne s'étaient pas allégées au fil des ans car, en plus des tâches ménagères habituelles, il y avait toujours dans la petite maison surpeuplée quelqu'un qui exigeait des soins – un bras cassé, une rougeole ou un nez en sang à la suite d'une bagarre entre gamins.

Ce qui restait de cette époque dans la mémoire de Jewel, c'était la laideur sordide de tout : le linge sale empilé n'importe comment avant la lessive, les lits pas faits, la cuisine en désordre où ils prenaient leurs repas dans la bousculade des allées et venues. Tous les habitants de la ville paraissaient avoir plus d'argent que la famille de Jewel. Leurs maisons avaient de jolis rideaux aux fenêtres et les filles portaient de beaux vêtements à l'école. Jewel aurait voulu être bien habillée et soignée de sa personne, mais elle ne l'était jamais. La lessive et le ménage avaient rougi et crevassé ses mains, ses superbes cheveux étaient grossièrement coupés à la maison avec des ciseaux émoussés. Elle n'avait pas le temps d'aller chez le coiffeur, et avait encore moins l'argent pour une manucure ou du vernis à ongles.

Un beau jour, elle avait alors dix-huit ans, Jewel se promenait seule dans la campagne, là où la route serpentait entre les champs de maïs dont les têtes ondulaient sous le vent. Au-dessus d'elle, les nuages qui parsemaient le ciel en rendaient le bleu plus intense. Elle se rappelait avoir entendu à l'école le terme « lapis-lazuli ». Était-ce le même bleu ? Alors, d'un seul coup, elle vit apparaître sous la voûte du ciel l'océan tel qu'elle se l'imaginait, une étendue infinie soulevée par d'énormes vagues. Tout bougeait, tout vivait. Tout, partout, de l'océan aux champs de maïs et aux oiseaux qui sillonnaient le ciel, tout remuait, tout se hâtait vers un but. Quelque part…

Jewel cessa de se balancer et rouvrit les yeux. Elle

n'avait plus dix-huit ans et elle n'allait toujours nulle part. Son existence était vide et elle ne savait pas comment la remplir. Un homme serait peut-être une solution, c'est vrai. Elle en avait rencontré beaucoup de séduisants et qui, surtout, étaient attirés par elle, mais elle n'en avait jamais aimé aucun. Parce que les hommes qui avaient croisé sa route étaient tous dans la même situation qu'elle : ils travaillaient dur sans jamais gagner assez. En aucun cas elle ne voulait risquer de finir comme sa mère.

Elle se leva pour fermer le store. La pluie et le vent malmenaient un arbre rachitique derrière sa fenêtre. Au-delà, il n'y avait rien que la nuit. Elle s'écarta de ce spectacle déprimant et décida d'aller se coucher. Dormir l'aiderait peut-être à chasser de son esprit ces images importunes.

Mais le sommeil fut lent à venir. Trop lent. Jewel se tournait et se retournait dans son lit, rejetait ses draps d'un coup de pied, les ramenait sur elle. Elle n'avait pas souvent d'insomnies, Dieu merci, mais ce soir, malgré ses efforts pour les effacer, les images étaient trop précises et revenaient la hanter. Elle se revoyait dans la grande maison blanche où cette fille sans charme et sans intérêt paraissait elle-même déplacée. Elle était de nouveau en voiture avec Albert qui lui révélait le grand secret de Cassandra Wright – celui si soigneusement dissimulé à Gwen pour son bien ! Pour la protéger comme Jewel ne l'avait jamais été...

Une pensée vint alors se mêler aux images qui s'entrechoquaient dans sa tête. Qu'arriverait-il si Gwen apprenait ce secret ? Jewel s'efforça de chasser la pensée, mais celle-ci s'obstina à revenir. Aussi tenace que les images.

4

Le lendemain de la tempête, le jour se leva clair et d'une radieuse beauté comme c'est souvent le cas à la suite du mauvais temps. Mais ce n'est pas pour cette raison que Gwen, dès son réveil, se sentit incapable de rester à l'intérieur. Sa rencontre avec l'employée de la verrerie l'avait profondément troublée, même si « troublée » n'était pas le terme exact. En fait, Jewel – c'était bien son prénom – avait renvoyé Gwen à une époque et à un endroit qu'elle croyait avoir dépassés pour toujours. Un endroit gris, triste, grouillant d'émotions confuses capables de la submerger si elle n'y prenait pas garde.

En voyant Jewel Fairchild entrer dans la bibliothèque, Gwen avait failli rester bouche bée. *Elle est incroyablement belle*, s'était-elle dit. *Une beauté de fleur tropicale, avec cette peau de porcelaine, ces grands yeux bleus et sa bouche parfaite – j'en vois la couleur naturelle malgré le rouge à lèvres. Ses dents elles-mêmes étincellent quand elle sourit – et quel merveilleux sourire !* Un sentiment l'avait alors traversée, sentiment qui l'avait longtemps tourmentée : l'envie. C'est ainsi qu'elle s'était tout à coup retrouvée des années en arrière, le jour de ses cinq ans.

Gwen commença à s'habiller. Elle ne voulait pas raviver le souvenir de son cinquième anniversaire ; pas aujourd'hui en tout cas. Mais au bout d'un moment elle dut se rendre à l'évidence : c'était plus facile à dire qu'à faire. Sa mémoire fonctionnait de telle manière – peut-être était-ce une malédiction – que des événements survenus longtemps auparavant lui revenaient aussi nets que s'ils s'étaient produits quelques minutes plus tôt. C'était plus particulièrement vrai pour les incidents de sa jeunesse. Ceux de son cinquième anniversaire lui paraissaient résumer tout ce qu'elle avait été, tout ce qu'elle avait ressenti dans son enfance, tous ses doutes, toutes ses frustrations.

Elle savait que la fête serait simple. Elle n'avait invité que ses camarades d'école et Cassandra n'aurait jamais eu le mauvais goût de vouloir faire mieux que les autres – elle jugeait d'ailleurs l'ostentation vulgaire. Il n'y aurait donc ni coûteuses promenades en poney dans le parc, ni clowns ou magiciens engagés à grands frais pour célébrer les cinq ans de Gwen, ce qui lui convenait tout à fait. Elle espérait seulement être la plus jolie du groupe et comptait sur sa robe neuve pour réaliser cet exploit. Depuis son plus jeune âge, elle savait qu'elle n'était pas jolie, mais, à ses yeux d'enfant, la robe paraissait magnifique. Elle l'avait choisie elle-même dans le magasin le plus chic et le plus cher de Wrightstown. C'était d'abord la magie de l'étoffe qui l'avait attirée, un taffetas argenté iridescent qui scintillait sous la lumière en prenant des nuances différentes selon les angles – bleu à un moment, vert à un autre et même

...teinte rouge de temps en temps. La coupe était simple, avec des manches bouffantes tenues aux poignets par des nœuds de velours noir et une encolure échancrée en forme de cœur. Aucune broderie ou dentelle ne distrayait le regard de la beauté de l'étoffe. Gwen avait été séduite sur-le-champ, mais, comme d'habitude, elle ne s'était pas fiée à son instinct et avait timidement montré du doigt la robe à sa mère. À son vif soulagement, Cassandra avait aussitôt approuvé son choix. Elle paraissait même heureuse, pour ne pas dire étonnée, que Gwen ait fait preuve d'aussi bon goût. « Elle est parfaite, lui avait-elle dit. Je te félicite de l'avoir remarquée au milieu de toutes ces robes prétentieuses. »

Très fière d'elle-même, Gwen avait regardé la vendeuse plier la précieuse robe et la mettre dans une belle boîte, qu'elle avait gardée sur ses genoux pendant le trajet du retour en voiture. Le jour de son anniversaire, vêtue de sa robe, elle avait eu la certitude d'être la plus jolie de toutes les autres filles.

Il y a des moments dans la vie où la vision de la manière dont un événement *devrait* se dérouler est si profondément gravée dans notre esprit qu'elle nous empêche de voir ce qui se produit en réalité. C'est la raison pour laquelle Gwen ne s'était pas rendu compte que sa robe magique n'accomplissait pas le miracle espéré. Bien sûr, ses camarades lui en avaient fait compliment – toutes les femmes, qu'elles aient cinq ou cinquante ans, cherchent avant tout à impressionner les autres femmes – et Gwen restait sûre que, au bout d'un moment, elles ne manqueraient pas de redoubler de louanges. En attendant, elle se retrouvait peu à peu repoussée à l'écart du groupe. Et c'est alors qu'elle était presque seule dans un coin de la pièce qu'une retardataire, nommée Carole Anne Jenkins, fit son entrée.

Dès l'âge de cinq ans, les enfants savent lesquels d'entre eux seront les gagnants ou les perdants dans la constante bataille pour l'attention et l'affection de leur entourage. Toutes les condisciples de Gwen savaient que Carole Anne était une gagnante. Non seulement elle avait de grands yeux bleus et de beaux cheveux blonds qui ondulaient naturellement, mais, en plus, elle prenait des leçons de danse et était même apparue sur scène dans une réception du Rotary Club. Les adultes l'adoraient et son charisme la rendait populaire même auprès des filles de son âge.

Ce jour-là, Carole Anne portait une robe de tulle rose. « C'est maman qui l'a faite, avait-elle annoncé fièrement. Et les jupons aussi. » Il y en avait trois, qui remontaient la jupe à la taille comme une cloche, le tout abondamment bordé de ruché et de dentelle. Des petites roses artificielles nouées par des rubans de satin rose étaient nichées dans tous les plis ; le corsage et les manches étaient eux aussi surchargés de rubans et de dentelle.

Des années plus tard, Gwen prendrait conscience que le tulle et le satin étaient synthétiques, et que la mère de Carole Anne avait cousu la robe elle-même parce qu'elle n'avait pas les moyens d'en acheter une toute faite. Mais, sur le moment, Gwen voyait seulement que Carole Anne Jenkins lui volait la vedette le jour de son anniversaire. Si on avait demandé à Gwen ce qu'elle éprouvait, elle aurait répondu : « Je ne suis pas assez bien », sentiment qu'elle haïssait. Avec une colère croissante, elle voyait les autres filles se presser autour de la voleuse de joie en s'extasiant devant sa tenue. Finalement, incapable de le supporter, elle se glissa dans le groupe jusqu'à Carole Anne. Pendant que celle-ci acceptait en se rengorgeant des compliments qui n'étaient dus de plein droit qu'à la reine de la fête, Gwen avait tendu la main, empoigné une des longues mèches blondes de Carole Anne et tiré de toutes ses forces.

Carole Anne avait fondu en larmes. Cassandra et la nourrice de Gwen étaient accourues et, le temps que les deux adultes reconstituent les faits d'après les récits des témoins du drame, Gwen regrettait déjà son geste. Elle aurait probablement présenté d'elle-même ses excuses si Cassandra n'était pas intervenue, du ton autoritaire qui faisait trembler les employés de la verrerie, en disant : « Tu me fais honte, Gwen ! Demande immédiatement pardon à Carole Anne. »

Toutes les rancunes refoulées de Gwen lui étaient alors revenues à l'esprit. Elle avait levé les yeux vers sa mère et répondu : « Non », en secouant la tête.

Cassandra en était restée stupéfaite. Elle ne pouvait pas imaginer que quiconque ose la défier. « Je t'ai dit de présenter tes excuses, Gwendolyn !

— Non », avait répété la fillette avec fermeté.

Gwen avait été sur-le-champ expédiée dans sa chambre, le goûter servi aux fillettes et la fête conclue à la hâte. Une fois tout le monde parti, Cassandra était montée parler à sa fille. Avec un orgueil obstiné, Gwen avait refusé de s'expliquer, mais Cassandra, en femme supérieure qu'elle était, avait démêlé ce qui s'était passé dans la tête de Gwen et ce qui avait motivé l'esclandre.

« La jalousie est un sentiment particulièrement laid, avait-elle déclaré. Surtout de la part d'une personne dans ta position et qui bénéficie de tant d'avantages. Y céder n'est qu'une déplorable faiblesse de caractère et refuser d'admettre ses torts est indigne de toi. »

Et pourtant, Gwen ne pouvait toujours pas se forcer à prononcer les mots : « Je regrette. »

Comment expliquer son geste impulsif à sa mère ? Peut-être, à son âge, n'en saisissait-elle pas elle-même toutes les raisons. Il lui faudrait des années pour se rendre compte que ce n'était pas seulement ce jour-là qu'elle s'était sentie « pas assez bien » ; ce sentiment d'insuffisance, elle l'avait en fait ressenti toute sa vie. Et la personne qui le lui avait inculqué – la personne à qui elle refusait d'accorder la satisfaction d'une excuse de sa part – n'était autre que Cassandra.

Gwen finit de s'habiller. Elle mit sa tenue préférée pour le début de l'automne, une jupe de velours côtelé avec un sweater et prit une grosse chemise de laine qu'elle nouerait autour de sa taille si l'air fraîchissait. Pour marcher dans l'herbe détrempée par la pluie de la veille, elle chaussa une vieille paire de bottes. Avant de sortir, elle s'assit à la coiffeuse dont elle ne se servait que rarement en envisageant, un instant seulement, l'idée de mettre du rouge à lèvres avant de se regarder dans le miroir.

À l'évidence, elle était aujourd'hui incapable d'éprouver de la jalousie avec la même intensité qu'à l'âge de cinq ans. Elle ne voulait d'ailleurs pas retomber dans cette ornière. Cassandra avait raison de considérer que c'était un sentiment méprisable chez une personne bénéficiant d'autant d'avantages que ceux qu'elle avait reçus. Gwen avait lutté contre cette faiblesse et croyait l'avoir vaincue. Il avait fallu la rencontre d'une fille aussi belle que Jewel pour ranimer en elle la voix du démon lui murmurant qu'elle était inadéquate. Cette fois, au moins, elle n'avait pas eu la réaction instinctive de tendre la main pour tirer une mèche des cheveux bruns et soyeux qui encadraient harmonieusement le ravissant visage de Jewel ; cette méchanceté aurait été inexcusable.

Gwen soupira. Pour elle, le pire était d'avoir pris conscience que si elle n'avait pas le pouvoir d'anéantir la voix malveillante du démon, elle y restait vulnérable.

5

Gwen avait lu quelque part que la personnalité se forme au cours des cinq premières années de la vie. Pendant cette période, l'âme peut subir des blessures dont elle garde des cicatrices permanentes ou acquérir une confiance en soi qui dure la vie entière. Affirmer que Gwen avait reçu des… « blessures » ne serait pas le terme juste. Un sentiment permanent d'insécurité conviendrait mieux. Elle aurait voulu croire que ce n'était la faute de personne, mais ce n'était pas vrai.

Ce sentiment datait de sa petite enfance, quand elle n'était encore qu'un bébé. Elle ne s'en souvenait pas, bien sûr, mais elle savait que l'expression « pas assez bien » avait pris naissance à ce moment-là dans son esprit. Elle savait aussi que sa mère, la personne la plus importante de sa vie, l'avait jugée « insuffisante », elle ignorait pourquoi. Comment cette conviction lui était venue, Gwen n'aurait pas su le dire malgré ses interminables réflexions sur le sujet.

Est-ce parce que sa mère ne lui avait pas prodigué autant de sollicitude que les autres mères ? Cassandra Wright ne ressemblait en rien aux femmes ordinaires. Nul ne l'imaginait en train de changer des couches ou de nourrir patiemment un bébé à la petite cuillère. Ces tâches incombaient aux servantes, comme dans sa propre enfance. De plus, Cassandra passait le plus clair de son temps à travailler à la verrerie, où elle devait assumer des responsabilités écrasantes. Personne ne pouvait donc s'attendre qu'elle se consacre aux soins incessants qu'exigeait un enfant. Gwen l'avait compris dès le début, car Gwen avait toujours été une enfant compréhensive.

Elle comprenait pourquoi sa mère ne lui manifestait jamais de signes d'affection, ne la serrait pas dans ses bras, ne la couvrait pas de baisers ni ne lui murmurait interminablement des mots tendres à l'oreille. Réservée de naissance, Cassandra avait reçu une éducation stricte où ce genre de comportements n'avait pas cours, Gwen le savait. Alors, pourquoi sentait-elle au plus profond d'elle-même qu'elle avait toujours déçu sa mère ? Pourquoi sentait-elle une barrière – fine comme un voile de soie mais aussi impénétrable qu'un mur d'acier – se dresser entre elles quand elles étaient ensemble ? Ce phénomène ne se produisait pas toujours, mais Gwen sentait souvent que sa mère se protégeait d'elle comme d'une étrangère. Cassandra confiait alors Gwen à sa nourrice, qui s'empressait de l'éloigner, et Gwen avait le sentiment d'être bannie.

Non que sa mère se soit jamais montrée cruelle ni méchante envers elle. Cassandra s'emportait rarement, elle était bonne, juste et toujours généreuse. Mais les enfants savent d'instinct s'ils sont une source de joie pour leurs parents, et Gwen savait que, à certains moments, elle ne l'était pas. Elle ne pouvait pas expliquer pourquoi, mais elle le ressentait. Et elle se demandait sans cesse ce qu'elle avait fait pour le mériter.

Elle avait toujours su qu'elle était adoptée, Cassandra le lui avait appris dès son plus jeune âge. « Tu étais sans doute trop petite pour tout comprendre, lui avait dit Cassandra quand elle lui en avait reparlé vers ses sept ans. Il aurait mieux valu attendre, mais trop de gens autour de nous sont au courant et tu sais combien ils aiment bavarder au sujet de la famille Wright. Je ne voulais donc pas que tu l'apprennes par quelqu'un d'autre que par moi. Je savais, bien entendu, que tu étais déjà assez intelligente pour comprendre et que si tu avais eu des questions, tu me les aurais posées. »

J'en avais, des questions, des dizaines ! Je n'avais jamais osé, c'est tout.

Mais comme l'espoir ne meurt jamais dans le cœur des êtres humains, Gwen avait alors osé poser celle qui la tourmentait le plus : « Pourquoi m'avoir choisie, moi ? »

Encore accrochée à l'espoir, elle s'attendait à entendre sa mère lui répondre : « Parce que je t'ai aimée dès la première seconde où je t'ai vue » ou, à la rigueur : « Parce que je ne pouvais pas imaginer ma vie sans toi. » Mais Cassandra avait dit : « J'avais toujours voulu des enfants pendant mon premier mariage. »

Gwen l'imaginait-elle, ou sa mère parlait-elle avec embarras ? « Et puis, avait-elle enchaîné, après la mort de mon mari, je t'ai vue, j'ai pensé que c'était une chance inespérée, alors… »

Gwen avait compris que son imagination ne lui jouait pas de méchant tour. Toujours sûre d'elle-même, de ce qu'il fallait dire et du choix de ses mots,

Cassandra bafouillait. Et la flambée d'espoir s'était éteinte dans le cœur de Gwen.

« Je n'étais pas une occasion inespérée, avait-elle répondu. Vous vous êtes trompée.

— Voyons, Gwen ! Pas du tout !...

— Vous croyiez vouloir des enfants, mais vous n'en vouliez pas vraiment. Ça ne fait rien, Mère. Tout le monde peut se tromper. »

Elle faisait un effort désespéré pour s'exprimer comme une grande fille intelligente de sept ans, mais sa voix s'était brisée sur les derniers mots.

« Mais non, mais non... C'était... »

Un instant, Gwen avait cru que Cassandra lui expliquerait ses véritables raisons. Mais ce dernier espoir avait volé en éclats au moment où elle avait éclaté en sanglots.

La carapace de réserve de Cassandra avait alors cédé. Elle s'était jetée à genoux à côté de Gwen pour la prendre dans ses bras en la regardant dans les yeux. « Je n'ai jamais regretté de t'avoir adoptée, Gwen ! » Puis elle avait ajouté quelques mots qui allaient tournoyer de longues années dans la tête de Gwen : « Quelles qu'aient été les circonstances au début, je suis heureuse de t'avoir adoptée. Ne l'oublie jamais. »

Gwen s'examina une dernière fois dans la glace d'un regard critique sans pouvoir se retenir de pouffer de rire. *Qu'est-ce que tu espérais ? Tu es toujours la même. Tu ne vas pas te métamorphoser tout d'un coup en fleur tropicale. Tu es ce que tu es, cela suffit. Décide-toi à grandir et à te juger... assez bien.* Mais si son esprit lui parlait avec intelligence, son cœur croyait des choses radicalement différentes.

Gwen avait conscience qu'elle ne pouvait pas

attribuer tous ses problèmes aux étranges sautes d'humeur de sa mère. Elle connaissait par cœur les termes de la longue controverse sur les influences respectives de la nature et de l'éducation sur un enfant. Or, depuis sa naissance, Gwen avait toujours eu une nature... quelque peu inhabituelle. Des événements insignifiants pouvaient déclencher chez elle des réactions ou des idées que n'avaient pas les enfants... disons, ordinaires. L'affaire de « la Figure dans la Fenêtre » en avait été un bon exemple.

Encore petite, Gwen avait vu le reflet de son visage dans une fenêtre. Quand elle bougeait dans un sens, l'image disparaissait. Elle reparaissait si elle bougeait dans l'autre sens, mais déformée. Ce phénomène avait provoqué en elle des pensées à la fois troublantes et fascinantes qu'elle avait soumises à sa nourrice.

« Comment est-ce que je sais si je suis réelle ? Comment est-ce que je sais si je suis vraiment ici ?

— Quelles drôles de questions ! Bien sûr que tu es une vraie petite fille et que tu es vraiment ici ! Où voudrais-tu être ailleurs ? Allons, mange. »

Mais Gwen ne pouvait pas laisser tomber une question de cette importance sans insister davantage :

« Comment savons-nous si nous ne faisons pas partie d'un rêve dans l'imagination d'une créature plus grande et plus forte que nous, comme Dieu ? Qu'est-ce qui se passerait s'il cessait un jour de rêver et que nous disparaissions tous ? »

Ces propos avaient entraîné de la part de la nourrice un discours embrouillé où il était question de la Bible et du fait que les bonnes petites filles ne devaient pas dire des choses pareilles.

Un peu plus tard, Gwen avait entendu la nourrice

rapporter l'incident à la cuisinière. « Cette petite est un vrai canard boiteux, moi, je vous le dis », avait-elle conclu.

Ce qualificatif ne paraissait pas particulièrement flatteur mais Gwen, toujours compréhensive, en avait admis le bien-fondé. Malheureusement, les bizarreries de son caractère se manifestaient en d'autres occasions. Pendant un moment, elle avait été obsédée par les mots :

« Pourquoi on appelle ça une assiette ? Pourquoi on ne dit pas plutôt des épinards ou une tarte à la crème ?

— Parce qu'une assiette est une assiette, elle n'a pas d'autre nom, avait répondu la nourrice.

— Mais si ce nom n'était pas le bon ? Dans d'autres pays, on l'appelle autrement.

— Peut-être, mais nous sommes dans les bons vieux États-Unis d'Amérique et ici on dit une assiette. Pourquoi te tracasser avec ce que font ou disent les étrangers ?

— Mais s'ils avaient raison et si c'était nous qui avions tort ? Ou si tout allait de travers ? Si les mots ne voulaient rien dire ? Si rien ne voulait rien dire ? »

« Un vrai canard boiteux, moi je vous le dis, avait confié la nourrice à la cuisinière. Elle n'est pas normale, cette petite. »

Gwen avait abandonné l'espoir de tirer de sa nourrice des réponses intelligentes à ses questions, mais celles-ci ne s'en bousculaient pas moins nombreuses dans sa tête et elle avait toujours autant besoin d'en parler à quelqu'un. À la première occasion, elle avait donc soumis le problème là où, paraît-il, on répond aux interrogations des enfants et où on leur enseigne comment résoudre les énigmes de la vie, c'est-à-dire à l'école.

Elle avait préparé son intervention avec soin, car elle ne voulait pas que Mlle Spencer, sa maîtresse, la trouve elle aussi bizarre. Elle avait donc sorti une boîte de biscuits vide de la poubelle de la cuisine, l'avait ramassée un samedi et avait attendu le lundi pour l'emporter à l'école. Le cours de leçons de choses avait justement lieu le lundi matin et, quand ce fut au tour de Gwen d'aller au tableau, elle brandit la boîte de manière que toute la classe puisse la voir.

« Il y a le portrait d'une petite fille sur le couvercle… », avait-elle commencé.

Son ton sérieux ou, peut-être, le fait d'avoir apporté en classe une vieille boîte à gâteaux avait dû paraître comique à ses condisciples car elles se mirent à rire. Normalement, cette réaction aurait suffi à renvoyer Gwen précipitamment à sa place, mais son besoin de savoir était plus fort que la honte.

« La petite fille tient une boîte sur laquelle il y a le dessin d'une petite fille qui tient une boîte, poursuivit-elle courageusement.

— Vous avez raison, Gwen. C'est une observation très intéressante et nous vous remercions de l'avoir partagée avec nous, intervint la maîtresse. Quelqu'un d'autre veut-il ajouter… ?

— Mais ça s'arrête quand ? l'interrompit Gwen. Est-ce que ça continue comme ça indéfiniment ?

— Qu'est-ce qui continue ? » demanda Mlle Spencer, visiblement aussi déconcertée que l'aurait été la nourrice.

La classe était maintenant en proie à une franche hilarité.

« La boîte ! La boîte et la fille qui tient la boîte.

Est-ce qu'il y a à l'infini des dessins de boîte et de filles qui tiennent la boîte ? Et que veut dire "infini" ? Est-ce qu'il y a une grande boîte, une énorme boîte que nous ne voyons pas avec une très grande fille qui tient une très grosse boîte et une autre plus petite qui… »

Sur quoi, horrifiée, Gwen avait fondu en larmes.

« Elle est névrosée, avait-elle entendu la maîtresse dire à l'infirmière de l'école, chez qui elle l'avait emmenée sur-le-champ afin qu'elle se repose. Cette pauvre enfant a manifestement des problèmes.

— Allez-vous en discuter avec les parents ? s'était enquise l'infirmière.

— Cela vous plairait de dire à Cassandra Wright que sa fille est dérangée ? Je ne toucherais pas à ce genre de problèmes avec une perche de dix mètres ! »

Tout était dit. Outre la nature et l'éducation, un troisième élément avait contribué à former le caractère de Gwen dans son enfance. Elle était une Wright, des Verreries Wright, et vivait près de Wrightstown. L'expression « vivre dans un bocal » trouvait là une parfaite définition. Les faits et gestes des acteurs et des hommes politiques qui, après tout, vivaient par choix sous les yeux du public n'étaient pas scrutés avec plus d'attention que ceux de Gwen et de sa mère dans leur petite ville. Une petite fille inconnue pouvait peut-être se permettre d'être un canard boiteux sans attirer l'attention ni provoquer de commentaires. Pour Gwen Wright, c'était impossible. Elle n'était pas censée, elle, avoir des idées bizarres. Elle n'avait d'autre choix que se situer au-dessus des émotions ou des excentricités que le monde tolérait chez les individus moins privilégiés qu'elle.

Lorsque Jewel Fairchild lui était apparue dans toute la gloire de sa beauté, Gwen n'était pas censée se sentir menacée ou inférieure, ni envier le sourire éclatant qui signifiait que Jewel faisait partie de ces gens doués pour se faire des amis en un clin d'œil, alors qu'il fallait à Gwen des mois, parfois des années pour vaincre sa timidité – et l'indifférence des autres.

Assez ! lui ordonna sa voix intérieure. *Si tu t'entêtes à penser ainsi, tu finiras comme une de ces grenouilles incapables de s'extirper de leur marécage. Va respirer le grand air. Éloigne-toi de toi-même et de tes idées morbides.*

Elle quitta sa chambre, parcourut d'un pas vif le long couloir et descendit le grand escalier, au pied duquel Missy et Hank l'accueillirent avec effusion. Gwen les laissa sortir faire leurs besoins et les ramena à la cuisine, où ils liquidèrent avec avidité le contenu de leurs gamelles. Puis, ayant reconnu sa tenue de sortie, ils voulurent profiter eux aussi de la promenade. Mais Gwen se montra ferme.

— Pas aujourd'hui, les enfants. Inutile de me lancer ces regards implorants, Hank. Je vous aurais emmenés tous les deux si je n'allais pas dans la colline et tu sais comme ça s'est passé la dernière fois. Je ne veux plus que tu terrorises mes petits amis.

Et, laissant derrière elle un concert de jappements et de gémissements de protestation, elle referma la porte et s'éloigna.

6

La vaste propriété de Cassandra était bien entretenue sans être domestiquée. Une longue pelouse s'étendait devant la maison, abritée de la route par un rideau d'érables. Au printemps, l'allée d'accès était bordée de massifs de jonquilles, d'iris et de pivoines qui, l'été venu, faisaient place aux zinnias, aux marguerites, aux lys, aux phlox et aux roses trémières. Derrière la maison, une pelouse plus petite se prolongeait par les bois environnants, dont le muguet et les violettes tapissaient le sol au printemps. À l'automne, la terre disparaissait sous le manteau or, rouge et orange des feuilles mortes. Par précaution, les arbres étaient régulièrement élagués, mais, à part cela, la végétation se développait en toute liberté.

La maison elle-même aurait été qualifiée de « somptueuse demeure » par un guide touristique trop enthousiaste. Les œuvres d'art et les inestimables meubles anciens qu'elle contenait avaient été collectionnés par quatre générations d'une famille aux goûts infaillibles et pourvue d'une fortune assez considérable pour les satisfaire. En un mot, on découvrait à l'intérieur ce que pouvait offrir à l'amateur la civilisation la plus raffinée. Pourtant, au-dehors, la nature exultait dans toute sa beauté et sa simplicité. Cassandra et sa famille jouissaient ainsi du meilleur des deux univers.

Le coteau s'élevait après la pelouse de l'arrière. À mi-pente sous les chênes et les pins, dans les rayons de soleil filtrés par leurs épais feuillages, une vieille souche plate offrait un siège confortable aux promeneurs. C'est là que Gwen se rendait, son coin préféré où, nul ne l'ignorait, il ne fallait jamais la déranger. Elle en avait pris l'habitude depuis sa petite enfance. Parfois elle venait lire, le plus souvent des classiques tels que Dickens ou Dostoïevski qui exigeaient de la tranquillité et de la concentration. Parfois elle restait assise à observer les petites créatures qui peuplaient les lieux. Les écureuils gris, qui troublaient à peine le silence quand ils enfouissaient leurs provisions pour l'hiver – sans être toujours sûrs de les retrouver sous la neige –, et leurs cousins roux, toujours affairés à entrer et à sortir de leurs appartements de trois pièces – une pour les petits, une pour stocker la nourriture et la troisième... elle avait oublié pour quel usage. C'est à cause de ces petits animaux, ses amis, qu'elle n'emmenait pas les chiens se promener sur la colline ; ils les terrifiaient et les faisaient fuir.

Assise sur sa souche, Gwen se préparait à profiter du silence, de l'air pur et de la compagnie de ses chers écureuils quand un autre souvenir s'imposa à elle. Mais celui-là, elle l'accueillait toujours avec joie et ne se lassait pas de l'évoquer.

C'était arrivé ici même. Elle avait six ans et était assise sur sa souche quand un homme était venu exprès sur la colline pour lui parler. Il s'appelait

Walter Amburn et Gwen pensait depuis toujours qu'il avait changé sa vie.

Gwen le connaissait déjà. Depuis quelques mois, il venait à la maison, surtout dans la soirée, pour accompagner sa mère au concert, au théâtre ou à des réceptions. Il n'était pas très grand, Cassandra avait presque la même taille quand elle portait des talons, il n'était pas non plus très beau. Ses cheveux châtains naturellement ondulés étaient ce qu'il y avait de mieux dans sa personne, mais il avait le nez un peu trop gros et les yeux un peu trop enfoncés dans les orbites. Son visage exprimait pourtant une bonté et un sens de l'humour qui avaient tout de suite attiré Gwen.

Elle pressentait toujours quand il allait venir parce que les yeux de Cassandra s'allumaient d'une lueur de gaieté que Gwen n'avait jamais vue auparavant. Parfois, quand Cassandra se préparait pour sortir avec lui, elle se regardait dans le miroir, décidait que sa robe ou ses boucles d'oreilles ne lui plaisaient pas et en changeait à la dernière minute, phénomène stupéfiant pour une femme aussi déterminée. Elle dévalait alors l'escalier avec des claquements de talons aiguilles pour ne pas faire attendre Walter, précipitation elle aussi inhabituelle de la part d'une personne aussi pondérée, sans parler de la vibration joyeuse de sa voix pour saluer son chevalier servant et demander son manteau à la femme de chambre. Walter lui prenait le bras en descendant le perron ou posait une main sur son dos. Malgré son jeune âge, Gwen sentait quelque chose de rare et d'intime dans ces brefs contacts physiques.

Certains soirs, avant d'aller dîner chez des amis ou dans un restaurant des environs, Walter enlevait son pardessus et Cassandra l'emmenait au salon prendre l'apéritif, accompagné des canapés préparés par la cuisinière. Il leur arrivait aussi d'emporter leurs verres dans une pièce plus intime, le petit salon ou la bibliothèque. Les couloirs de la grande maison faisaient écho à leurs rires et à leurs joyeux bavardages. C'est au cours d'un de ces intermèdes que Gwen avait été officiellement présentée à Walter. Sa nurse lui avait dit qu'il était un très bon ami de sa mère, ce qu'elle avait déjà compris, mais, jusqu'à leur rencontre sous les arbres, elle n'avait jamais eu l'occasion d'avoir avec lui une vraie conversation.

Quand elle avait entendu des pas approcher de son refuge, Gwen avait reconnu avec joie le visage amical et le sourire chaleureux de l'ami de sa mère. Comment rester insensible à la chaleur et à la bienveillance qui émanaient de Walter Amburn ? Il s'était penché vers la petite fille pour se mettre à sa hauteur et la regarder dans les yeux.

« J'espère que je ne te dérange pas, avait-il dit avec gentillesse. Ta nurse m'a dit que je te trouverais sans doute ici. C'est ton endroit préféré, n'est-ce pas ? »

Intimidée, Gwen n'avait répondu que par un hochement de tête.

Walter avait apprécié du regard la voûte de feuillage, le sol tapissé de mousse veloutée, les rayons du soleil qui caressaient les herbes.

« Je comprends pourquoi tu aimes cet endroit, il est ravissant. Je peux m'asseoir ? »

Gwen hocha de nouveau la tête. Sans se soucier de faire des taches d'herbe sur son pantalon, il s'était assis en tailleur à côté d'elle. Il ne lui parlait pas de la manière bébête que les adultes prennent souvent avec les enfants ; il lui expliqua comment poussait la mousse, lui montra comment reconnaître l'âge d'un arbre. Sans même s'en être rendu compte, Gwen s'était mise à son tour à parler d'abondance, du petit carré d'herbe où poussaient des lys sauvages à quelques pas de là, des écureuils qui lui tenaient compagnie et dont elle observait les faits et gestes. Elle lui avait même dit qu'elle avait commencé à écrire une histoire sur ce lieu magique. Il lui avait demandé si elle voulait bien la lui raconter et elle s'était lancée dans un récit long et embrouillé, comme elle en prendrait conscience par la suite, mais Walter l'avait écoutée avec attention et remerciée de sa gentillesse quand elle avait eu terminé.

Il lui avait ensuite demandé pourquoi elle avait pris l'habitude de venir ainsi s'asseoir sous les arbres, alors que les adultes ne le faisaient pas souvent – surtout quand ils n'étaient pas habillés en conséquence.

« Je voudrais, vois-tu, que nous nous connaissions mieux parce que je vais faire longtemps partie de ta vie, avait-il expliqué. Je compte épouser ta mère. J'espère que tu approuves ce projet. »

Gwen s'était souvenue de la flamme qui brillait dans les yeux de sa mère quand elle attendait son compagnon et de sa précipitation à descendre l'escalier en allant au-devant de lui. Elle s'était aussi rappelé avec quelle attention Walter l'avait écoutée raconter son histoire.

« Je crois que ce serait bien, avait-elle répondu.

— Merci, Gwen, avait-il dit d'un ton sérieux. Ta réponse me fait un très grand plaisir. »

Ce mariage avait été mieux que bien. L'arrivée de Walter avait marqué le début de nouveaux rapports entre Cassandra et Gwen. La froideur, l'éloignement que la fillette avait toujours ressentis en présence de sa mère s'étaient estompés. Cassandra était désormais plus heureuse et ce bonheur nouveau rejaillissait sur tout son entourage.

Et puis il y avait eu la surprise inattendue de la lecture du soir. Depuis, Gwen s'était toujours demandé comment ou pourquoi Cassandra avait décidé de lire une histoire à sa fille avant de la coucher. Elle soupçonnait Walter de l'avoir inspirée sans en avoir jamais eu la certitude. En tout cas, il aurait été conforme à son caractère de faire observer à sa femme que Gwen adorait les histoires et que Cassandra elle-même lisait avec voracité. D'instinct, Walter savait rapprocher les gens et tirer le meilleur d'eux. De son côté, Cassandra cherchait peut-être quelque chose à partager avec sa fille ou commençait à souffrir de leur éloignement. Peut-être aussi essayait-elle d'élargir et de nourrir l'esprit de Gwen de manière intelligente, au lieu de tomber dans la facilité des programmes de télévision comme trop de parents s'en contentaient. Peut-être y avait-il un peu de toutes ces raisons.

L'idée même de Cassandra Wright blottie près de sa fille pour lui lire une histoire était tellement impensable que Gwen n'en avait jamais rêvé. Pourtant, un soir que sa nurse avait mis Gwen au lit et allumé la télévision en guise de berceuse, Cassandra était apparue dans la chambre un livre à la main.

« J'ai acheté un livre qui nous intéressera toutes les deux, je crois, avait-elle dit en éteignant le téléviseur. Il s'appelle *Heidi*. Ton pédiatre pense qu'il est trop avancé pour ton âge, mais il ne se rend pas compte de ton intelligence, j'en ai peur. C'est un des romans que je préférais dans ma jeunesse et, de toute façon, te lire une des âneries qu'on écrit de nos jours pour les enfants serait au-dessus de mes forces. »

Gwen n'aurait donc pas droit aux chatons espiègles ni aux belles princesses sauvées de justesse des griffes d'un dragon par un preux chevalier, mais elle ne s'en plaignait pas. La lecture avant son coucher était devenue pour elle le meilleur moment de la journée. Après son bain, bien installée contre ses oreillers, elle attendait avec impatience l'entrée de Cassandra – souvent en tenue de soirée – qui s'asseyait à son chevet et commençait à lire.

Les lectures du coucher marquèrent un tournant dans la vie de Gwen. Au cours des années suivantes, la mère et la fille allaient découvrir d'autres intérêts, d'autres passions en commun. Gwen prenait goût à la musique classique et partageait l'adoration de sa mère pour Beethoven, Schubert et Mozart. Elles écoutaient avec le même enchantement l'enregistrement de *La Bohème*, que Cassandra préférait, et suivaient ensemble la partition. La mère et la fille aimaient autant l'une que l'autre les animaux et avaient besoin de nature. Elles éprouvaient le même chagrin en voyant abattre de vieux arbres ou assécher un marécage, refuge des oiseaux migrateurs et de la vie sauvage, pour faire place à de hideux lotissements. Elles avaient toutes deux la même soif de justice et d'équité. Cassandra comprenait que sa fille ait besoin de moments de silence et d'isolement, Gwen respectait autant la nature réservée de sa mère que son exigence d'ordre et de discipline. Si leurs rapports n'étaient pas idéaux – mais en existe-t-il vraiment ? –, ils étaient pour Gwen infiniment meilleurs qu'ils ne l'avaient été.

Ses cicatrices à l'âme subsistaient quand même

– les meurtrissures de ce genre ne disparaissent jamais tout à fait. Parfois, la colère et l'amertume revenaient lorsqu'elle prenait conscience de ne pas être comme les jeunes de son âge. En de tels moments, elle se haïssait d'être une Wright, elle haïssait son esprit biscornu et l'être supérieur qui, du fait de son évidente supériorité, nourrissait son propre sentiment d'infériorité, c'est-à-dire sa mère.

« Tu n'es pas comme les autres, c'est vrai », lui avait dit Walter un jour où elle était venue dans son atelier boire un verre de thé glacé.

Walter était un portraitiste renommé à la clientèle abondante. Pour Gwen, il devait son succès à sa capacité à saisir la personnalité de ses modèles et à la rendre sur la toile, sans doute parce qu'il aimait les autres et avait le don de s'en rendre sympathique.

« Ce n'est pas drôle de se sentir différent quand on voudrait au contraire s'intégrer à ceux de son âge, je sais. Mais il faut regarder le tableau de plus loin. Au cours de l'Histoire, la plupart des grands personnages ont été des canards boiteux, comme tu te qualifies toi-même. Faute de pouvoir s'adapter, ils ont dû chercher quelque chose leur permettant de trouver leur place dans le monde. Alors, ils sont devenus nos plus grands poètes, peintres, compositeurs, philosophes ou savants. Une passion apporte la joie, je crois. Pas toujours le bonheur, comprends-tu ? – ça c'est le hasard qui décide –, mais la joie vient de la découverte de ce qu'on aime et de savoir qu'on peut le réaliser. En tout cas, avait-il ajouté avec un de ses irrésistibles sourires, c'est ce que le canard boiteux que je suis passe son temps à se répéter. »

Gwen avait réfléchi un instant avant de répondre :

« Quand vous parliez des grands personnages,

vous n'avez pas cité ceux qui fabriquent des choses ou qui font des affaires, comme ma mère. Vous ne pensez donc pas qu'ils soient passionnés par ce qu'ils font, eux aussi ?

— Bien sûr que si, voyons ! avait répondu Walter en riant. Ta mère est très fière de ce qu'elle fait, et la manière dont elle dirige son entreprise est digne d'un véritable génie. Si je n'ai pas parlé des industriels ou des hommes d'affaires, c'est que j'ignore tout de leurs activités, comme celles de Cassie, et que je suis incapable de les imaginer. Mais je respecte beaucoup ceux qui font ce genre de choses. Et toi aussi, j'espère, Gwen. Il faut respecter la passion des autres. »

En quelques phrases, Walter avait donc réussi à remettre en perspective l'idée du « canard boiteux » qui tourmentait Gwen depuis son enfance.

« Tu es en bonne compagnie, tu sais. Ta question sur la boîte de biscuits, par exemple. Eh bien, tu abordais en fait le concept de l'infini et de l'éternité sur lequel les hommes n'ont cessé de réfléchir depuis les Grecs de l'Antiquité. Quant à ta question sur la réalité de ton existence, un brillant philosophe du XVIIe siècle appelé Descartes s'y était déjà attaqué. Il était arrivé à la conclusion que posséder la faculté de penser assez profondément pour poser la question constitue la preuve même de son existence. Il avait résumé sa théorie dans la formule *"Cogito ergo sum"*, Je pense donc je suis. Cette avancée de la pensée occidentale est une des plus fameuses et des plus fortes. Comme tu vois, tu es sur la même longueur d'onde que René Descartes et, à mon avis, tu devrais te réjouir d'être qui tu es. »

Ce genre de propos que Walter tenait à Gwen ne

compensait pas les brimades en cour de récréation ou les ricanements quand elle disait quelque chose jugé bizarre. Mais c'était tout de même une consolation.

Quand des disputes survenaient entre Gwen et Cassandra – scènes inévitables puisqu'elles étaient mère et fille, et pourvues toutes deux d'une forte personnalité –, Walter intervenait pour rétablir la paix. Le fait de les apprécier autant l'une que l'autre, chacune pour ce qu'elle était, permettait à Walter de faire observer à Gwen que Cassandra, sous son apparente autorité, faisait preuve d'affection, et à Cassandra que Gwen ne manifestait pas d'entêtement borné mais plutôt une détermination à suivre l'exemple de sa mère. Gwen se disait souvent qu'elles avaient beaucoup de chance d'avoir Walter dans leur vie. Elle savait que Cassandra pensait de même.

Mais il y avait d'autres moments. Des moments où, quoi que puissent dire les autres – y compris Walter –, Gwen sentait qu'elle n'était pas assez jolie, pas assez intelligente. Des moments où elle se sentait... non... *se savait* insuffisante en tout.

En changeant de position sur la souche, Gwen fit détaler un écureuil apeuré. *Pauvre petit ! Que lui est-il passé par la tête ? A-t-il un esprit tel que je pourrais le comprendre ? Pense-t-il comme moi ? Suit-il les mêmes processus mentaux ? Un biologiste, un savant armé de graphiques et d'instruments capables de tout mesurer avec précision répondrait sans doute non. Mais les savants ont-ils les réponses à toutes les questions ? Je ne crois pas. Par certains côtés, cet écureuil et moi sommes semblables. Nous avons tous deux besoin de nourriture, nous n'aimons pas qu'il fasse trop froid ou trop chaud, nous voulons nous sentir bien. Et nous connaissons la peur. Pas pour les mêmes raisons, mais c'est la peur elle-même que nous refusons. Nous craignons la peur autant l'un que l'autre.*

À quoi pense un écureuil ? Je me le demandais souvent quand j'étais petite. Je me demandais aussi pourquoi les animaux ne se battent pas comme les humains. Ils se battent, bien sûr, mais pour des raisons importantes telles que la nourriture, le territoire ou le droit de se reproduire. Je n'ai jamais vu un écureuil s'attaquer à un lapin rien que pour lui faire mal. Maintenant que j'y pense, je n'ai d'ailleurs jamais vu un écureuil se battre avec un lapin. Pas ici, en tout cas. Sans doute parce qu'ils trouvent les uns et les autres de quoi se nourrir et s'abriter.

Alors, pourquoi les gens se battent-ils ? Pourquoi disons-nous des méchancetés aux autres ou derrière leurs dos ? Pourquoi nous regarder fixement sans rien dire ? Pourquoi vouloir nous faire mal les uns aux autres ? Je n'en suis pas à l'abri moi non plus. Je me mets en colère et Dieu sait si je peux être jalouse ! Qu'est-ce que nous avons dans la tête ? Pourquoi agir comme nous le faisons ?

Quand une femme adopte un bébé, est-ce parce qu'elle était désespérée de ne pas en avoir ? Est-elle heureuse d'avoir pu choisir l'enfant ? C'est du moins ce que disent la plupart des parents adoptifs : « J'ai eu la chance de pouvoir te choisir, tu étais le bébé idéal. » Ma mère ne m'a jamais rien dit de semblable. Elle tient à moi, je le sais. Mais elle ne m'a jamais dit : « Je t'ai aimée dès l'instant où je t'ai vue. Tu es l'enfant que j'avais toujours rêvé avoir. »

Et qu'est-il arrivé à la femme qui m'a mise au

monde ? Pourquoi m'a-t-elle donnée à une autre ? Et mon père, était-il d'accord pour me donner ? Était-il même au courant de mon existence ? Vivent-ils encore tous les deux quelque part, je ne sais où ? Pourquoi ai-je encore des pensées pareilles ? Pourquoi est-ce que tout ce à quoi je pense me ramène toujours à cette question ? Où vivaient mes vrais parents, comment étaient-ils, à quoi ressemblaient-ils ? Je suis à peu près sûre que maman le sait, mais elle refuse de l'admettre. Elle ne veut même pas en parler. Quand je le lui demande, elle répond toujours : « À quoi bon revenir là-dessus, Gwen ? » Une fois, devant mon insistance, elle m'a répondu : « Quand je t'ai adoptée, je n'avais pas de raisons de poser des tas de questions sur tes parents. » Mais j'ai remarqué qu'elle choisissait ses mots avec précaution. Ma mère ne ment jamais, enfin, pas vraiment, mais elle ne dit pas toute la vérité quand elle fait autant attention à ce qu'elle dit. Ou alors, je veux croire qu'elle en sait plus qu'elle n'en dit. J'ai peut-être tort de me faire ce genre d'illusions.

Telles étaient les pensées que Gwen retournait dans sa tête et, bon gré mal gré, elle devait faire de son mieux pour vivre avec.

7

Un grand bow-window éclairait le fond du salon. Le matin, Cassandra aimait s'y asseoir pour boire son premier café en regardant la colline où la vie commençait à s'éveiller. Elle avait donc vu Gwen partir vers l'endroit sous les arbres dont elle avait fait son refuge solitaire depuis l'enfance.

Elle est restée une enfant par tant de côtés, sans défense, vulnérable... Se laisser impressionner par une petite employée de la verrerie ! Cette Jewel Fairchild n'a rien sous le vernis de son apparence, mais Gwen n'a pas su le discerner. Elle se sentait mal à l'aise parce que cette fille a un joli minois... Bon, admettons, elle est plus que jolie. Elle est belle, elle le sait et elle est sûre d'elle. Le genre de confiance en soi que Gwen n'aura jamais parce qu'elle est trop intelligente et sensible. Même à dix mois, la première fois que je l'ai vue, je l'ai sentie, comment dire ? réservée. Méfiante. Et, aussi saugrenu que cela puisse paraître aujourd'hui, je me souviens d'avoir pensé que, de ce point de vue-là, elle me ressemblait.

Cassandra se détourna un moment de la fenêtre. Elle n'aimait pas vivre dans le passé, mais son esprit l'y ramenait malgré elle à certains moments. Ce matin-là, elle ne pouvait s'empêcher de penser à son premier mariage, à son premier mari. Au drame qui la taraudait toujours malgré tant d'années écoulées. À ce début d'article à la une d'un journal de La Nouvelle-Orléans, dont elle connaissait encore par cœur la première phrase : « Dans une effroyable collision entre un camion et une automobile, une fois le silence retombé sur le fracas des tôles déchiquetées et du verre brisé, un homme et une femme sont morts hier soir à La Nouvelle-Orléans. »

Partie de Louisiane, la nouvelle avait promptement atteint la Nouvelle-Angleterre et Cassandra Wright. Son mari, dont personne ne se rappelait jamais le nom, était mort. En déplacement à La Nouvelle-Orléans pour superviser une boutique des Verreries Wright qu'il avait lui-même fondée, il avait été victime du fatal accident en raccompagnant chez elle une de ses employées.

Cette perte tragique infligée aux Verreries Wright soulevait un vif intérêt à Wrightstown. Quant à la douleur de Cassandra, elle n'était pas telle que les autres l'auraient imaginée. Elle était à la fois plus légère et plus forte – ou du moins allait-elle s'aggraver par la suite.

Ce mari dont personne ne se rappelait jamais le nom s'appelait Bradford Curtis Greeley. Cassandra l'avait épousé pour diverses raisons dont un certain nombre, elle n'en prendrait conscience que peu à peu, n'étaient pas les bonnes. Mais Cassandra n'était pas femme à renier ses engagements et, au moment de l'accident, Bradley et elle étaient mariés depuis dix ans.

À l'origine, c'était un mariage d'amour – sauf que l'amour n'avait rien de simple pour elle à l'époque.

Elle avait à peine atteint l'âge de la puberté que son père la mettait déjà en garde contre les coureurs de dot. « Tu seras pour eux une proie idéale, Cassie. Ta fortune personnelle est considérable, mais la verrerie est le vrai trésor qu'ils convoiteront. Les individus sans scrupules prêts à faire n'importe quoi pour mettre la main dessus sont légion. »

Il n'était apparemment jamais venu à l'idée de Père que ces paroles sous-entendaient qu'aucun homme ne voudrait courtiser ou épouser Cassie pour elle-même. Ou que la seule éventualité de s'unir à elle était tellement rebutante qu'elle entrait dans la rubrique « n'importe quoi ». Mais c'est bien ainsi que Cassandra l'avait entendu.

« Ah ! Si seulement tu avais un frère », soupirait Père. Car ne pas avoir de fils était la plus cruelle déception de sa vie. Il n'avait pas d'héritier mâle pour reprendre les affaires en main et veiller sur sa chère petite Cassie, trop dépourvue de cervelle pour esquiver les griffes des coureurs de dot qui peuplaient ses cauchemars.

« Si ta pauvre mère n'était pas morte aussi jeune… », ajoutait-il. Mère avait rendu l'âme quand Cassie était encore en bas âge, Père ne s'était jamais remarié et Cassie était donc fille unique.

« J'aurais pu charger un conseil de tutelle de gérer tes affaires si ton arrière-grand-père et ton grand-père n'avaient pas expressément stipulé que la verrerie ne devrait jamais être dirigée par des banquiers et des étrangers à la famille. » *Merci Arrière-grand-père, merci Grand-père*, s'était abstenue de murmurer Cassandra.

Pourtant, en dépit des efforts de la jeune femme pour considérer sa situation avec humour, les mercuriales de Père avaient porté leurs fruits. À l'âge de vingt-huit ans, lorsque Bradford était entré dans sa vie, Cassandra était toujours non seulement célibataire, mais vierge.

Père se méfiait de Bradford, bien qu'il l'ait lui-même engagé pour redonner vie au service commercial, cruellement dépassé, des Verreries Wright. « Ce jeune homme est un peu trop suffisant à mon goût, disait-il de son nouveau collaborateur. Il y a du camelot chez ce garçon. Mais c'est peut-être ce qu'il faut aujourd'hui chez un homme de *marketing*, précisait-il avec dédain, car Père se défiait des nouvelles techniques de vente et des pompeuses étiquettes dont elles s'affublaient. Donnez-moi plutôt un homme passé par la production. »

Malgré tout, les ventes des Verreries Wright déclinaient dans tout le pays et Bradford, pourvu d'un prestigieux diplôme de Harvard, était chaudement recommandé par des amis de Père. Il l'avait donc engagé, mais à contrecœur. Et Cassandra en était tombée amoureuse.

Cassandra but une gorgée de café, le regard dans le vague.

Penses-y, puisque tu es déjà revenue en arrière. Comment ai-je pu tomber amoureuse de Bradford ? Il était... intéressant, oui. Était-il vraiment un intellectuel ou faisait-il semblant ? Intelligent, en tout cas. Il était drôle et il avait du charme, bien sûr. Mais ce n'était pas tout.

Il descendait d'une famille beaucoup plus ancienne et distinguée que la mienne. Comme il parlait – très discrètement – d'un portefeuille boursier, j'ai cru qu'il avait une fortune personnelle, et j'ai pensé qu'un homme déjà riche n'avait pas besoin de m'épouser pour s'emparer de la verrerie. Je suis tombée amoureuse de Bradford parce que je croyais qu'il s'intéressait à moi pour moi-même. Je suis tombée amoureuse de lui parce qu'il riait de mes plaisanteries. Parce que, avec ses cheveux roux et ses yeux bleus, il était beau et séduisant. Et puis, disons-le franchement, je suis aussi tombée amoureuse de lui parce qu'il déplaisait à Père.

Mais elle avait découvert que si le pedigree familial de Bradford était aussi impressionnant qu'il le disait, la fortune à laquelle il faisait allusion était, elle, inexistante. Alors, tous les sermons de son père sur la cupidité des coureurs de dot lui étaient revenus en mémoire. Aussi avait-elle répondu non à la demande en mariage de Bradford et continué à se refuser à lui une année entière.

Pourquoi donc l'ai-je épousé ? Parce que Père était mort au bout de six mois d'une lutte épuisante contre le cancer et que, pour la première fois de ma vie, je me retrouvais seule au monde. Parce que, après la mort de Père, il n'y avait personne pour diriger l'entreprise et que je croyais avoir besoin d'un homme pour cela. Parce que Bradford était persuasif. Et aussi parce que j'avais vingt-huit ans et que je ne supportais plus d'être toujours vierge.

Si ces raisons étaient loin d'être les meilleures du monde, Cassandra avait quand même fondé son mariage dessus. Et puis Bradford était mort. Alors que Cassandra se préparait à partir pour la Louisiane chercher le corps du défunt afin de l'emporter chez elle, elle avait reçu un coup de téléphone d'un homme de loi dont elle n'avait jamais entendu parler qui disait s'occuper des affaires personnelles de Bradford à La Nouvelle-Orléans. Cassandra ignorait tout des affaires de son mari en dehors de celles de la verrerie, mais elle avait pris rendez-vous avec cet avocat pour le lendemain à son bureau.

C'est ainsi que, toute de noir vêtue, elle avait pris place en face d'un homme entre deux âges à la voix grave et au regard empreint d'une compassion attristée.

« Vous savez que votre mari venait très souvent à La Nouvelle-Orléans », commença-t-il avec une pointe d'accent du Sud.

Était-ce son regard qui la mettait mal à l'aise ? En tout cas, elle s'était entendue lui fournir des explications inutiles.

« Oui je sais, il venait pour affaires. Nous avions créé le point de vente de La Nouvelle-Orléans sur une idée de lui, voyez-vous. Comme ce magasin ne marchait pas très bien, il se croyait obligé de s'en occuper personnellement, d'être à pied d'œuvre pour... »

En face d'elle, l'avocat se détourna, visiblement gêné.

« Vous avez quelque chose à me dire, n'est-ce pas ? Ses fréquentes visites avaient d'autres raisons ? »

Un silence qu'elle n'oublierait jamais avait suivi sa question. Me Robichaud avait baissé les yeux avant de les relever vers la fenêtre derrière elle et de lui répondre avec une évidente difficulté :

« La vie réserve des surprises inattendues, vous savez. Chacun de nous doit l'apprendre tôt ou tard, d'une manière ou d'une autre...

— Avec tout le respect que je vous dois, maître, c'est une leçon que je crois avoir apprise, surtout ces derniers temps. Parlez, je vous en prie. Dites-moi ce que je dois savoir.

— Eh bien... la femme, dans la voiture. Elle n'était pas... »

Il s'était interrompu en rougissant jusqu'aux oreilles. Alors, elle avait tout compris.

« Elle n'était pas une simple employée, avait-il repris avec effort. Ni une personne qu'il connaissait à peine. Et il ne la raccompagnait pas chez elle par courtoisie... Elle travaillait au bar de l'hôtel où il séjournait d'habitude et elle... eh bien, elle... »

Il bafouillait sans trouver de mots pour adoucir le coup qu'il portait à Cassandra – tout en sachant qu'il ne faisait que l'aggraver.

« Elle quoi ? » avait-elle dû insister.

Me Robichaud finit par se jeter à l'eau.

« Voyez-vous, chère madame, il arrive à un homme de désirer une femme qui n'est pas de sa classe, qui lui est socialement inférieure... Comprenez-vous ?

— Oui. »

Elle avait répondu par un murmure. Mais dans sa tête une voix hurlait : *Je ne méritais pas ça ! C'est trop injuste !*

« Ce n'est pas tout, n'est-ce pas ? » avait-elle demandé en relevant les yeux vers l'avocat.

L'homme à l'expression de compassion attristée, l'homme qui ne voulait pas jouer le rôle ingrat du porteur de mauvaises nouvelles hocha la tête et baissa de nouveau le regard vers le tapis.

« Parlez, maître !

— Votre mari et cette femme ont eu un enfant. Une fille. Elle a maintenant dix mois. »

Leurs regards s'étaient alors croisés, et elle avait

revu en un éclair un autre regard, celui qui accompagnait la formule sacramentelle : *Jusqu'à ce que la mort nous sépare.*

« Un enfant ? Un bébé ? De lui ? »

C'était invraisemblable, elle ne comprenait pas. Elle avait toujours voulu avoir des enfants, il lui répétait qu'il n'en voulait pas...

« Oui. Le doute n'est pas permis, j'en ai peur. »

Dans le hall derrière la porte, des voix désincarnées résonnaient, trop fortes, trop cordiales. « Bonjour ! Content de vous revoir ! Vous avez une mine superbe ! Quel bronzage ! »

Dans le bureau de l'avocat, Cassandra n'entendait que la voix qui hurlait dans sa tête : *J'ai toujours été une bonne épouse ! Une femme fidèle ! Même en dépit de mes doutes – et Dieu sait si j'en avais. Je savais depuis longtemps que Bradford m'avait épousée pour ma fortune, comme mon père m'en avait avertie. Pour l'entreprise, le pouvoir, ma belle maison – ne l'oublie jamais –, mais je me persuadais qu'il me désirait moi aussi. Je me disais que le mariage est un compromis et que le nôtre n'était ni meilleur ni pire que bien d'autres. Oh ! Les mensonges que je me faisais, les illusions dont je me berçais !...*

« Et comment sont vos scores au tennis, ces temps-ci ? demandait la voix joviale derrière la porte. Venez donc jouer à mon club. Sans nous vanter, nous avons les meilleurs courts de la Louisiane. »

Je l'ai toujours soutenu. Quand on critiquait ses décisions à la verrerie, je refusais d'écouter. Je disais aux contremaîtres, aux chefs de service, à tous ceux qui avaient été des dizaines d'années les collaborateurs de mon père que c'était désormais mon mari le patron et qu'ils devaient lui obéir. Je les forçais à le respecter ! Et c'est comme cela qu'il m'en remercie ! La femme tuée dans sa voiture n'était pas une simple passade, mais la mère de son enfant !

Éprouvant une brûlure à la main gauche, elle avait baissé les yeux et vu briller les diamants dont était incrustée son alliance. L'avocat continuait à l'observer de son regard triste et compatissant.

Je ne vais ni fondre en larmes ni agonir d'injures l'homme qui a été mon mari. Je ne me couvrirai pas de honte pour Bradford. Il était ce qu'il était, comme beaucoup d'hommes. Je le sais. Je n'avais jamais voulu le comprendre, mais maintenant, je le sais.

La brûlure à son annulaire devenait intolérable. D'une main tremblante, elle enleva la bague et la posa devant elle sur le bureau.

« Je ne peux pas... Je n'en veux plus... Pas une seconde de plus. Voudriez-vous... Connaissez-vous une bonne œuvre à laquelle... ?

— Si vous le souhaitez, je peux la vendre pour vous et glisser l'argent dans le tronc des pauvres de ma paroisse.

— Merci. »

Me Robichaud était vraiment un brave homme.

Cassandra se leva et regarda par la fenêtre, mais cela n'endigua pas le flot de ses souvenirs. Elle laissa donc sa mémoire la ramener à La Nouvelle-Orléans, cette ville que tout le monde disait colorée et pleine de charme mais qui, pour elle, resterait à jamais grise et sinistre.

Elle n'avait pas prévu de voir le bébé – elle n'avait rien à en faire, après tout. Quelqu'un devrait s'en occuper, puisque ses deux parents étaient morts. Qui ? Cela ne la concernait en rien. Elle refusait de savoir ce qu'il adviendrait de cette petite fille que Bradford avait eue avec une autre femme.

Elle voulait s'en tenir là quand l'avocat avait dit :

« L'enfant de votre mari n'a personne au monde. Aucun de nos enquêteurs, aucun organisme local n'a pu retrouver la famille de sa mère. Quant à celle de votre mari… »

Bradford avait une sœur vieille fille qui vivait en Californie et s'enorgueillissait d'être une bonne chrétienne, férue de moralité puritaine. Elle aurait été scandalisée de devoir prendre en charge l'enfant illégitime de son frère.

« Vous représentez la seule proche famille de cette enfant, j'en ai peur », avait ajouté Me Robichaud.

Comment une personne digne de ce nom peut-elle tourner le dos à une telle responsabilité ? De plus, le premier choc passé, Cassandra devait admettre que cette fillette piquait sa curiosité. Avec une tristesse mêlée de colère, dont elle n'était pas fière, elle avait envie de voir l'enfant que son mari – qui refusait d'en avoir avec elle – avait eu avec une autre.

« J'aurai un peu de temps devant moi demain, avait-elle répondu.

— Je vous conduirai chez elle. »

Ce n'était pas une belle enfant. Trop menue pour son âge, elle avait des traits quelconques, un petit nez, des lèvres minces qu'elle ne tenait pas de Bradford. Ses yeux marron ne lui venaient pas de lui non plus mais de l'inconnue, sa mère. Malgré tout, elle était bien la fille de son père. Elle avait sa mâchoire carrée, son menton et, surtout, ses inimitables cheveux roux que Cassandra aurait reconnus n'importe où. Un long moment, elle contempla sans rien dire les petites mains aux ongles nacrés comme de minuscules coquillages.

La petite fille ne bougeait pas. Un bébé de dix mois ne devrait-il pas remuer, s'agiter, essayer de se lever ? Ou pleurer parce qu'une femme inconnue le regarde fixement ?

« Est-elle toujours aussi tranquille ? » avait demandé Cassandra à la femme qui s'occupait de l'enfant depuis sa naissance.

Apparemment, Bradford ne regardait pas à la dépense.

« Elle est sage comme une image », avait répondu la nourrice en regardant la fillette assise sur ses genoux.

La petite avait peur, c'était évident, mais elle ne tremblait pas et dévisageait Cassandra par-dessus le bras de la nourrice.

C'est très bien, avait pensé Cassandra. *Elle ne veut pas montrer sa crainte. J'aurais réagi comme elle. Nous nous ressemblons un peu. À part les cheveux roux, bien sûr.*

« Elle ne pleure jamais », avait ajouté la nourrice.

Ni ne rit, sans doute, s'était dit Cassandra en regardant le petit visage trop sérieux. *Je me demande ce qui pourrait la faire sourire...*

« Lotta est restée ici pour s'occuper de l'enfant, avait dit l'avocat. Ses gages sont payés jusqu'à la fin du mois. Le loyer de la maison aussi. Après... »

La pauvre petite en a déjà beaucoup subi. Si quelqu'un ne fait rien pour elle... Mais il y a ces cheveux roux... Ses cheveux à lui... Ai-je vraiment envie de les voir tous les jours, toute ma vie ? Allons, ne sois pas si mesquine, Cassie ! Père aurait dit que je suis au-dessus de ça. Mais le suis-je vraiment ?...

« Que va-t-elle devenir ? avait-elle demandé.

— Si vous n'intervenez pas, voulez-vous dire ? L'État la prendra en charge.

— Et on lui trouvera des parents adoptifs, n'est-ce pas ? Une famille ?

— On essaiera, mais elle a déjà dix mois et la plupart des gens préfèrent adopter un bébé en bas âge. Elle finira vraisemblablement dans le système.

— Le... système ?

— Les foyers d'accueil. Cela présente des risques. Plus longtemps un enfant y reste, plus il devient difficile de le faire adopter. »

C'était là le cœur du problème. Un homme et une femme s'étaient donné du plaisir, et il en était résulté un être humain qui n'avait pas demandé à naître là. En ce moment, la petite était faible et chétive, mais elle avait le droit de grandir et de trouver sa place dans le monde. Et il n'y avait personne pour l'y aider. Personne sauf Cassie Wright, qui savait que si elle voyait à sa porte un chien perdu, moins faible et vulnérable que cette enfant, elle n'hésiterait pas une seconde à le recueillir.

Je voulais un enfant. Je le désirais de toutes mes forces. Prendre cette petite en charge serait la seule chose honorable. Je suis capable de ne pas tenir compte de ses cheveux roux. Avec le temps, je finirai même par m'y habituer...

Me Robichaud lui avait assuré qu'il se chargerait de toutes les formalités de l'adoption. Il ne restait plus qu'à tirer un trait sur la vie de la fillette à La Nouvelle-Orléans. Mais cette décision apporta à

Cassandra une révélation inattendue. Le loyer de la maison, les gages de la nourrice, le compte en banque ouvert au nom de la petite, tout avait été payé aux frais des Verreries Wright. *Il faut absolument faire faire un audit complet de la comptabilité*, pensa Cassie. Elle ne se doutait pas encore de ce qui l'attendait.

Les yeux clos, Cassandra s'appuya au montant de la fenêtre. Même au bout de tout ce temps, même maintenant qu'elle était en sécurité, elle ne pouvait penser sans frémir à ce qui avait suivi sa découverte. Et pourtant, c'est cette série d'épreuves qui avait fait d'elle ce qu'elle était ! Quel était ce proverbe, déjà ? Quelque chose comme : « Ce qui ne vous tue pas vous rend plus fort » ? Dans son cas, c'était vrai. Bien qu'il lui soit arrivé de se dire que, si elle avait su à ce moment-là ce qu'elle allait affronter par la suite, elle n'aurait sans doute pas repris l'avion pour rentrer chez elle.

8

Cassandra était donc revenue à Wrightstown avec ce bébé au regard sérieux, qu'elle avait baptisé Gwendolyn en mémoire de sa mère. L'enfant avait eu un autre prénom donné par ses parents, tués dans un accident de voiture et auxquels Cassandra préférait ne plus penser. *Ce bébé est désormais le mien. J'aurais peut-être dû conserver son prénom, je ne devrais peut-être pas effacer de sa vie toutes les traces de ses parents, mais je ne suis pas au-dessus de ce genre de mesquineries. Mille excuses, Père.*

Gwendolyn avait été installée dans sa nouvelle demeure avec sa nouvelle mère et une nouvelle nurse pour s'occuper d'elle. Si elle avait peur ou si elle était malheureuse, elle n'en manifestait aucun signe. Elle mangeait ses repas, faisait ses siestes et ne pleurait jamais avant de s'endormir le soir. Mais elle ne souriait toujours pas.

Pendant ce temps, Cassandra faisait face à des désastres en cascade que les chefs de service des Verreries Wright venaient lui exposer à tour de rôle.

« Nous sommes très en retard sur la profession dans la recherche et le développement de nouveaux produits, déclara l'un des principaux directeurs.

M. Wright – M. Greeley, je veux dire – mettait l'accent sur la vente plutôt que sur la production. »

« Nous sommes pratiquement exclus du domaine des fibres optiques, déplora le vice-président. Je me suis efforcé de nous y introduire, mais M. Greeley refusait. Maintenant, il est trop tard. »

« Techniquement, nous sommes à des années-lumière de Corning et des autres grands verriers. »

« Sans vouloir manquer de respect à la mémoire de votre mari, il n'a jamais vraiment compris le fonctionnement de l'entreprise. »

« Il disait que nos produits haut de gamme représentaient les joyaux de la couronne, mais cette activité n'a jamais été rentable. »

Ce n'était que le prélude aux rapports véritablement terrifiants, ceux qui avaient tourné le sang de Cassandra en eau glacée.

« Je me suis efforcé d'avertir votre mari que notre expansion commerciale était anarchique… »

« Votre mari répétait qu'il fallait dépenser de l'argent pour en gagner, mais nous n'en gagnions pas assez pour en dépenser plus… »

« Nous devons un semestre de taxes… »

« Il y a des irrégularités dans le fonds de pension du personnel… »

« Nous sommes en retard dans les échéances des crédits bancaires… »

« Bon sang, quelle pagaille ! s'était exclamé l'expert-comptable auquel Cassandra avait finalement fait appel pour tenter de comprendre pourquoi les pages des registres comptables débordaient d'encre rouge. Comment vos employés ont-ils pu laisser la situation se détériorer à ce point ? Je les connais, ces hommes, certains travaillaient déjà dans la maison du temps de votre père. Pourquoi n'ont-ils rien dit ? »

Parce que je leur disais de se taire. Parce que je leur disais que Bradford était le seul patron. Parce que j'étais aveuglément loyale.

« Combien de temps me faudra-t-il pour redresser la situation ?

— Je ne vois pas comment vous y arriveriez. Votre meilleure solution est de vous déclarer en faillite et de sauver ce qui peut l'être. »

Et c'est moi qui saborderais les Verreries Wright ? L'entreprise de mes ancêtres sombrerait sous ma responsabilité ? Non ! Jamais !

« C'est pénible à entendre, je sais, avait dit le comptable avec sympathie. Mais cela se fait tous les jours. »

D'autres le font, mais pas ma famille ! Je descends de générations de survivants. Mon arrière-arrière-grand-père a perdu une jambe à la guerre de Sécession, et il a lancé une fabrique de membres artificiels et de matériel pour les handicapés. Fortune faite, il l'a revendue pour fonder les verreries. Mon arrière-grand-père a perdu toute sa fortune personnelle pendant la grande dépression, mais il s'est accroché à la verrerie. Mon grand-père et lui ont travaillé comme des esclaves avec trois jobs chacun pour gagner assez d'argent pour maintenir la production. Non, je ne sombrerai pas ! Je m'y refuse absolument !

Alors, elle avait commencé à lutter.

Avant tout, remets les finances à flot. Hypothèque au maximum la maison de ton enfance et ne pense pas au fait que tu te retrouverais à la rue si tu la perdais. Liquide ton portefeuille d'actions et ne te demande jamais de quoi tu vivras si tu n'arrives pas à sauver la verrerie. Vends tes bijoux ; bazarde ces babioles clinquantes dont Bradford te faisait cadeau – à tes frais – et prie pour en tirer assez d'argent afin de ne pas être obligée de vendre la broche de diamant de ta mère et les perles de ta grand-mère. Essaie de ne pas vendre le cheval chinois de la dynastie Tang légué par ta grand-tante Cassandra. Essaie aussi de sauver le Corot que ton père aimait tant. Joue, toi qui n'es pas joueuse, prends des risques avec des choses dont la perte te fendrait le cœur. Fais tout ce qu'il faut et, cette fois, fais-le toi-même sans chercher un homme pour le faire à ta place. Parce que tu ne vas jamais plus confier ton entreprise, ton héritage, ton patrimoine sacré à quelqu'un d'autre. À personne.

Sa liquidation lui rapporta de quoi gagner du temps.

« Pas beaucoup, avait commenté l'expert-comptable. Mais peut-être assez pour faire repartir l'affaire. Avec un peu de chance… »

Mais Cassandra ne croyait plus à la chance. Elle croyait au travail et à l'intelligence.

Éduque-toi, Cassie. Tu as un doctorat de littérature classique, apprends à devenir experte dans les utilisations industrielles du verre. Va à l'université, parle aux professeurs de sciences et de technologie, instruis-toi sur les matériaux optiques utilisés dans l'industrie des télécommunications. Apprends ce que sont les semi-conducteurs et comment on les fabrique. Apprends ce qu'est un substrat céramique et comment il est utilisé dans l'industrie automobile… Ah ! À tes moments perdus, apprends aussi à être une femme d'affaires. Le tout pour avant-hier.

Et elle l'avait fait. Il lui avait fallu trois ans. Trois

ans pendant lesquels elle n'avait pour ainsi dire pas dormi. Trois ans au cours desquels elle aurait tué Bradford de ses mains s'il avait été encore en vie. Quand, dans des moments d'épuisement et de peur, elle voyait l'enfant de Bradford, avec ses cheveux roux, jouer dans son parc ou babiller du haut de sa grande chaise, Cassie ne pouvait que s'en détourner. Elle se coupait de Gwen, elle ne le voulait pas mais c'était plus fort qu'elle. Elle n'avait plus qu'à espérer que la fillette ne le sentirait pas – la fillette intelligente et trop calme qui ne souriait toujours pas.

Mais ses efforts avaient payé. Elle avait redressé la situation. Mieux, les Verreries Wright étaient devenues l'un des principaux fournisseurs de matériaux polymères utilisés en biotechnologie, le meilleur fabricant de verre à haute performance pour les écrans de téléviseur et d'ordinateur. Si les pièces uniques faites à la main restaient les « joyaux de la couronne », les rayons des boutiques étaient remplis de gammes de verrerie et de vaisselle, résistantes et à prix modérés. Les services commerciaux étaient réduits au minimum et les Verreries Wright concentraient de nouveau leurs efforts sur l'excellence des productions. Bien entendu, le point de vente de La Nouvelle-Orléans, qui perdait de l'argent, avait été fermé.

C'est ainsi que Cassandra Wright était devenue la femme qu'elle était aujourd'hui. Une femme redoutable, disaient certains. Une femme dont le plus léger désir était satisfait à la seconde, une femme qui menait sa vie comme une mécanique bien huilée. Une femme qui avait survécu à la peur, au doute, au découragement et à la trahison. Et, un très long moment, elle avait aussi été une femme qui croyait rester sans homme jusqu'à la fin de ses jours.

Cassandra entendit derrière elle un pas qu'elle connaissait bien. Elle se retournait quand un baiser dans le cou interrompit son geste.
— Bonjour, toi, dit-elle en souriant.
— Bonjour, toi aussi, répondit Walter.
Walter, son mari. Et quel bonheur d'entendre ce mot, même au bout de tant d'années de solitude !
Ils s'étaient rencontrés chez le dentiste. « Difficile de choisir un endroit plus romantique ! » avait dit Walter quelque temps plus tard, quand ils avaient tous deux constaté que leur liaison était plus qu'un simple caprice. Et ils avaient pouffé tous les deux, parce qu'ils aimaient rire ensemble.
Elle y était allée pour un examen de routine, lui pour le plombage d'une carie. Il était passé avant elle et, quand elle était sortie du cabinet, elle avait vu qu'il l'attendait dans la salle d'attente. Il l'avait invitée à boire un café au coin de la rue – sauf que lui ne pouvait en boire à cause de l'effet de l'anesthésique qui ne s'était pas dissipé, et ils en avaient ri ensemble. Et puis, de fil en aiguille, ils étaient sortis au concert ou au restaurant et elle était passée voir ses tableaux dans son atelier. C'est au bout de quelque temps que Walter était monté à la cachette de Gwen demander à la petite fille s'il pouvait épouser sa mère.

— Elle est partie dans son royaume secret ? demanda Walter à Cassandra en se versant une tasse de café.
— Elle a filé sans déjeuner, pas même un toast. Si je pouvais au moins...

Comme d'habitude, Walter agrémenta copieusement son café avec du lait et sucre. Et il ne prenait jamais un gramme. Un scandale !

— L'aider à s'organiser ? compléta-t-il avec un sourire affectueux.

— Tu estimes qu'elle en a besoin ? rétorqua Cassandra.

— Comme je suis moi-même réfractaire à ce genre de choses, ce n'est pas à moi qu'il faudrait le demander.

— Tu es pourtant très organisé dans ton travail.

— Parce que peindre n'est pas pour moi un travail, mais une passion. Pour le reste, je ne suis pas particulièrement doué. N'oublie pas que tu refuses de partager une penderie avec moi parce que je suis trop désordonné.

— Seigneur ! Je suis un monstre, n'est-ce pas ?

— Pas du tout. Simplement… bien organisée. Elle n'a rien à craindre, rassure-toi, ajouta-t-il en voyant qu'elle s'efforçait de sourire.

— Tu crois vraiment ? Regarde les décisions qu'elle prend ! Elle est si intelligente qu'elle a été admise à Yale sur dossier, sans concours, mais elle préfère continuer ses études dans une petite université.

Cassandra revenait souvent sur ce point de discorde, car c'était une des rares choses sur lesquelles elle n'avait pas prise.

— Elle peut toujours demander son transfert si elle veut.

— Justement, elle ne sait pas ce qu'elle veut. Elle n'est même pas consciente de sa valeur… Sais-tu pourquoi elle est partie se réfugier dans son « royaume secret », comme tu l'appelles ? Parce que hier cette petite pimbêche de Jewel Fairchild est venue m'apporter un pli du bureau et a rencontré Gwen à la bibliothèque. Quand je les ai rejointes, Jewel se pavanait comme si elle était chez elle pendant que Gwen se recroquevillait à vue d'œil. Et tout ça parce que c'est une jolie fille vulgaire et tape-à-l'œil et que…

— Excuse-moi de t'interrompre, mais qui est Jewel Fairchild ?

— La réceptionniste. Tu as dû la voir quand tu es venu au Noël de l'entreprise, l'année dernière. Celle qui faisait chanter des *Christmas Carols* à tout le monde.

— Ah, oui ! Jolie fille, en effet.

— Elle est superbe. Mais Gwen en vaut dix comme elle. Disons plutôt vingt ou trente.

— Gwen s'en rendra compte tôt ou tard.

— Je n'en suis pas si sûre.

— Évidemment, tu es sa mère. Veiller sur son poussin fait partie intégrante des devoirs maternels.

C'était là le problème. À certains moments, elle n'avait pas veillé sur son poussin, elle l'avait presque repoussé. Et sa crainte d'avoir blessé Gwen dans ces moments-là ne s'estompait pas.

— Au début, quand je l'ai ramenée à la maison, je traversais une période… difficile et elle ressemblait trop à son père. Je n'ai pas toujours rempli mes devoirs, comme tu dis.

— Tu n'as pas toujours été une mère parfaite ? Combien de femmes au monde peuvent se vanter de l'avoir été ?

— Mais je savais qu'elle avait tant besoin d'affection et je…

— L'aimais-tu ?

La question était rude, elle lui revenait souvent à l'esprit dans de mauvais rêves. Mais elle méritait une réponse franche.

— J'ai toujours cru qu'il y avait en elle quelque chose qui m'avait poussée à la prendre. Une raison que je ne comprenais pas... J'ai appris à l'aimer. L'amour a grandi, mais... je ne suis pas sûre qu'il ait été présent au début.

— Le contraire aurait été étonnant, compte tenu des circonstances. Tu ne crois pas ?

— Gwen méritait mieux.

— Oui. Toi aussi.

— Mais c'était moi, l'adulte ! Maintenant, je ne sais plus quoi faire ni comment... disons, tout arranger. Dis quelque chose ! insista-t-elle devant le silence de Walter.

— Je crois que tu sais déjà ce que je voudrais dire.

— Je devrais parler à Gwen de son père. C'est ça ?

— Je la crois capable de comprendre maintenant beaucoup de choses qui la dépassaient jusque-là. C'est une partie importante de son histoire et...

— Je sais, l'interrompit-elle. Tu me l'as déjà dit.

— Oui, souvent.

Un sentiment de culpabilité – qu'elle s'efforçait pourtant d'éviter à tout prix – l'envahit.

— Oh, mon chéri, pardonne-moi d'être aussi brusque ! J'ai eu tort sur ce point, je sais. Et tu as raison depuis longtemps.

— Nous ne faisons pas un concours de qui a tort ou qui a raison, tu sais, dit-il en la prenant dans ses bras.

— Pour moi si, j'en ai peur. J'ai horreur d'avoir tort.

— Je m'en suis aperçu, dit-il en souriant.

— Et j'ai horreur qu'on me dise que j'ai tort quand c'est vrai.

— Cela n'arrive pas souvent, Dieu merci.

— Flatteur !

— Eh bien ça marche, tu vois ? Tu souris.

Elle se dégagea, s'éloigna d'un pas, mais elle garda le sourire.

— Je sais qu'il faut que je parle à Gwen, que je lui dise tout. Mais ce ne sera pas facile.

— Non, en effet.

— J'ai décidé de le faire quand nous serons à Paris. Nous serons ensemble vingt-quatre heures sur vingt-quatre, sans distractions. J'avais pensé attendre notre retour à la maison pour qu'elle se sente en terrain connu, mais ce serait une perte de temps. Tu sais, ajouta-t-elle après une pause, si je lui ai caché la vérité sur son père pendant toutes ces années, c'est parce que je croyais que cela valait mieux. C'était pour son bien.

— Je sais.

— De toute façon, du moment qu'elle est heureuse, le reste n'a pas d'importance.

Ce n'était pas tout à fait vrai. Elle avait en tête une image trop secrète pour la partager avec quiconque, même avec Walter. Une image de Gwen prenant un jour sa place à la tête des Verreries Wright. Elle pouvait voir sa fille maîtresse de cette maison, la voir dans le jardin devant la rangée d'érables rouges, la voir suivre la voie tracée par des générations de Wright pour leur descendance. Avec son intelligence et son goût de tout ce qu'il y avait de beau dans les arts et la nature, Gwen serait une digne héritière de Père, de Grand-père et de tous ceux qui les avaient précédés. Mais la verrerie ? Si seulement Gwen avait...

— Je veux que Gwen ait confiance en elle, dit-elle autant à Walter que pour elle-même. Est-ce une erreur ?

— À son âge, avais-tu confiance en toi ?

— Non. Et je l'ai payé cher.

J'ai failli tout perdre. Tout : l'entreprise, la maison, les jardins, la colline où Gwen court se réfugier quand elle veut avoir la paix.

— Vois où tu en es, maintenant.

Elle comprit qu'elle ne pouvait pas le contredire. Gwen devrait trouver sa voie elle-même, comme tout le monde. Elle commettrait ses propres erreurs et l'expérience de sa mère adoptive ne lui apprendrait rien, quoi qu'elle fasse ou dise pour lui en épargner la peine. Cassandra pensa à cette fille intelligente, sensible, timide et craintive, partie se réfugier sur le flanc de la colline qu'elle voyait. Sa fille. Et pourtant...

— Pourquoi n'ai-je pas demandé qu'on envoie ma secrétaire porter ces fichus papiers à la place de Jewel ? dit-elle avec dépit.

— Ta secrétaire ? Ah oui, la dame aux chaussures orthopédiques.

— Elle a cinquante-trois ans et les voûtes plantaires affaissées.

— Je vois.

— Quand même... Maudite Jewel Fairchild !

9

C'est curieux, la vie, se disait Jewel. *Depuis trois ans que je travaille pour Mme Wright, je n'ai jamais vu sa fille. Et voilà que je vais lui porter des papiers chez elle, que je rencontre ce drôle de numéro dans la somptueuse bibliothèque, et maintenant, à peine le temps de me retourner que je tombe de nouveau sur Gwen Wright !*

La première fois, la jeune fille était passée par les bureaux montrer à sa mère la nouvelle coiffure qu'elle s'était fait faire pour leur voyage à Paris. « Très chic, avait dit Mme Wright en lui faisant traverser le hall. Tu as l'air d'une vraie Parisienne. »

Pour Jewel, la coupe était un désastre. Les cheveux étaient coupés trop court et ils restaient raides. Un dégradé aurait été plus seyant. Jewel avait appris dans les magazines tout ce qu'il fallait savoir sur la coiffure et le maquillage, et elle ne ratait pas une émission sur ces sujets à la télévision. Gwen se croyait sans doute au-dessus de ce genre de frivolités, mais, en regardant la mère et la fille qui prenaient l'ascenseur, Jewel se rappela sa conversation avec le vieil Albert, qui lui dévoilait naïvement les secrets de la famille.

Moi je sais que tu n'es pas au-dessus de tout ça, pensa-t-elle. *J'en sais beaucoup sur ton compte. Je sais même tout.*

Leur rencontre suivante s'était passée un matin de bonne heure. Jewel était descendue au *delicatessen* au-dessous de chez elle avaler un café et un *bagel* avant de partir au travail. Gwen était assise sur un tabouret au comptoir. Jewel crut d'abord qu'elle avait fait erreur sur la personne, car que pouvait bien faire Gwen Wright au *Bergers's Deli* à une heure pareille ? Le quartier était, au mieux, ce que les agents immobiliers qualifiaient pudiquement de « marginal ». Pourtant, c'était bien Gwen, qui avait l'air complètement perdue dans un endroit pareil.

Jewel allait abandonner l'idée du café et du *bagel* et s'éclipser discrètement quand Gwen la repéra et lui adressa le sourire timide qui n'appartenait qu'à elle. Jewel ne pouvait pas se dérober.

« J'attends mon beau-père, expliqua Gwen après les salutations d'usage. Je dois aller avec lui chercher mon passeport à l'hôtel de ville, juste à côté. Comme nous voulions y arriver de bonne heure, nous nous sommes donné rendez-vous ici parce que Walter dit que c'est le meilleur *deli* en ville. Alors je l'attends. »

Arrivé sur ces entrefaites, Walter invita Jewel à prendre le petit déjeuner avec eux, mais Jewel dut refuser parce qu'il était tard et qu'elle devait partir au travail. *Pas comme certains qui ont le temps de déjeuner à leur aise en attendant l'ouverture des bureaux de la mairie pour chercher le passeport dont ils ont besoin pour aller à Paris*, se dit Jewel avec acrimonie.

En attendant le bus qui la conduirait à la verrerie,

elle repensa au vieil Albert et au secret qu'il lui avait révélé. *Il y a des gens qui ont toujours de la chance et d'autres qui n'en ont jamais*, se répétait-elle. Quand elle arriva à son travail, elle était d'une humeur exécrable.

Des bouffées de colère de ce genre, elle en avait de plus en plus souvent. Elle s'efforça de chasser celle-ci, mais la vision de la belle maison blanche dans laquelle vivait Gwen, du bracelet d'or et de diamant à son poignet et le fait de savoir qu'elle ne les méritait pas dévoraient Jewel d'envie. Le hasard de ses rencontres avec la fille choyée et privilégiée de Mme Wright n'arrangeait rien non plus. Et puis, comme si le destin s'acharnait à lui jouer de méchants tours, elle rencontra Gwen encore une fois un samedi matin dans un centre commercial.

L'Algonquin Mall faisait la fierté de Wrightstown. Toutes les boutiques à la mode ainsi que deux des meilleurs restaurants de la ville s'y étaient implantés. C'est à l'Algonquin Mall que Jewel allait tous les samedis matin s'offrir une manucure. Pendant que le vernis séchait, elle feuilletait la *Wrightstown Gazette*, hebdomadaire local qui annonçait les événements de la région tels que les ouvertures de nouvelles boutiques ou de nouveaux restaurants. On y trouvait aussi une page *People* consacrée aux faits et gestes des notabilités du cru. Il va sans dire que la famille Wright occupait dans ces colonnes une place éminente. Cette semaine-là, le rédacteur avait jugé que les prochaines vacances en Europe de Cassandra Wright et de sa fille méritaient un article.

Comme s'il y avait encore en ville une personne

qui ignore que Gwen et sa chère maman s'offrent un voyage à Paris, commenta Jewel avec mépris. *On est déjà tous au courant, non ?*

Elle demanda quand même à la manucure la permission d'emporter le magazine et alla s'installer à une table du patio pour y boire un café en lisant l'article plus à loisir.

« Je me réjouis de partager cette aventure avec ma fille, disait Mme Wright dans son interview. J'avais l'âge de Gwen quand je suis allée pour la première fois en France avec mon père. Ce voyage a resserré les liens qui nous unissaient déjà et nous a donné de précieux souvenirs que nous évoquions ensuite avec joie. »

Voilà qui m'intéresse, parce que moi aussi j'ai eu avec mon père des souvenirs qui ont resserré nos liens, quand j'avais l'âge de Gwen. Nous avons regardé ensemble maman mourir. Mais comme il n'a pas tardé à filer après ça, nous n'avons jamais eu de précieux souvenirs à évoquer ensemble. Ah, et puis ça suffit ! se dit Jewel en lançant rageusement le magazine sur la table. *Arrête d'être obsédée par ces femmes, Gwen et Cassandra Wright. Maman disait toujours que c'était l'envie qui rendait papa aussi invivable pour lui-même que pour les autres. Si je ne fais pas attention, je risque de finir comme lui.*

Jewel se leva, jeta le magazine dans une poubelle avec son gobelet en plastique et s'éloigna d'un pas vif. Elle se rendait au seul endroit où elle savait trouver de quoi chasser sa mauvaise humeur, une boutique de mode appelée *Sofia's*. La propriétaire, une émigrée de Milan lasse de courir le monde, avait acquis dans ses voyages un infaillible sens du style. La boutique était la plus chère de Wrightstown – et la préférée de Jewel. Les vêtements que Sofia importait d'Europe, et revendait avec des marges vertigineuses, étaient à la fois spectaculaires, sexy et de grande classe. Certains soirs, avant de s'endormir, Jewel se berçait en y pensant.

Dans sa situation, il était ridicule, bien sûr, de pousser seulement la porte puisqu'il n'y avait à l'intérieur strictement rien qu'elle puisse rêver s'offrir – le plus petit foulard de soie lui aurait coûté quinze jours de salaire. Mais il y avait une vendeuse qui y travaillait le week-end et dont Jewel s'était fait une amie. Edie avait à peu près le même âge que Jewel et connaissait le problème d'être belle et fauchée tout en rêvant de s'habiller comme une star de cinéma ou de télévision. S'il n'y avait pas de clientes le samedi matin à l'ouverture – il n'y en avait pour ainsi dire jamais, la clientèle de Sofia étant aussi riche que peu nombreuse –, Edie laissait Jewel essayer les plus belles toilettes : la robe de soie corail qui moulait les hanches, celle de satin noir avec un décolleté plongeant ou encore celle au dos nu que seules les jeunes filles aux mensurations de top-model pouvaient se permettre de porter. Une fois le choix de Jewel fait, Edie lui apportait les chaussures assorties – aux prix non moins himalayens – et ouvrait la vitrine où reposaient les sacs et les pochettes de soirée. Alors, habillée de pied en cap, Jewel arpentait la moquette beige comme pour un défilé de mode en se regardant dans les grands miroirs. L'image d'une créature de rêve lui souriant dans la glace suffisait à dissiper ses amertumes et ses désillusions. Une visite à *Sofia's* le samedi matin était son meilleur remède contre la dépression.

Mais ce matin, quand elle entra, Edie se précipita au-devant d'elle.

— Pas ce matin, lui chuchota-t-elle. Sofia est là. Nous avons une VIP dans le magasin et Sofia veut la servir elle-même.

Avant même de regarder dans la direction qu'indiquait Edie, Jewel avait deviné qui était la cliente de marque en question.

— Je crois que ce chemisier bleu vous ira à ravir, mademoiselle Wright, même si la nuance vous a paru un peu trop vive sur le moment, dit Sofia en fermant la boîte au couvercle gravé de son logo.

— Merci de me l'avoir suggéré, je ne l'aurais pas choisi de moi-même, répondit Gwen avec un manque évident de conviction. Je ne suis pas très douée pour la mode, mais ma mère tenait à ce que j'aie de nouvelles tenues pour notre voyage.

La pile de boîtes et de sacs déjà posée près de la caisse attestait de l'importance de ses achats.

Le regard de Jewel alla des boîtes à l'expression malheureuse de Gwen ; elle sentit sa rage redoubler. *Je viens ici pour rêver quelques minutes que j'ai les moyens de m'offrir autre chose que du troisième choix et des fringues en solde. Je n'en demande pas plus, faire semblant. Et ce matin, je ne peux même pas avoir mes cinq minutes de rêve parce que cette petite garce pourrie de fric vient rafler toute la marchandise ! Et en plus, elle n'est pas contente !*

Il fallait battre en retraite avant de faire ou de dire quelque chose qu'elle regretterait, elle le sentit tout de suite. Mais comme elle franchissait la porte une voix menue et distinguée la héla :

— Jewel ? Bonjour !

Elle ne pouvait pas faire autrement que se

retourner et adresser à Gwen son plus beau sourire, charmeur et épanoui.

Gwen n'avait d'abord pas voulu faire signe à Jewel, mais elle s'en était sentie obligée. Ces derniers temps, elle ne pouvait pas se retourner sans se trouver nez à nez avec Jewel Fairchild et, chaque fois qu'elle la voyait, cette fille lui paraissait encore plus radieusement belle. Ce matin, par exemple, elle portait une robe rouge que Cassandra aurait sûrement jugée trop voyante et de mauvais goût, mais il fallait bien admettre qu'elle était spectaculaire sur Jewel. Et le chemisier bleu que Gwen venait d'acheter à contre-cœur lui irait sans aucun doute à la perfection. Il était exactement de la même couleur que ses yeux. Même si Sofia avait assuré à Gwen qu'il lui irait bien, il aurait cent fois mieux convenu à Jewel.

Que vient-elle faire ici ? se demanda Gwen. *Elle n'a certainement pas les moyens d'acheter quoi que ce soit dans un endroit pareil... Non, c'est idiot de penser ça. Aussi bête que méchant. Elle a autant le droit que moi d'entrer ici. Simplement, j'ai horreur d'acheter des vêtements, j'en ai toujours eu horreur. Et voilà que je tombe encore une fois sur elle dans cette robe tapageuse... Voilà que je recommence ! Je ne suis qu'une hypocrite. Je passe mon temps à dire que les êtres humains sont trop cruels les uns envers les autres, j'admire les animaux qui ne s'attaquent que poussés par la nécessité, et je joue les mijaurées avec une fille que je ne connais même pas pour la seule raison qu'elle est belle.*

Je dois quand même dire pour ma défense qu'il y a quelque chose de gênant dans la manière dont elle me regarde. Comme si elle me méprisait et... Non, je ne vais pas m'en sortir encore par la facilité. Je suis jalouse de sa beauté, un point c'est tout. Et je devrais avoir honte de moi.

C'est la raison pour laquelle Gwen se surprit à héler Jewel alors que celle-ci était déjà presque sortie de la boutique. Et quand la jeune femme se retourna en lui décochant son merveilleux sourire, Gwen n'écouta pas la voix du monstre verdâtre de la jalousie qui lui disait de fuir cette fille. Au contraire, se sentant encore plus coupable, elle l'invita à déjeuner. Et Jewel accepta.

10

Des années plus tard, en repensant à ce déjeuner du samedi avec Gwen, Jewel se dirait que ce qui s'était passé était inévitable. Depuis quelques semaines, le destin semblait prendre plaisir à mettre Gwen Wright en travers de son chemin, comme pour attiser les flammes de sa colère jusqu'à ce que se produise ce qui devait arriver. Tout ce qu'elle avait vécu depuis, bon ou mauvais, découlait de ce déjeuner qui avait marqué un tournant dans sa vie. Elle n'en avait pas été consciente, bien sûr, quand elle avait répondu « Oui, avec plaisir » à l'invitation de Gwen. Tout ce qu'elle pensait sur le moment, c'est qu'elle ne pouvait pas dire non à la fille de sa patronne.

La *Villa Toscana* s'enorgueillissait de l'authenticité de sa cuisine de l'Italie du Nord et de ses prix exorbitants. Gwen l'avait suggéré à Jewel en sortant de chez Sofia.

— J'y suis allée une fois ou deux avec ma mère, avait-elle expliqué, et je ne connais aucun autre restaurant ici. Mais si vous avez l'habitude d'aller ailleurs...

Essayez donc le McDo ou un hot-dog dans le patio, par exemple, s'était abstenue de répliquer Jewel.

— Non, la *Villa Toscana* est parfaite, répondit-elle avec suavité.

Et sa rage intérieure était montée d'un degré.

— Il y a un peu d'attente, mademoiselle Wright, annonça l'hôtesse à l'entrée du restaurant. Mais si vous voulez bien me suivre, je vous ferai passer en priorité.

— Sensas…, commença à lâcher Jewel.

La réaction de Gwen lui coupa la parole :

— Merci, nous attendrons notre tour, dit-elle poliment.

Jewel se rendit compte qu'elle était surclassée par cette fille et ravalée parmi les rustres. Sa fureur rentrée monta d'un nouveau degré.

La goutte d'eau qui allait faire déborder le vase tomba quand elles furent attablées. Gwen commanda une salade au nom italien qu'elle prononça avec un accent parfait. Jewel choisit les raviolis à la langouste, qui lui paraissaient plus exotiques. Mais quand elle vit le prix sur la carte, elle laissa échapper :

— Oh, c'est hors de prix !

À quoi Gwen rétorqua, avec un geste insouciant de la main :

— Mais non, voyons, prenez ce qui vous fait plaisir.

Ce fut la désinvolture de ce geste qui mit le feu aux poudres. Jewel sentit que la *pasta* à trente dollars l'assiette lui resterait en travers de la gorge. Elle se rabattit donc sur une salade puis, comme Gwen n'avait rien à dire – à son habitude –, elle entreprit d'animer la conversation en racontant des histoires de sa famille. Bien entendu, elle savait très bien où ce sujet la mènerait – bien qu'elle ait tenté par la suite de se persuader du contraire.

Elle commença par quelques anecdotes. Bonne conteuse, elle sut présenter avec beaucoup d'humour l'histoire de cinq enfants qui attrapent la grippe en même temps et autres catastrophes du même acabit. Ce qu'elle omettait de mentionner, c'est qu'elle avait dix ans à l'époque, et que c'était elle qui devait changer les draps et faire la lessive. Puis, ayant parlé de la famille dans l'ensemble, elle en vint tout naturellement à évoquer son père.

— Il travaillait dur. Bien sûr, il n'a pas aussi bien réussi que le vôtre, puisqu'il n'a jamais pu finir ses études.

Plus tard, elle jurerait que le mot fatal lui avait échappé et qu'elle n'avait jamais voulu faire de peine à personne. Mais quelles qu'aient été ses véritables intentions, cependant l'effet sur Gwen en fut immédiat.

— Mon père ? répéta-t-elle. Je n'ai pas de père. Walter est mon beau-père.

Ce qui suivit frappait de nullité les protestations d'innocence ultérieures de Jewel, car, à ce moment-là, elle regardait Gwen dans les yeux. Il lui aurait suffi de dire : « Mais oui, bien sûr, pardonnez-moi ce lapsus ridicule. Où avais-je la tête ? » et l'incident aurait été clos. Mais elle enchaîna :

— Oui, je sais. M. Amburn est votre beau-père. Je parlais de votre père biologique.

Gwen sursauta comme sous l'effet d'une décharge électrique.

— Personne ne sait qui c'est. Quand ma mère m'a adoptée, le dossier était inaccessible. Et elle n'a jamais voulu se renseigner davantage sur mes vrais parents.

Jewel avait encore une chance de reculer, de s'excuser ou de dire quelque chose de rassurant. Tout ce qu'elle prononça, ce fut un « Ah ? » chargé de cynisme malveillant avant d'ajouter :

— Si votre mère le dit, c'est sûrement vrai.

Ce qui sous-entendait : « Votre mère n'est qu'une menteuse. »

Ces quelques mots produisirent le déclic escompté :

— Vous ne le croyez pas, n'est-ce pas ? Vous savez donc quelque chose.

Maintenant, tout devenait presque trop facile.

— C'est-à-dire que…, fit Jewel en affectant de bafouiller. Écoutez, je suis désolée, je n'aurais rien dû dire. Changeons plutôt de sujet.

Trois longues minutes, elle laissa Gwen la cajoler, exiger des précisions. Finalement, avec des hésitations calculées, elle raconta toute la sordide histoire du mari volage et de sa maîtresse à La Nouvelle-Orléans – en mentionnant par deux fois, pour faire bonne mesure, que Bradford Greeley avait les cheveux roux. Puis, contente d'elle-même, elle attendit.

Et maintenant, tu te crois toujours au-dessus des autres ? jubilait-elle intérieurement. Mais quand elle regarda Gwen, elle fut étonnée de voir pour seul indice de sa détresse qu'elle avait pâli. *C'est sans doute qu'elle n'a pas encore compris*, se dit Jewel. *Mais ça viendra.*

De toute façon, elle méritait une bonne leçon.

Alors même qu'elle s'efforçait d'encaisser sans broncher le direct qu'elle venait de recevoir à l'estomac, Gwen ne put manquer de noter l'éclair de triomphe apparu dans le regard de Jewel.

Elle y prend plaisir. Elle aura beau prétendre le regretter et présenter ses excuses, ce n'est ni un lapsus ni un hasard. Elle avait bien l'intention de me dire que mon père trompait sa femme et que ma mère, ma mère biologique, était... Grand Dieu, que pouvait-elle bien être ? Et ma mère adoptive, Cassandra Wright ? Non, je ne veux pas y penser. Pas maintenant. Pas ici.

— Vous ne vous sentez pas bien ? s'enquit Jewel avec sollicitude.

Gwen fit appel à toutes ses ressources pour répondre de manière cohérente et sensée. Il le fallait à tout prix.

— Si, très bien, répondit-elle avec un grand sourire. Je ne prétendrai pas que je ne suis pas surprise par ce que vous venez de me dire. Je l'ignorais, évidemment. Mais j'ai toujours su que j'étais adoptée, donc ce n'est pas vraiment un choc. Et quand on pense aux circonstances extraordinaires de ma naissance, j'aurais plutôt de quoi en être fière.

Pour rien au monde je ne lui ferai le plaisir de fondre en larmes. Elle espérait me voir craquer et je le ferai peut-être, mais pas devant elle. Je suis toujours la fille de ma mère, au moins pour cela même si je ne le suis pas pour le reste.

— Voulez-vous un dessert ? demanda-t-elle avec amabilité. Le chef pâtissier vient de New York et il est considéré comme un des meilleurs du pays, ajouta-t-elle en faisant signe au serveur d'apporter la carte des desserts. Allons, ne faites pas de manières, poursuivit-elle avec une condescendance digne de Cassandra. Et, pour l'amour du Ciel, ne vous inquiétez pas du prix. C'est moi qui vous ai invitée.

Oh, non ! Elle ne pleurerait pas maintenant. Plus tard, oui.

Quelques secondes, Jewel fut désarçonnée. Il était évident que la nouvelle avait fait son chemin dans la tête de Gwen, mais la jeune femme restait calme et paraissait même contente. *Si on m'avait appris pareille chose, je serais dans tous mes états. Elle n'est quand même pas aussi différente des autres ni même de moi ! Elle n'est pas en pierre ! Ou l'est-elle ? C'est ce que je déteste le plus chez les femmes comme Cassandra et Gwen Wright : elles sont indéchiffrables. Malgré tout, elle doit craquer sous son vernis. C'est obligatoire.*

Gwen ne se rappellerait jamais comment elle réussit à se dominer jusqu'à la fin de ce déjeuner avec Jewel, mais elle y parvint sans trahir le moindre signe de faiblesse. Elle avait décidé de réserver ses larmes à son lieu secret de la colline. Aussi, à peine rentrée à la maison, elle courut s'asseoir sur la souche au-dessous des chênes, là où elle était si souvent venue verser toutes les larmes de son corps. Sauf que, cette fois, ses yeux restèrent secs. Quelque chose en elle refusait d'ouvrir les vannes, comme si elle n'avait ni la force ni les moyens de pleurer assez. Au lieu des larmes, des pensées affluèrent et se mirent à tournoyer dans sa tête. Elles la ramenaient toutes à la même personne : sa mère. Celle qu'elle avait toujours appelée sa mère.

Quel genre de femmes accepte d'adopter la bâtarde de son mari ? Pour quelles raisons faire une chose pareille ? Pour nettoyer derrière lui la pagaille qu'il a créée ? Cela lui ressemblerait. Mais elle devait être folle de rage. Pas étonnant que j'aie parfois eu l'impression d'être repoussée. Pas étonnant que je me sois toujours sentie aussi seule.

Attiré par un gland tombé à côté d'elle, un écureuil s'approcha de si près qu'il prit peur et détala sans emporter le trésor convoité. Une fois, des années plus tôt, un arbre avait été abattu par le vent près de la pelouse, et les bûcherons venus le débiter avaient découvert un nid plein de bébés écureuils. Pauvres petites créatures à la peau rose, sans fourrure pour se défendre des agressions du monde extérieur et aux paupières encore closes ! Ils étaient trop jeunes pour survivre, avait dit le vétérinaire à qui Cassandra et Gwen les avaient apportés. Il avait proposé de leur administrer une piqûre, mais Gwen n'avait pas voulu en entendre parler. Laisser mourir ces pauvres petits êtres sans même leur offrir une chance de lutter était au-dessus de ses forces et elle avait fondu en larmes. Alors, Cassandra – qui savait à coup sûr que leur cas était désespéré – avait dit au vétérinaire qu'elle les emporterait chez elle et essaierait de les sauver. Deux jours et deux nuits, Gwen et elle s'étaient évertuées à les nourrir avec un compte-gouttes. Et quand ils avaient fini par mourir les uns après les autres, Cassandra avait trouvé sur la colline l'endroit idéal pour les ensevelir.

Il y avait en moi des choses qu'elle était seule à comprendre. Et elle ne m'a jamais rien refusé.

Après l'enterrement des écureuils, Gwen avait imaginé une histoire dans laquelle les écureuils avaient survécu et menaient une vie heureuse – ou, du moins, conforme à l'idée que Gwen se faisait du bonheur des écureuils. C'est alors que sa mère, qui s'était montrée si compréhensive jusque-là, ne l'avait plus été du tout.

« Ils sont morts, Gwen. Il faut que tu l'acceptes. »

Mais Gwen s'y refusait et Walter s'était efforcé de concilier leurs points de vue.

« Gwen se sert de son imagination pour rendre vivable le monde autour d'elle, Cassandra. Tous les artistes en font autant.

— Gwen n'est pas une artiste mais une enfant. Elle doit apprendre à ne pas s'attarder sur les épreuves qu'elle pourra rencontrer. »

« Ta mère ne veut pas être méchante avec toi, Gwen, lui avait expliqué Walter. Simplement, quand quelque chose la fait trop souffrir, elle ne sait que le laisser derrière elle et passer à autre chose. C'est comme cela qu'elle se protège des blessures de la vie. »

Maintenant qu'elle était adulte, Gwen s'interrogeait. *Est-ce pour cela qu'elle ne m'a jamais parlé de mon père ? Parce qu'elle ne voulait pas s'attarder sur quelque chose de trop douloureux ? Je voudrais le lui demander, mais je ne le ferai pas, bien sûr. Je n'en ai pas le courage. Parce que si je le lui demande, je serai forcée de lui poser d'autres questions sur ses vrais sentiments à mon égard. Et j'ai peur des réponses.*

Nous irons donc à Paris la semaine prochaine et je ne lui dirai rien. Je serai une fille modèle qui ne pose jamais de questions gênantes à sa mère.

Et malgré tout ses larmes ne coulaient toujours pas.

11

— N'oublie pas, dit Cassandra, ici on doit tenir sa fourchette de la main gauche.

Elles déjeunaient dans un des innombrables petits restaurants qui semblent pousser à Paris comme des champignons après la pluie. Celui-ci faisait partie des préférés de Cassandra – *tout aussi innombrables*, se disait Gwen. Et sa mère paraissait décidée à la traîner dans tous, ainsi que partout ailleurs dans la Ville lumière.

Si je l'entends dire encore un seul mot sur son premier voyage ici avec son père et sur tous ses autres voyages en France, je pique une crise ! Elle savait pourtant que ce n'était pas la vraie raison pour laquelle elle en voulait tellement à sa mère.

Les yeux de Cassandra brillaient d'un réel plaisir.

— Je me demande souvent, enchaîna-t-elle, comment se prennent les habitudes de ce genre. Chez nous, il serait malséant de tenir sa fourchette de la main gauche. À moins d'être gaucher, bien sûr.

— Les gens se mêlent toujours des affaires des autres, grommela Gwen. Quelle importance de tenir sa fourchette de telle main ou de telle autre ? Faire autant d'histoires sur les bonnes manières et les rites cérémonieux est ridicule.

— En un sens, peut-être, mais à la réflexion on se rend compte que *tout* n'est pas absurde. La simple politesse est un élément essentiel de la vie en société. Elle met de l'huile dans les rouages. C'est ce que je t'ai toujours dit, n'est-ce pas ?

Oh, oui ! Plus de mille fois. C'est un de vos sermons préférés, bien que vous ne soyez pas en position de prêcher la morale aux autres, n'est-ce pas ? Surtout après m'avoir menti pendant plus de dix-sept ans !

Gwen s'avachit sur sa chaise, les coudes sur la table.

Cassandra se retint de hocher tristement la tête. Qu'était devenu le temps où sa fille, soucieuse de lui plaire, s'asseyait bien droite à table comme elle le lui avait appris ? À l'évidence, l'éducation reçue dans son enfance avait laissé place à une forme exaspérante de rébellion d'adolescence – ou à un autre rôle que Gwen croyait jouer.

Et je ne sais vraiment pas ce que pourrait être ce rôle. J'essaie de la comprendre, mais je n'y arrive pas. Depuis notre arrivée à Paris, elle est grognon et même impolie. J'ai horreur de l'impolitesse, comme j'ai horreur de l'attitude à la fois passive et agressive qu'affectent les jeunes de son âge qui se croisent les bras quand ils veulent montrer que quelque chose leur déplaît. Si on a quelque chose à dire, qu'on le dise, bon sang !

À cet instant, elle rencontra le regard de Gwen où elle lut une sorte de prière.

Walter me dirait d'être patiente, que son changement de comportement doit avoir une explication. Il aurait raison, bien entendu. Je ne sais vraiment pas ce qu'elle a dans la tête en ce moment. À son âge, cela peut être n'importe quoi.

Elle se força à sourire à Gwen, qui tripotait son éclair du bout de la fourchette.

— Tiens, je t'ai apporté un petit cadeau, dit-elle en sortant un livre de son sac. Comme nous devons aller à Versailles et visiter le Petit Trianon, il serait utile et intéressant d'en apprendre davantage sur la marquise de Pompadour. Quand on parle du Petit Trianon, la plupart des gens pensent à Marie-Antoinette, mais en réalité c'est Mme de Pompadour qui en avait eu l'idée, quand elle était la maîtresse de Louis XV. Elle l'a fait construire par son architecte préféré et…

— Merci, très peu pour moi, l'interrompit Gwen.

Elle avait fini de ravager son éclair et repris sa pose avachie.

— Nous ne sommes pas obligées de lire tout le livre, il s'agit juste de le feuilleter, d'apprendre les points importants…

D'un coup, la forme avachie se redressa, le regard étincelant.

— Ça ne m'intéresse pas d'apprendre quoi que ce soit sur la maîtresse de Louis XV.

— C'était pourtant une femme exceptionnelle, bien plus qu'une courtisane de haut vol…

— Je ne veux rien savoir des aventures des femmes entretenues, des courtisanes ou de tout autre euphémisme qui vous plaira pour qualifier des putains ! Je ne veux pas entendre parler de leurs enfants illégitimes ou, pour être vulgaire, de leurs bâtards ! Ça me touche d'un peu trop près et j'aurais cru que vous penseriez la même chose.

— Au nom du Ciel, de quoi… ?

— Je parle de ma mère ! La maîtresse de mon père, c'est bien ça ? De mon père qui était votre mari. Et moi, je suis… comment faut-il le dire poliment ? … un « enfant de l'amour » ?

Et voilà. Gwen connaissait le secret que Cassandra avait si chèrement gardé au prix de tant de peines, ce secret qu'il n'appartenait qu'à elle de dévoiler quand elle serait prête à le faire. Pas avant.

— Qui te l'a dit ? s'entendit-elle aboyer à travers le brouillard causé par la rage et le choc.

L'expression apparue sur le visage de Gwen lui fit aussitôt comprendre que ce n'était pas la bonne question à poser.

— Cela fait une différence ? Au moins, quelqu'un a fini par lâcher le morceau.

— J'allais t'en parler moi-même…

— Toute ma vie, vous m'avez menti !

Le dégoût, le mépris dans la voix de Gwen firent à Cassandra l'effet d'une gifle. Elle aurait voulu lui donner l'ordre de se taire et exiger des excuses, mais Gwen avait raison. En partie, du moins.

— Je voulais te protéger…

— De quoi, de la vérité ? J'avais le droit de savoir !

— La situation était trop complexe, Gwen, et je…

— D'autres étaient au courant ! Il ne vous est jamais venu à l'idée que quelqu'un finirait par me le dire ? Avez-vous seulement pensé à ce que cela me ferait, à moi ? Déjeuner avec la réceptionniste des bureaux de ma mère et l'entendre me révéler ce que j'aurais toujours dû savoir ?

C'était donc Jewel Fairchild. Cassandra ne s'en étonna pas outre mesure.

— Elle jubilait de m'humilier, de faire semblant de me plaindre...

Je n'en doute pas un instant. L'abominable fille !

— J'ai cru faire pour le mieux..., commença Cassandra.

— Non, vous avez fait ce qui vous convenait ! Vous n'avez jamais pensé à moi !

De la patience, dirait Walter. Sois patiente.

— Écoute, Gwen, laisse-moi t'expliquer...

— Non ! Je ne veux pas entendre parler de la femme admirable qui a eu la charité de recueillir la bâtarde de son mari ! Je ne veux pas vous entendre dire que vous m'avez menti pour mon bien ! Je ne veux pas entendre que, dans votre infinie sagesse, vous avez décidé qu'il s'agissait d'un détail que je n'avais pas besoin de connaître !

Plus tard, quand les remords allaient étouffer Cassandra, elle devrait reconnaître que Gwen avait mis le doigt sur ses points les plus sensibles : son horreur d'avoir tort, son orgueil et, surtout, sa certitude d'être au-dessus de tout reproche. Personne ne l'avait jamais attaquée aussi cruellement, personne ne l'avait traitée de menteuse. En face d'elle, elle ne voyait plus que les cheveux roux et le menton de Bradford. Alors, quelque chose craqua en elle.

— Tu as peut-être raison, dit-elle d'un ton glacial. Peut-être ne voulais-je pas admettre avoir commis l'erreur de choisir un coureur de jupons, qui ne m'a épousée que pour ma fortune et mon entreprise avant de la pousser par incurie au bord de l'abîme et de dilapider mon argent pour une femme ramassée sur le trottoir. Peut-être avais-je honte de te dire qu'il était arrogant, superficiel et finalement stupide. Si malgré tout tu désires connaître les sordides détails de sa vie, je me ferai un plaisir de te les révéler. Quant à ta mère, tout ce que je sais, c'est qu'elle était barmaid et que, à l'évidence, elle n'avait aucun scrupule à se laisser entretenir par un homme marié.

— Vous le haïssiez !
— Peux-tu me le reprocher ?

Sur quoi, Gwen éclata en sanglots et partit en courant.

Gwen aurait tellement voulu éviter de pleurer ! Elle s'en voulait aussi d'avoir détalé du restaurant comme une gamine mal élevée et d'avoir traversé Paris en courant jusqu'à l'hôtel, tel un personnage de mauvais mélodrame. Pour finir elle s'était engouffrée en trombe dans le hall puis dans l'ascenseur – Encore une de ces folles d'Américaines ! avait jugé le personnel qui en avait vu d'autres – et s'était ruée dans sa chambre de la suite qu'elle partageait avec sa mère. Le tout sans cesser de pleurer. Elle pleurait de fureur contre elle-même, contre Cassandra, contre le monde entier. *Je n'aurais pas dû lui dire que je savais la vérité sur mon père. Si seulement elle n'avait pas fait tout un discours sur cette Mme de Pompadour... Non, sois honnête. Tu n'attendais qu'un prétexte pour le lui jeter à la figure.*

Elle entendit sa mère entrer dans l'autre chambre. Avait-elle couru, elle aussi ? Non, bien sûr. Cassandra avait dû trouver un taxi. Elle ne tarda pas à ouvrir la porte de communication entre les chambres. *Pourquoi diable n'ai-je pas pensé à la fermer à clef ?*

— Je n'aurais pas dû te dire ce que je t'ai dit, Gwen, déclara Cassandra avec difficulté. Ton père était un homme plein de charme. Il était très drôle quand il le voulait. Tout le monde l'aimait.

— Mais vous, vous le haïssiez !

— Non, je ne le… « Haïr » est un mot trop fort, se reprit Cassandra.

Gwen aurait voulu crier : *Mais c'est ce que vous sentiez ! C'est ce que vous sentez encore ! Quand je faisais quelque chose qui vous l'évoquait – et ç'a dû arriver plus d'une fois –, vous me haïssiez aussi ?*

— Gwendolyn, arrête de pleurer, je t'en prie. Cela ne sert à rien.

Pour Cassandra Wright, descendante de plusieurs générations de Wright stoïques, pleurer à gros sanglots ne servait sans doute à rien. Mais ces larmes qui ruisselaient, ce nez qui coulait et ce visage rouge et bouffi faisaient du bien à Gwen. Être malade est pénible et douloureux, mais on sait qu'on se sentira mieux quand ce sera fini. Gwen avait peut-être hérité ce trait de caractère de la femme que son père avait « ramassée sur le trottoir ».

— Peu importe ce qu'était ton père, reprit Cassandra. Cela n'a rien à voir avec ce que tu es, toi.

Si, parce que je suis sa fille ! Comme je suis celle de la barmaid qui éprouvait peut-être le besoin de pleurer comme je le fais. J'avais le droit de tout savoir sur eux depuis des années. Et vous auriez dû être la seule personne à me le dire.

Sa mère parut deviner ses pensées, car elle enchaîna :

— Ce n'est pas comme cela que j'aurais voulu que tu l'apprennes. Je comptais tout te dire pendant que nous étions seules ici, à Paris.

Oui, quand cela vous aurait convenu, quand vous auriez été maîtresse de la situation. C'est une des rares fois où vous ne l'êtes pas et je vois le résultat. Je devrais peut-être remercier Jewel, après tout.

— J'espérais tant que ce voyage serait un plaisir pour nous deux. Je voulais que nous... Écoute, Gwen, je ferai ce que tu me demanderas. Si tu souhaites annuler le reste du voyage et rentrer à la maison, dis-le-moi. Il ne nous mènerait à rien de continuer si nous nous querellons.

Étonnée de son ton implorant, Gwen cessa de pleurer et leva les yeux vers sa mère. Elle n'avait pas un cheveu déplacé, bien sûr, elle ne pâlissait même pas. Mais l'expression de son regard... Avait-elle jamais eu un air aussi malheureux, aussi vulnérable ? Aussi apeuré ?

Elle a peur que je la prenne au mot. Sans pouvoir me demander de lui pardonner, elle a peur que je ne lui pardonne pas. Et cela la ferait souffrir. Elle a peur d'avoir trop mal...

— Non, Mère, je ne veux pas annuler le voyage.

Cassandra s'efforça visiblement de reprendre la situation en main et Gwen la laissa faire.

— Il est navrant que les choses se passent aussi mal. Peut-être ferions-nous mieux de mettre la question de côté pour ne l'aborder de nouveau que quand nous serons moins... échauffées.

C'est-à-dire jamais, pensa Gwen.

Mais, parce qu'elles étaient civilisées, parce que Cassandra était une Wright et Gwen, sa fille, elles mirent la question de côté et pansèrent les blessures de leur... Comment dire ? « Querelle » serait trop simpliste, « combat » trop violent. Une image s'imposa à Gwen, celle d'un voile de soie fin et fragile, étiré jusqu'à la déchirure et reprisé tant bien que mal. Le fil serait toujours apparent, le tissu resterait ridé le long de la couture, mais le voile serait raccommodé.

Alors, Gwen et Cassandra poursuivirent avec ardeur leur séjour à Paris. Elles allèrent à Versailles et visitèrent le Petit Trianon. Les jours suivants, elles prirent des repas sous la verrière du Printemps – dont elles avaient écumé les rayons –, au restaurant de la tour Eiffel, dans un bistrot à la mode de l'île Saint-Louis... Elles firent un petit déjeuner de café crème et de croissants au *Café Marly* en contemplant la pyramide du Louvre. Elles arpentèrent les salles du Louvre, du musée Rodin et du musée d'Orsay, restèrent en contemplation béate devant la *Joconde* et le *Penseur*. Elles visitèrent toutes les attractions touristiques parce que, disait Cassandra, elles étaient elles aussi des touristes et qu'il aurait été bête de ne pas en profiter. Et puis, on ne pouvait quand même pas quitter Paris sans avoir vu Notre-Dame et l'île de la Cité, l'Arc de triomphe, la Concorde et son obélisque, l'Opéra-Garnier, ou admiré les fontaines qui parsèment les rues de la ville. Elles firent du lèche-vitrines sur les Champs-Élysées, dans la rue du Faubourg-Saint-Honoré et, aussi trivial que cela paraisse, firent une croisière en bateau-mouche. Elles flânèrent le long des quais, regardèrent les pêcheurs à la ligne qui ne pêchaient rien ou presque, marchandèrent des gravures aux bouquinistes. Toutes deux férues de nature, elles ne manquèrent pas de déambuler dans les jardins des Tuileries et du Luxembourg.

Avec un programme aussi rempli, elles n'avaient plus le temps de parler de père et de mère biologiques ni de secrets trop longtemps cachés. Pour l'observateur impartial qui les voyait dans les rues de Paris bavarder gaiement et se tordre le cou afin de ne rien perdre du spectacle, leurs différends – si tant est qu'elles en aient eu – étaient bel et bien révolus, sinon inexistants.

Dans l'avion du retour, Cassandra annonça :

— Je vais flanquer Jewel Fairchild à la porte. Je voulais juste que tu sois au courant.

Gwen revit le ravissant visage de Jewel, avec ses lèvres rubis et ses yeux d'une incroyable nuance de bleu. Elle revit surtout l'éclair de triomphe apparu dans ces yeux bleu-violet pendant que Jewel la poignardait et, l'espace d'un instant, elle faillit crier bravo à sa mère. Mais, en regardant Cassandra assise à côté d'elle, elle comprit que, dans sa conviction sereine, punir Jewel suffisait à régler le problème.

— Pourquoi ? demanda-t-elle. Jewel n'a fait que me dire la vérité.

La déchirure ne pourrait jamais être réellement raccommodée. Il en resterait toujours une cicatrice.

12

La boutique *Présent(s) du passé* (« Le Top du Vintage », spécifiait l'annonce dans les Pages Jaunes) était située dans un petit centre commercial à quelques centaines de mètres au nord de l'Algonquin Mall. Les loyers étaient plus modestes, l'adresse moins prestigieuse qu'à l'Algonquin, mais l'emplacement assez proche de celui-ci pour recueillir le trop-plein de sa clientèle huppée. C'est du moins ce que croyait Patsy Allen, la propriétaire de *Présent(s) du Passé*.

« Les femmes rebutées par le tape-à-l'œil de *Sofia's* constituent le meilleur de notre clientèle, aimait à dire Patsy. Elles sortent du Mall insatisfaites et nous sommes là, pour ainsi dire la porte à côté, pour leur présenter les pièces uniques de style classique dont elles rêvaient. »

Si par « unique » et « classique » elle veut dire « vieux » et « démodé », pensait Jewel, *Patsy a tout à fait raison*. Bien entendu, elle ne le lui dirait jamais. Patsy était sa patronne et Jewel appliquait désormais à la lettre le sage principe : « Ne dis jamais à tes patronnes – ou à leurs filles – ce qu'elles ne veulent pas entendre. »

Jewel ne pouvait pas oublier ce jour, six mois plus tôt, où son chef de service lui avait annoncé qu'elle était licenciée. L'ordre venait de Mme Wright en personne – sa première décision à son retour de vacances à Paris. « Je ne sais pas ce que vous lui avez fait pour la mettre en colère à ce point, mais elle n'a même pas pris le temps d'enlever son manteau pour me dire de vous mettre à la porte. »

Jewel le savait, bien sûr : elle avait dit à l'idiote de fille de Mme Wright la vérité sur son père. Comme prévu, Gwen était allée pleurer sur l'épaule de sa chère maman et la punition de Jewel, pour prix de ces quelques minutes de satisfaction, était de se retrouver privée de son salaire et en proie à trois mois de panique en attendant de décrocher un autre job. Pendant ce temps-là, ses maigres économies fondaient à vue d'œil. Sans diplômes et seulement pourvue des connaissances rudimentaires en informatique apprises à un cours du soir, elle n'avait pas l'embarras du choix. Quand elle avait dû se rabattre sur l'emploi de vendeuse à *Présent(s) du Passé*, son propriétaire la menaçait d'expulsion. Aussi, bien que sa paie soit inférieure à celle des Verreries et qu'elle doive rester debout huit heures par jour, dans un local qui n'était climatisé que dans la partie réservée aux clientes, elle n'allait pas faire de vagues. Pas question.

— Celle-ci est absolument divine ! s'exclama Patsy en déballant une robe de dentelle blanche.

Elle revenait d'une tournée d'achats et, comme toujours, montrait ses « trouvailles » à Jewel. « Vous vous rendez compte ! s'extasiait-elle en exhibant une robe. Une originale de Pucci, et je l'ai eue pour une bouchée de pain ! » Ou bien : « Regardez ! Une

Donald Brooks qui a pris la poussière dans un placard jusqu'à ce que je la sauve. »

Jewel s'extasiait pour faire plaisir à Patsy. Aussi, quand Patsy déplia la robe de dentelle en disant : « Voyez-moi ce travail, Jewel ! On n'en fait plus des comme ça, aujourd'hui ! », Jewel hocha la tête avec respect en s'exclamant : « Une merveille ! Vous avez un flair incroyable pour dénicher de pareils trésors, Patsy. » En son for intérieur, elle se disait qu'elle aurait préféré crever plutôt que de se montrer dans une fripe qui avait l'air de dater de sa grand-mère. Elle avait quand même acheté quelques bricoles à *Présent(s) du Passé*. Dans l'ensemble, les robes étaient chics – elles lui rappelaient celles que Cassandra Wright rapportait de ses voyages à Paris – et sans cette boutique elle n'aurait jamais eu les moyens de s'offrir un sweater en cachemire, même en solde. Bien sûr, malgré sa remise préférentielle, ses quelques achats mettaient son budget à rude épreuve, mais elle prenait plaisir à porter de belles choses. En tout cas, la qualité des robes et leur vertigineux prix d'origine ne pouvaient pas lui faire oublier qu'il s'agissait de vêtements d'occasion que quelqu'un d'autre avait usés avant elle et méprisés ensuite – comme les meubles de son appartement. *Un jour, je pourrai me permettre d'acheter tout ce qui me fait envie – et neuf ! Je ne sais pas encore comment, mais j'y arriverai.*

— Quelle chaleur ! soupira Patsy qui s'éventait avec une facture.

La journée s'annonçait étouffante et elles déballaient les derniers achats dans l'arrière-boutique, dépourvue de climatisation.

— Allons devant un moment, reprit-elle en

ouvrant la porte. N'apportez pas la robe de dentelle, pendez-la plutôt dans la réserve. Elle est fragile, je ne veux pas que tout le monde la tripote. Nous ne la sortirons que pour la montrer à une cliente sérieuse.

Il fallut un instant à Jewel pour trouver un des cintres rembourrés réservés aux toilettes fragiles. Quand elle rejoignit sa patronne dans la boutique, celle-ci était perchée sur un des tabourets disposés devant la caisse et feuilletait le dernier numéro de la *Wrightstown Gazette* – c'est Jewel qui lui avait suggéré d'en avoir toujours un ou deux exemplaires sous la main pour les prêter aux clientes.

Quand Jewel entra, elle lui tendit le magazine ouvert à une page.

— Je vendrais mon âme au diable pour aller à cette réception ! dit-elle en montrant l'article du doigt. Je mettrais l'Armani – vous savez, la robe en satin pourpre de la collection Printemps 82. Il ne me faudrait pas plus de vingt minutes, je vous le jure, pour que toutes ces pimbêches viennent faire leurs achats chez moi. Dans la vente, il faut montrer le potentiel et après…

Jewel n'écoutait déjà plus. L'article était illustré par une photo sur laquelle elle avait aussitôt reconnu Gwen Wright, aussi terne que d'habitude. Jewel parcourut l'article qui alignait les superlatifs sur la fête donnée par Cassandra Wright pour l'anniversaire de sa fille – à qui Jewel devait son congédiement brutal.

La fête avait lieu le soir même et, selon le journal, ce serait une réception fastueuse, avec des tentes sur les pelouses et un éclairage spécialement étudié pour l'occasion. Le traiteur – le meilleur de la région – préparait le buffet depuis trois jours et le fleuriste affirmait ne pas avoir dormi depuis l'avant-veille. Le gouverneur de l'État en personne serait présent ainsi qu'au moins deux sénateurs – sans compter les nombreux « beaux partis » que Cassandra avait sans nul doute invités pour séduire sa fille. Car c'était ainsi que s'y prenaient les parents riches pour que leurs filles le restent : en les mariant aux fils de gens riches. Le père de Jewel lui avait toujours dit que les riches assuraient l'avenir de leurs enfants en les envoyant dans des écoles et des universités coûteuses où se faire des amis – se constituer un réseau, précisait-il – et s'assurer plus tard des situations aux salaires à six ou sept zéros. C'était peut-être vrai pour les garçons, mais Jewel savait que ce n'était pas pareil pour les filles. Il pouvait y avoir des tas de femmes avocates ou médecins, ou même chefs d'entreprise, le mieux qu'une fille puisse espérer c'était d'épouser un homme riche. Encore fallait-il en rencontrer un…

Voilà pourquoi Gwen ferait partie des meilleurs clubs, irait en vacances dans des lieux choisis et sortirait dans des soirées aux invités triés sur le volet. Alors, tôt ou tard, elle finirait par attirer un garçon riche – plus séduit par son héritage et les Verreries que par son physique ingrat. Ils se marieraient, combineraient leurs fortunes respectives et leurs enfants deviendraient encore plus riches qu'eux. Ainsi se perpétuerait l'univers des riches pour au moins une ou deux générations de plus. Le petit univers où aucun intrus, fût-il débordant de charme, de beauté et d'intelligence, ne s'introduirait jamais. Et c'était là l'injustice la plus criante : les filles telles que Jewel Fairchild n'avaient aucune chance de jamais rencontrer les hommes riches qui fréquentaient des réceptions comme celle donnée en l'honneur de Gwen.

Se rendant compte qu'elle avait les mains crispées au point de chiffonner le magazine, Jewel le défroissa et le reposa calmement.

— Je me suis assez rafraîchie, dit-elle à Patsy. Je ferais mieux de retourner derrière finir le déballage.

— Mais non, il fait déjà plus de trente degrés ! protesta Patsy.

Ce que Jewel ne dit pas, c'est qu'elle avait plus besoin d'une occupation quelconque que de fraîcheur pour cesser de penser.

Gwen a sans doute déjà choisi ses bijoux, elle n'a rien de mieux à faire. À sa place, je me contenterais du bracelet en or incrusté de diamants. Un coiffeur viendra chez elle essayer de la rendre présentable, une manucure lui fera les ongles, une esthéticienne son maquillage et...

Jewel se força à s'arrêter.

— Ce n'est pas si terrible que ça dans l'arrière-boutique, dit-elle avec un grand sourire. J'allumerai le ventilateur.

Tout, même trente degrés à l'ombre, valait mieux que de rester à se tourner les pouces en imaginant comment Gwen Wright se préparait pour sa grande soirée.

Le thermomètre annonçait trente degrés à l'ombre. Gwen regardait par la fenêtre de la cuisine un homme occupé à accrocher des lanternes sur les rangées de poteaux qui venaient d'être plantés entre la maison et la colline. Une grande tente blanche se dressait d'un côté de la pelouse et des tables rondes recouvertes de nappes blanches étaient disposées de l'autre côté, abritées du soleil par de grands parasols fleuris que le personnel enlèverait au crépuscule quand ils n'auraient plus de raison d'être. Cassie – pour une raison qu'elle ne s'expliquait pas, Gwen appelait sa mère par son diminutif depuis qu'elle avait appris la vérité sur sa naissance – avait acheté les tables et les parasols en supposant que Gwen recevrait souvent des amis par la suite. *Une jeune fille de son âge*, pensait-elle, *prend toujours plaisir à la vie en société.*

Sauf que, en regardant dehors, Gwen se demandait ce qu'une personne n'appartenant pas à son milieu social, comme le jeune électricien qui accrochait les lanternes en transpirant sous le soleil, pouvait bien penser de préparatifs aussi élaborés pour un simple anniversaire.

Sa physionomie lui paraissait intéressante plutôt que classiquement belle. Il avait des cheveux un peu trop longs, qui lui retombaient dans les yeux et qu'il devait repousser d'un revers de main, des traits bien marqués et des yeux marron, presque noisette, mais c'était peut-être un reflet du soleil. Il se mouvait avec aisance, comme beaucoup de travailleurs manuels, et ses gestes étaient précis. À l'évidence, il savait ce qu'il faisait et le faisait bien.

Le jeune homme s'interrompit un instant pour ramasser une bouteille d'eau mais, la trouvant vide, il la reposa sur l'herbe. Les ouvriers qui avaient fini de monter la tente déjeunaient ; il n'y avait personne avec lui. *Ce serait aimable*, pensa Gwen, *d'apporter à ce garçon aux cheveux indisciplinés un peu de la citronnade que je viens de sortir du réfrigérateur.* Elle en remplit un petit pichet qu'elle posa sur un plateau avec un verre et sortit sur la pelouse.

— Je me disais que vous aviez peut-être soif par cette chaleur, lui dit-elle en s'approchant.

— Oh, merci ! C'est vraiment trop gentil de votre part.

Il avait bien les yeux noisette, le soleil n'y était pour rien.

Elle remarqua qu'il hésitait entre boire sa citronnade debout sous le soleil ou aller s'asseoir à l'ombre sur une des chaises en fer forgé. Cassie dirait, bien entendu, qu'un homme ne doit pas s'asseoir devant une femme qui reste debout – et beaucoup d'hommes l'approuveraient. Gwen devrait peut-être rentrer à la maison et le laisser se désaltérer à son aise, sans risquer de l'embarrasser. Mais comment une personne bien élevée pourrait-elle, au bout de quelques mots polis, se contenter de tourner le dos et de s'en aller ? Cela ne manquerait pas de paraître curieux ou, pire, grossier. Les chaises n'étaient qu'à quelques pas. Gwen s'en rapprocha donc et il la suivit. Mais, après s'être tous deux assis, ils ne trouvèrent rien à se dire. Gwen se demanda s'il attendait qu'elle prenne la parole en premier, mais tout ce qui lui venait à l'esprit se bornait aux banalités que les gens se disent sans se soucier de la réponse de l'interlocuteur. Elle ne voulait pas qu'il la croie aussi superficielle, et, d'un autre côté, rester assis en silence devenait gênant.

— Vous habitez en ville ? demanda-t-elle enfin.

— Oui, depuis un bon moment déjà. Au début, j'avais l'intention d'aller travailler à New York avec mon cousin, mais j'ai changé d'avis.

— Cela aurait pourtant été agréable de travailler avec votre cousin, n'est-ce pas ?

Voilà du bavardage idiot et futile, pensa-t-elle. Le

jeune homme parut cependant réfléchir sérieusement à la question.

— Cela dépend, répondit-il. Nous nous sommes brouillés à la suite d'un désaccord sur son attitude. Un jour, il avait défoncé une voiture en stationnement. Je lui avais suggéré de laisser au moins sa carte avec son téléphone, mais il ne voulait pas. Il ne pense qu'à l'argent et aux affaires, voyez-vous, et moi, heureusement, je ne suis pas comme lui. Pour ces choses-là, du moins. Dans quel état serait le monde si nous agissions tous comme cela ?

La conversation ne prenait donc pas la tournure d'un bavardage insignifiant. Ce garçon n'était d'ailleurs pas du genre à parler pour ne rien dire.

— Quel âge a-t-il, votre cousin ? S'il est très jeune, il n'a peut-être pas encore conscience des conséquences de ses actes.

— Il a vingt-deux ans. Si on ne sait pas se conduire en société à cet âge-là, quand est-ce qu'on le saura ?

— Il n'est jamais trop tard, vous savez.

— Si. Certains traits de caractère sont déjà là à la naissance. J'ai connu un gamin qui jouait très bien du violon à sept ans. Maintenant, il est premier violon dans un grand orchestre. Il était doué, il savait ce qu'il voulait et il a fait ce qu'il fallait.

Quand il leva la main pour finir son verre, Gwen remarqua la présence d'une profonde cicatrice.

— Mon Dieu ! Qu'est-ce qui vous est arrivé à la main ?

— Je me suis entaillé à l'école, comme un gamin sans cervelle.

— C'est affreux !

Il avait fini de boire ; Gwen n'avait plus qu'à

reposer le verre sur le plateau et à rentrer. Mais puisqu'elle avait commencé à lui parler, comment mettre brusquement fin à la conversation sans paraître impolie ? Ou sans cervelle ?

— À quelle école alliez-vous ?
— Une école professionnelle.
— Pour être électricien ?

Question idiote ! Il ne le serait pas devenu s'il avait appris la plomberie ou la menuiserie.

— Oui. Et vous ?
— En ce moment, je suis en vacances. À la rentrée, je vais apprendre le métier d'institutrice à la faculté, ici.
— Il me semblait avoir entendu dire que vous vous apprêtiez à intégrer une grande université, comme Yale ou Harvard.

Dans cette ville, les rumeurs courent quand il s'agit de la famille Wright...

— Les gens disent un peu n'importe quoi. Mais j'ai été acceptée à Yale, c'est vrai, ajouta-t-elle pour atténuer la sécheresse de sa réponse.
— Et vous ne voulez pas y aller ?
— Non, absolument pas.
— C'est inattendu. Beaucoup de gens donneraient cher pour profiter d'une chance comme celle-ci.
— Vous la saisiriez ?
— Eh bien, j'en ai eu l'occasion, et je n'ai rien fait. J'avais pourtant une bourse. Pas dans une grande université, mais une bonne quand même. Je vivais à Chicago.
— Pourquoi ne pas l'avoir fait ?
— Parce que j'aime mon métier actuel. Sans les électriciens, sans l'électricité, nous vivrions encore

au XVIIᵉ siècle. Nous ne remercierons jamais assez Benjamin Franklin de ce que nous avons grâce à lui. Sans ses expériences sur la foudre, nous n'aurions pas de voitures, pas d'aspirateurs, et les dentistes nous arracheraient les dents avec des tenailles. Qu'est-ce que je dis ? enchaîna-t-il en riant. Il n'y aurait même pas de dentistes ! Ce seraient encore les barbiers qui arracheraient nos dents. Sans anesthésie.

Son sourire lui plissait le visage autour de ses yeux noisette, qui, maintenant, se posaient ouvertement sur Gwen avec curiosité.

— Je ne vous imaginais pas du tout comme cela, Gwen.

— Comment, alors ? Et comment savez-vous mon prénom ?

— Il suffit de lire le journal. Il y avait dans le dernier numéro de la *Gazette* un article sur la réception de ce soir et votre prénom y était. Comment je vous imaginais ? Eh bien... Il y avait une photo de vous. Vous aviez un air très sérieux et... Je ne sais pas. Je vous imaginais peut-être comme Mme Wright en plus jeune... Une grande dame, conclut-il en prononçant les mots avec un parfait accent français.

— Gwen est le diminutif de Gwendolyn, un prénom dont j'ai horreur. Et je ne suis pas une grande dame. Et puisque vous connaissez mon prénom, comment vous vous appelez, vous ?

— Stanley. Stanley Girard. C'est un nom français.

— Beau nom. Ma matière préférée à l'école était le français.

— Mon arrière-grand-père, ou peut-être celui d'avant, est venu de France. J'ai toujours rêvé d'y aller.

— Je reviens de Paris, justement. Mais je n'y suis restée que quinze jours.

— Comment est-ce, là-bas ? Aussi beau qu'on le dit ?

— Superbe. Les musées, les jardins, surtout ceux de Versailles…

Elle s'interrompit. Le nom de Versailles ranimait des images importunes. Celle du sourire triomphant de Jewel Fairchild lui dévoilant des secrets qu'elle aurait dû connaître. Celle du regard de Cassandra, obligée d'admettre qu'elle lui avait si longtemps menti.

— À Versailles, reprit-elle en chassant ces images, les massifs de fleurs ressemblent à des broderies.

— Mais cela ne vous a pas plu, n'est-ce pas ? demanda-t-il en fronçant les sourcils.

S'il avait perçu ses sentiments négatifs, il était très observateur. Il devait être difficile, sinon impossible, de garder un secret avec ce garçon. Ou de mentir. Il était tout d'une pièce. Gwen ne le connaissait pas, et pourtant elle était sûre de ce qu'elle percevait.

— Non, Versailles est splendide. Simplement… Je crois qu'il vaut mieux voir certaines choses quand on est seul.

Il fronçait toujours les sourcils. Il sentait qu'elle ne disait pas tout, mais il était trop poli pour insister. Alors, d'un coup, le silence retomba comme s'ils n'avaient plus rien à se dire et que chacun attendait que l'autre relance la conversation. Les criquets seuls meublaient le silence, qui devenait pesant. Finalement, ce fut lui qui le rompit.

— J'ai fini d'accrocher les lanternes, je reviendrai les allumer ce soir une demi-heure avant le début de la réception. Comme elles sont branchées sur un circuit spécial, il faut prendre des précautions. Merci pour la citronnade, dit-il en lui tendant le verre vide.

Il se leva, s'éloigna. Il allait rassembler ses outils, monter dans sa camionnette, partir. Gwen s'entendit le héler :

— Stanley !

Il se retourna, revint vers elle.

— Vous m'avez dit...

Elle bafouillait, rougissait, mais elle ne pouvait plus s'arrêter.

— Vous avez dit que je n'étais pas telle que vous m'imaginiez.

Il acquiesça d'un signe de tête. Gwen s'efforça en vain de sourire.

— Alors, qu'est-ce que je suis ?

Elle se sentait plus rouge qu'une tomate. Une partie d'elle-même aurait voulu se liquéfier au soleil, disparaître dans la terre et en avoir fini. Mais cette question, il fallait qu'elle la lui pose. S'il avait ri, pris la question à la plaisanterie ou simplement souri avec ironie, elle se serait littéralement liquéfiée. Mais il garda son sérieux.

— Comment dire ? répondit-il avec lenteur. Désuète ? Non. Anachronique ? Non plus. Mais il y a en vous quelque chose de... de rare. D'original.

Ce fut son tour de rougir.

— Je crois que cela me plaît, dit-elle au bout d'une minute.

Il la remercia d'un signe de tête et s'éloigna.

Gwen rapporta le plateau à la cuisine, regarda l'heure. Il était un peu plus de midi. Une des camionnettes du traiteur se garait déjà. Dans quelques minutes, la cuisine et l'office seraient envahis par une armée de cuisiniers s'affairant à préparer les canapés et les petits-fours sur de grands plats. Le personnel du traiteur et celui du fleuriste se bousculeraient pour dresser les couverts et placer les décorations florales au milieu de chaque table. Et Stanley Girard reviendrait dans six heures.

Gwen quitta la cuisine et monta dans sa chambre. Elle avait reçu l'ordre formel de se reposer et de rester fraîche avant les festivités du soir. « Je veux que tu rayonnes », lui avait dit Cassandra avant de se rendre chez son coiffeur. Gwen avait refusé d'y aller quand celui-ci avait annoncé qu'il lui mettrait des reflets dorés dans les cheveux. La robe que Cassandra et Gwen avaient choisie ensemble était accrochée à la porte de la penderie de sa chambre. Elle était verte – la couleur qui convient le mieux aux rousses, avait décrété Cassandra – et à la toute dernière mode. Elle n'avait rien d'anachronique, de désuet ni d'original.

Gwen sortit de sa chambre en courant, dévala l'escalier, traversa le hall en empoignant au passage les clefs de sa voiture – elle avait fini par céder, Dieu merci, et par passer son permis de conduire. Toujours au pas de course, elle sortit de la maison, s'assit au volant et démarra.

Elle voulait aller dans une boutique dont elle avait vu la publicité et qu'elle n'avait encore jamais fréquentée. La boutique se trouvait dans un petit centre commercial non loin de l'Algonquin Mall. Selon sa publicité, elle s'appelait *Présent(s) du Passé* et était spécialisée dans le vintage.

13

Gwen Wright venue faire ses achats à *Présent(s) du Passé* ! Et le jour même de son anniversaire ! Jewel n'en croyait pas ses yeux. La revoir était comme revivre un cauchemar où on se trouve pris dans un piège qui revient sans cesse sur son chemin et auquel on ne peut échapper. Que Gwen soit aussi étonnée et décontenancée que Jewel par leur rencontre constituait une piètre consolation.

— Oh ! Jewel ?... Je ne m'attendais pas à... je veux dire, je ne savais pas que..., bredouilla-t-elle.

— Oui, je travaille ici. Depuis que votre mère m'a jetée dehors.

Princesse Gwen n'avait pas de réponse à ça. Elle se contenta de baisser les yeux.

De tous les gens que je connais, il faut que je tombe sur Jewel Fairchild ! pensa Gwen. Six mois s'étaient écoulés depuis que Jewel avait bouleversé la vie de Gwen comme un tremblement de terre, et Gwen en subissait encore les secousses. Ses rapports avec Cassie étaient tendus comme ils ne l'avaient jamais été auparavant, et elle devait se résoudre à admettre que ses parents naturels, qu'elle avait rêvés nobles et beaux, n'étaient que des menteurs et des adultères.

Comme si cela ne suffisait pas, il avait fallu qu'elle se précipite dans cette boutique, où aucune de ses relations n'aurait voulu se montrer, pour des raisons qu'elle refusait de s'expliquer à elle-même. Et à qui se trouvait-elle confrontée ? Quelle vendeuse allait s'occuper d'elle ? Jewel, avec son physique de pin-up ! Le sort lui infligeait une plaisanterie du plus mauvais goût ! *J'aimerais mieux me faire arracher une dent sans anesthésie que la laisser me servir.*

Je suis incapable de la servir. Plutôt crever ! pensait Jewel.

Elles restaient face à face, pétrifiées. Jewel était sûre que le sourire sur ses lèvres était aussi faux que celui de Gwen. Aucune des deux ne savait comment se tirer de cette situation lorsque, Dieu soit loué, Patsy sortit de l'arrière-boutique. Elle reconnut aussitôt Gwen d'après sa photo dans le magazine et papillonna autour d'elle avec empressement en lui faisant les honneurs de sa boutique.

— Que puis-je vous proposer qui vous fasse plaisir, mademoiselle Wright ? demanda-t-elle de son ton le plus suave.

Si elle remarqua le soupir de soulagement qui échappa simultanément à Gwen et à Jewel, elle n'en laissa rien paraître.

La robe de dentelle blanche était exactement ce que Gwen cherchait, elle s'en rendit compte dès que Patsy Allen la lui montra. Pendant l'essayage, c'est une inconnue qu'elle découvrit dans la glace. L'encolure carrée du corsage encadrait son visage mince et la dentelle tombait gracieusement jusqu'à ses chevilles.

— Vous avez l'air d'une héroïne d'un roman de Jane Austen, commenta Patsy avec ravissement.

Elle avait raison, Gwen était parfaite – du cou aux pieds.

— Mais... ma coiffure, gémit-elle.

— Remontez vos cheveux, décida Patsy. Pas à l'ancienne, vous n'allez pas à un bal costumé. Mais il faut dégager votre visage.

— Je ne saurais pas comment faire, je suis nulle pour ce genre de choses. Et il est trop tard pour prendre un rendez-vous chez le coiffeur, ils étaient déjà complets il y a des semaines.

— Ils vous recevraient en priorité, j'en suis sûre.

— Oh, non ! Je ne veux pas abuser, murmura Gwen tristement.

Elle veut se rendre le plus belle possible ce soir, en déduisit Jewel. *Il y a sûrement un garçon là-dessous. Quand une fille est comme elle est en ce moment – et c'est la première fois que je la vois un peu vivante –, c'est toujours parce que cette fille veut plaire à un homme.*

Gwen avait l'air prête à fondre en larmes. *Bien fait pour elle*, pensa Jewel, mais elle eut néanmoins presque pitié d'elle. Et puis, voir à quel point cette robe de dentelle la transformait était quand même extraordinaire. Elles avaient toutes les trois – Jewel, Patsy et Gwen – succombé à l'éternel sortilège féminin de la robe féerique qui métamorphose une fille ordinaire en Cendrillon rayonnante. Ce serait grand dommage que sa tignasse raide et frisottée gâche tout l'effet...

Oh, après tout...

— Je vous coifferai, annonça Jewel.

Gwen resta bouche bée, terrifiée.

— Soyez tranquille, la rassura Patsy. Jewel est un vrai génie dans ce domaine.

— Et puis, si la coiffure ne vous plaît pas, vous pourrez toujours la défaire et revenir à celle-ci, déclara Jewel.

Avant que Gwen puisse protester, Jewel l'avait fait asseoir sur un tabouret devant le comptoir, et Patsy était sortie en hâte dans le centre commercial acheter des épingles à cheveux et une bombe de laque.

Jewel travaillait vite et avec sûreté. Si elle ne savait pas grand-chose des romans de Jane Austen, elle n'ignorait rien ou presque de la coiffure et du maquillage. En frôlant, lissant et épinglant les cheveux de Gwen, ses mains paraissaient voler. Finalement, elle recula de deux pas pour estimer le résultat.

— Un ruban blanc, murmura-t-elle.

— Absolument ! approuva Patsy, qui courut en chercher un dans l'arrière-boutique.

Jewel entrelaça un étroit ruban de soie blanche dans les cheveux de Gwen, termina la coiffure par un petit nœud perché derrière l'oreille, et Gwen eut enfin le droit de se regarder dans la glace.

— Oh... ! soupira-t-elle.

— Parfait ! déclara Patsy en l'examinant d'un regard critique. La coiffure et la robe vont admirablement ensemble, sans rien d'apprêté. C'est le ruban qui fait toute la différence. Il donne l'impression que vous avez relevé et noué vos cheveux à la dernière minute.

Et c'est moi qui ai fait ce chef-d'œuvre, pensa Jewel avec un intense sentiment de plaisir. *J'ai rendu un inestimable service à la Princesse Gwen. Maintenant, elle m'en doit autant.*

C'est fabuleux, pensa Gwen en regardant son image. *C'est exactement l'allure que je voulais avoir et elle l'a réalisée pour moi.*

— Je ne sais pas comment vous remercier, dit-elle à Patsy et Jewel quand elle se détourna enfin.

Devoir quelque chose à cette fille m'est insupportable. À n'importe qui, mais pas à elle.

Une idée lui vint alors. Cassie serait furieuse… bah, tant pis.

— Je sais que c'est un peu tardif, et j'espère que vous n'en serez pas froissées, mais cela vous ferait-il plaisir de venir ce soir à mon anniversaire ? Tenez, ajouta-t-elle en écrivant quelques mots sur deux cartes posées sur le comptoir. Montrez-les au majordome, à l'entrée, il verra que vous êtes mes invitées.

Patsy se confondit aussitôt en remerciements, mais Jewel fulmina intérieurement. *Elle n'est même pas fichue de me dire merci ! Et maintenant, elle croit être quitte en me jetant une miette, en m'invitant à son spectacle. À la dernière minute, en plus ! C'est insultant et elle le sait.*

Une seconde, Jewel faillit refuser l'invitation pour ne pas donner à Gwen l'occasion de reprendre la main à si bon compte. Oui, mais cette réception lui offrirait une chance de s'introduire dans le cercle magique, celui où une fille peut rencontrer l'homme qu'il lui faut et changer enfin le cours de sa vie. *Un jour*, pensa-t-elle, *je pourrai dire non à toutes les Gwen Wright de ce monde. Mais il est encore trop tôt pour me le permettre.* Et elle prit le bristol griffonné par Gwen.

— Merci, dit-elle en se forçant à sourire.

Le crépuscule tombait lorsque Gwen s'assit dans la véranda en attendant que Stanley vienne allumer les lanternes. Elle avait mis au point un petit discours pour expliquer sa présence dehors à cette heure-là : « Je voulais prendre un peu le frais avant que le cauchemar commence », ou quelque chose du même ordre pour bien lui faire comprendre – s'il ne s'en était pas encore aperçu – qu'elle n'était pas une mondaine écervelée et frivole comme tant d'autres. Et puis ce n'était pas un mauvais prétexte, c'était vrai. Elle avait horreur des grandes réceptions, au point qu'elle ressentait souvent le besoin de se retirer dans un coin tranquille pour se ressaisir avant de se jeter dans la mêlée.

Jusqu'à présent, aucun signe de la camionnette de Stanley. Derrière Gwen, la maison était brillamment illuminée ; les serveurs entraient, sortaient, couraient, affairés à régler les derniers détails. Walter était personnellement chargé de vérifier le champagne, Cassie s'occupait de ses listes d'invités avec sa femme de chambre. Quant à la fille en l'honneur de laquelle étaient faits tous ces préparatifs, elle était tranquillement assise dehors dans sa belle robe de dentelle en essayant de se faire croire qu'elle ne l'avait pas achetée dans le seul but de plaire à un garçon avec qui elle avait parlé une dizaine de minutes au début de l'après-midi. *Tu n'es qu'une idiote, Gwen Wright*, se répétait-elle. Mais rien ni personne au monde n'aurait pu la traîner de force à l'intérieur de la maison.

Deux minutes plus tard, sa patience fut récompensée quand elle entendit des pneus crisser sur le gravier. Elle vit la portière s'ouvrir et Stanley – elle était sûre que c'était lui malgré l'obscurité – mettre pied à terre. Il portait quelque chose – des outils, peut-être ? Il avait dû la voir, car il lâcha son fardeau et s'approcha d'elle.

Stanley l'avait immédiatement reconnue et elle était exactement telle qu'il l'avait imaginée. L'allure qu'elle *devait* avoir. Il avait aussitôt senti que tout – la coiffure, la robe, la pose d'une nonchalance affectée sur le fauteuil à bascule –, tout cela elle l'avait fait pour lui. Et son cœur battit à un rythme auquel il n'avait encore jamais battu. Elle était si jeune ! Ce qui ne voulait pas dire douce, au contraire ! Elle devait pouvoir se montrer inflexible et obstinée quand elle voulait quelque chose. Intelligente, aussi – leurs dix minutes de conversation avaient suffi à le lui démontrer. Mais elle avait quelque chose de si… ouvert… de si vulnérable… et, non, il ne trouvait pas d'autre mot, quelque chose de si jeune, juvénile même, dans la manière dont elle était assise là, à l'attendre ! Il resta un instant indécis. S'il lui disait qu'elle était jolie, elle deviendrait cramoisie. La première fois, il avait trouvé sa rougeur touchante, tout en sentant sa gêne. Et puis elle n'était pas jolie au sens classique du terme. Pour lui, elle avait bien plus que de la joliesse – elle était… unique. Comme un des vases patiemment fabriqués un par un, à la main, par les artisans de la verrerie. Il ne savait pas comment exprimer tout cela à la fois, ni même en partie. Pourtant, elle s'était donné tout ce mal pour lui, il fallait donc qu'il lui dise quelque chose…

Le petit discours d'explication que Gwen s'était préparé avait complètement déserté sa tête. Pendant que Stanley s'approchait de la véranda, elle se leva et s'avança vers la balustrade. S'ils avaient été acteurs, ils auraient pu jouer la scène du balcon de *Roméo et Juliette*.

Elle se creusa la tête pour trouver quelque chose à dire.

— Il fait moins chaud que cet après-midi.

— J'aime beaucoup votre robe, dit-il en même temps.

Et ils restèrent muets, face à face, à se regarder.

À l'intérieur, on entendait des voix par les fenêtres ouvertes. « Non, non, les flûtes à champagne sur les tables ! » Une autre voix demanda : « Quand l'orchestre va-t-il s'installer ? »

Le charme était rompu. Stanley fronça les sourcils.

— Je ferais mieux de m'occuper vite de ces lanternes, dit-il en se détournant.

Elle fut sur le point de pleurer. Après tout ce qu'elle s'était imposé – sa course folle à la boutique, laisser Jewel Fairchild la recoiffer et, surtout, l'inviter à sa soirée –, n'attendait-elle pas de la part de Stanley quelque chose de plus que : « J'aime beaucoup votre robe » avant qu'il la quitte ? Il s'éloignait déjà, mais il s'arrêta. Et revint vers elle.

— Je connais un petit cinéma à Tyler. Une salle d'art et d'essai, vous savez ? Ils y passent des films étrangers sous-titrés. Excellents, pour la plupart.

— Oui, j'en ai déjà vu un là-bas, un film italien. Aimeriez-vous y retourner... avec moi ? ajouta-t-elle presque malgré elle.

En l'entendant répondre oui, en le voyant lui sourire, elle fut heureuse de n'avoir pas pu tenir sa langue.

14

La fête battait son plein et Gwen flottait sur un nuage, très au-dessus du brouhaha des voix, de la musique, du cliquetis des verres et des assiettes. Rien ne pouvait l'en faire descendre – pas même l'éclat de colère de Cassie à l'arrivée, quelques minutes auparavant, de Jewel Fairchild et de Patsy Allen, qui avaient remis au majordome l'invitation manuscrite de Gwen.

— Quel démon a bien pu te posséder ? voulut-elle savoir.

— Je l'ai rencontrée et j'ai pensé que ce serait poli.

— Cette fille est une abomination ! Comment oses-tu ?...

Cassie se montrait si intransigeante que Gwen s'entendit lui répondre :

— Elle n'est pas aussi méchante que ça. C'est elle qui m'a coiffée pour la soirée.

— Elle a fait QUOI ? Comment ? Où ? Parle, bon sang !

— Ce serait trop long.

— Mais pourquoi diable lui as-tu permis de te coiffer alors que ça fait trois semaines que je m'évertue à te convaincre de t'emmener chez Charles ? Par moments, je ne te comprends pas !

— Je sais.

— Et à ce propos, pourquoi as-tu subitement décidé de changer de robe alors que nous avons mis aussi longtemps à en choisir une ?

— J'ai trouvé que celle-ci m'allait bien.

— Je n'ai pas dit qu'elle ne t'allait pas, mais où l'as-tu dénichée ? Je vois qu'elle est ancienne et je sais qu'elle n'était pas dans les affaires de famille. Alors, pourquoi ?... Seigneur ! Cette femme a-t-elle l'audace de distribuer ses cartes de visite à nos invités ?

En effet, Patsy Allen donnait une carte de *Présent(s) du Passé* à une femme affublée d'une robe à manches ballon. Cassie poussa un soupir à la fois excédé et indigné. Gwen se préparait à subir une nouvelle mercuriale quand, Dieu merci, une femme trop fardée vint troubler ce moment d'intimité.

— Venez donc, ma chère Cassie, j'ai retrouvé quelqu'un qu'il faut absolument que je vous présente !

— Allez-y, Mère, l'encouragea Gwen.

— Ce n'est que partie remise, Gwendolyn, marmonna Cassie entre ses dents avant de se laisser entraîner.

Ainsi libérée, Gwen resta en retrait pour observer la foule et juger de l'effet que Jewel faisait aux invités. Parce que Jewel ne passait pas inaperçue, elle attirait même tous les regards. Dans un fourreau de la même nuance de bleu-violet que ses yeux, qui moulait ses formes sans rien laisser à l'imagination, elle était spectaculaire. Son opulente chevelure noire luisait sous les lanternes, ses lèvres formaient un sourire permanent. Tous les hommes, sans exception, lui coulaient au moins un regard admiratif. Beaucoup la détaillaient sans vergogne ou la contemplaient longuement. Plusieurs trouvaient un prétexte pour s'éloigner de la dame avec laquelle ils conversaient afin de se trouver, par pur hasard bien sûr, sur le passage de Jewel qui allait çà et là sur la pelouse. Un moment, Gwen se rappela une autre fête d'anniversaire gâchée par une fille plus belle qu'elle et se sentit envahie par un flot d'amertume et de rancune. Mais aussitôt après, elle se souvint du petit cinéma d'art et d'essai de Tyler et son ressentiment se dissipa. Que Jewel monopolise l'attention si cela lui faisait plaisir. Ce soir, Gwen pouvait se permettre d'être généreuse.

Cette fête, l'occasion pour Jewel de s'introduire dans le cercle magique des riches et des puissants, n'était pas aussi magique qu'elle l'espérait, en fin de compte. Son sourire lumineux restait plaqué sur son ravissant visage, mais le découragement la gagnait. Oh ! pour ce qui était de l'attention, elle n'en manquait pas – elle n'en manquait d'ailleurs jamais. Mais elle avait assez d'expérience pour distinguer l'attention sérieuse de celle qui ne finissait par déboucher que sur une babiole sans valeur ou une promesse fallacieuse d'abandonner femme et enfants pour se consacrer à elle seule. Elle n'avait jamais été assez sotte ni assez naïve pour s'y laisser prendre, il est vrai. Son problème était que, en dépit de l'invitation griffonnée par Gwen Wright et soigneusement glissée dans la pochette sous son bras, elle restait une étrangère, une intruse en somme. Les enfants gâtés étaient non seulement riches, mais ils avaient aussi la faculté de se reconnaître entre eux, et il ne leur fallut pas plus d'une minute pour se rendre compte qu'elle ne faisait pas partie du clan. Elle avait beau rester vague sur ses origines sociales ou insinuer qu'elle était depuis toujours une amie intime de Gwen, les garçons trouvaient toujours une excuse pour s'éclipser – le plus souvent à regret – et ceux qui s'attardaient en sa compagnie ne pouvaient lui être d'aucune utilité. Une fille avec son physique acquérait vite un sixième sens dans ce domaine. Malgré tout, puisqu'elle était là, autant en profiter et tenter sa chance. Elle s'arrangea donc les cheveux d'un revers de main désinvolte et décocha son irrésistible sourire à un homme – au moins sexagénaire – qui la contemplait béatement depuis un bon moment.

C'est en se tournant vers lui qu'elle repéra le retardataire. Son visage allongé était couvert d'un hâle seyant, bien qu'il ne soit pas bel homme à proprement parler. Il était plus âgé qu'elle, mais pas de beaucoup. Il portait une cravate rayée – elle savait qu'on disait une « cravate club » et que c'était très chic, mais elle ignorait pourquoi. Dans ce climat estival où, dans leur majorité, les hommes portaient un costume clair, son blazer bleu marine et sa cravate club le distinguaient du lot. Son allure évoquait la publicité d'un habilleur centenaire représentant des hommes élégants et aristocratiques, en tenue de tennis ou montés sur des pur-sang. Pourtant, même s'il paraissait appartenir à leur cercle, il était très différent des autres. Jewel l'observa tandis qu'il sortait sur la pelouse et balayait la scène d'un regard blasé. Il ne cherchait personne en particulier et, s'il avait des amis ici, il ne semblait pas pressé de les rejoindre. Les mains dans les poches, il restait adossé au mur de la maison comme s'il comptait y passer la soirée. Pourtant, malgré la nonchalance affectée de la posture, il se dégageait de sa personne une énergie contrôlée mais un peu sauvage, presque dangereuse, que Jewel ressentait à distance.

Elle allait entamer une manœuvre d'approche quand Walter Amburn vint le saluer et l'entraîna en direction de Cassie et de Gwen.

— Gwen, Cassie, laissez-moi vous présenter Jeff Henry, dit-il en désignant celui qui, soupçonnait Gwen, était arrivé avec un retard dépassant les limites des convenances aux yeux de Cassie.

Elle avait bien deviné. Quand elle lui tendit la main, Cassie se borna à dire :

— Ravie que vous ayez réussi à venir, monsieur Henry.

L'évidente froideur de son ton ne le démonta pas.

— Moi aussi, chère madame, répondit-il cordialement avant de souhaiter à Gwen un heureux anniversaire.

Il y a quelque chose chez cet homme, pensa Gwen en le remerciant de ses vœux. *Il y a du pirate en lui. Ses cheveux blonds sont bien coiffés, il est élégamment vêtu, mais il n'est pas vraiment civilisé.*

— Jeff envisage d'acheter mon tableau de la petite fille sur le toit d'une maison, dit Walter.

Gwen en fut étonnée. Si la réputation de Walter était fondée sur ses portraits exécutés sur commande, il n'avait pas cessé de peindre pour lui-même – et beaucoup de ses tableaux étaient considérés comme dignes des musées. Celui dont il parlait était une œuvre mélancolique représentant une enfant assise sur le toit d'un bungalow en ruine au bord d'une rivière, sous un ciel gonflé de nuages noirs et avec un arrière-plan d'eau grise. Gwen n'imaginait pas qu'un tel tableau puisse intéresser l'aventurier qui se tenait devant elle. À l'évidence, il y avait donc chez ce M. Henry plus que ce qu'on croyait voir au premier abord. *Avec lui*, se dit-elle, *la prudence est de rigueur. On ne peut sans doute jamais prévoir ce qu'il a en tête*. L'image de Stanley s'imposa alors à elle. Elle avait tout de suite senti qu'il était un livre ouvert, qu'il n'y avait rien en lui de secret ni de tortueux. Et elle était tellement lasse des secrets et de ne jamais savoir sur quel pied danser avec la plupart des gens…

Elle se rendit soudain compte que Jeff Henry n'accordait plus toute son attention à leur bavardage. Quelque chose ou quelqu'un attirait son regard. Gwen se douta aussitôt de l'objet de sa distraction, mais jeta quand même un œil dans cette direction : Jewel était assise sous une des lanternes installées ce matin-là par Stanley, et Gwen ne put s'empêcher de sourire. Ce M. Jeff Henry restait quand même prévisible pour certaines choses…

Quelques instants plus tard, Jeff prit congé. Et Gwen n'éprouva aucune irritation en le voyant, en effet, se diriger vers Jewel.

Jewel regardait avec regret la façade de la maison, où les voituriers attendaient le départ des invités. Quelques heures plus tôt, elle était tout émoustillée d'assister à un événement où l'on n'avait pas besoin de garer soi-même sa voiture. Maintenant, elle n'avait plus qu'une hâte, c'était filer. Elle avait joué sa partie en dépit du bon sens, elle s'en rendait compte avec amertume. Ce qu'elle aurait dû faire, ou du moins essayer, c'était plaire d'abord aux femmes.

C'est elles qui gouvernent la vie sociale, elles qui décident qui mérite un sceau d'approbation et qui en est indigne. Les hommes leur obéissent. À l'évidence, une femme qui s'exhibe dans une robe faite pour attirer le regard des hommes et qui s'asperge d'un parfum sexy n'est pas bien vue des autres femmes. De toute façon, quelle que soit sa tenue, Jewel n'avait jamais réussi à avoir des amies femmes. Donc, il n'y avait peut-être pas de bon moyen de jouer sa partie. C'était sans doute son papa qui avait raison lorsqu'il disait que quand on commence au bas de l'échelle on y reste toute sa vie. Mais rien de tout ça n'avait plus d'importance. Elle voulait simplement rentrer chez elle et dormir – un mois entier si possible. Malheureusement, il lui fallait encore attendre parce que Patsy n'était pas du tout prête à partir, elle. Et Patsy était son chauffeur ce soir-là, pour la bonne raison que son tas de ferraille hors d'âge était une fois de plus au garage. Une ligne à ajouter à la longue liste de ses malheurs.

Voyant deux chaises en fer forgé sous un arbre à l'écart, Jewel s'en approcha et essuya soigneusement un des sièges avant de s'asseoir dessus. Le fourreau bleu-violet, cause de son désastre, était prêté par *Présent(s) du Passé* et Patsy serait furieuse si elle le rendait taché. Elle s'assit enfin et ferma les yeux avec soulagement. Elle avait atrocement mal aux pieds et c'était la première fois de la soirée qu'elle pouvait se détendre.

— Vous ne voyez pas d'inconvénient à ce que je vous tienne compagnie ? fit une voix masculine.

Elle rouvrit les yeux et reconnut l'homme au blazer bleu marine. Aurait-elle été moins lasse, elle aurait immédiatement flirté. Mais elle en avait fini avec ce petit jeu, du moins pour la soirée.

— Non, aucun.

Il s'assit à côté d'elle et ils regardèrent la fête en silence.

— Pardonnez-moi si je me trompe, dit-il au bout d'un moment, mais j'ai l'impression que vous ne vous amusez pas.

— Non. Je ne suis pas à ma place, ici.

Les mots lui avaient échappé et elle s'en voulut aussitôt. Parce que cela allait le forcer à lui répondre quelque chose comme : « Que voulez-vous dire ? » ou : « Voyons, vous êtes la plus belle ici ce soir ! » et qu'elle devrait trouver un moyen spirituel de s'expliquer.

— Je comprends, répondit-il. Moi non plus.

— Bien sûr que si ! laissa-t-elle une fois de plus échapper. Vous faites partie du clan.

— Non, dit-il pensivement en regardant la foule joyeuse. Je ne fais pas partie de ces gens. Pas encore, du moins, ajouta-t-il comme pour lui-même en oubliant la présence d'une femme à côté de lui.

Cette réponse piqua au vif la curiosité de Jewel. Elle oublia ses pieds douloureux, son découragement, son amertume et se redressa sur sa chaise pour mieux voir son interlocuteur.

— Vous vous habillez comme il faut, vous parlez comme il faut, je parie que vous sortez d'une de ces écoles comme il faut et que vous avez sans doute épousé une femme comme il faut…

— Je n'ai pas de femme, l'interrompit-il.

— Bon, mais je ne crois pas me tromper sur le reste. Alors de quoi parlez-vous ?

— D'argent, dit-il avec un sourire en coin. Je parle d'argent, bien sûr. De quoi d'autre ?

Pourquoi diable je lui dis ça ? se demanda Jeff. Pourtant, il savait pourquoi. Cette fille avait en elle comme de l'électricité. Il sentait l'énergie qui émanait d'elle même en ce moment où elle semblait visiblement abattue. Il regarda son visage à l'ovale parfait, sa bouche superbe, son sourire éclatant qui dévoilait des dents incroyablement blanches, ses yeux admirables. Rares sont les femmes qui réservent des surprises, mais l'instinct de Jeff lui disait que celle-ci n'était pas comme les autres. Et ce n'était pas seulement une question d'instinct. Cette créature lui avait déjà prouvé sa différence par leur courte conversation, hautement inhabituelle.

Elle lui en apporta une nouvelle preuve :

— Voulez-vous me dire que vous êtes pauvre ? Je n'en crois rien.

Il éclata de rire, elle en fit autant.

— Dans ce domaine, tout est relatif, répondit-il en reprenant son sérieux. Pour les Wright et ceux qui sont ici ce soir, je joins à peine les deux bouts. Par rapport à ceux avec qui j'ai grandi, j'ai très bien réussi. J'ai même les moyens de m'offrir un tableau de Walter Amburn, ajouta-t-il avec une feinte vantardise. Bien entendu, je le paierai en plusieurs fois, mais j'y arriverai.

— Mais vous ne voulez pas payer quoi que ce soit à tempérament.

Elle l'étudiait maintenant avec une attention qui ne lui déplaisait pas.

— Non. Je crois que je devrais être plutôt satisfait

de mon sort. Mais quand je viens dans une maison comme celle-ci…

— Vous venez dans une maison comme celle-ci et… quoi ?

Qu'est-ce que je fais ? Je n'en dis jamais autant à mes amis, je ne la connais même pas… Mais elle était si belle. Si différente des autres…

— Je veux… Je veux tout. Tout. L'admettre est gênant, mais…

— Pourquoi ?

— Je gagne bien ma vie, j'ai un bon job dans une agence boursière. Je suis propriétaire de ma maison, dans Warren Street. Le quartier n'est pas trop moche.

— Je connais le quartier, il est très agréable. À moins qu'on ne veuille plus et mieux. Alors, qu'est-ce que vous comptez faire ?

— C'est drôle que vous me posiez la question…

Il s'interrompit. Il allait vraiment trop loin dans les confidences avec cette inconnue.

— Et vous, où habitez-vous ? reprit-il. Parlez-moi un peu de vous.

— Dans un deux-pièces minable au-dessus d'un *delicatessen*. Mais ne changez pas de sujet. Qu'est-ce que vous allez faire ?

Il ne pouvait pas, il ne devait pas le dire. Pourtant, il lui sourit.

— Je suis à un carrefour, j'hésite entre deux voies.

Elle se pencha un peu en avant pour mieux écouter. Elle devait comprendre ce que c'était de devoir choisir entre deux voies.

— Il y a une branche de l'économie, certaines affaires, plutôt, auxquelles j'envisage de m'intéresser.

— Vous pourriez y gagner beaucoup d'argent ?

— Oui.

— Vous deviendriez aussi riche que les Wright ?
— Facilement. Cependant, il y a des risques. Aucun que je ne sois pas capable d'assumer, mais ils existent. J'aurais affaire à des gens coriaces.
— Mais vous pouvez l'être autant qu'eux ?
— Bien sûr. Mais je ne crois pas qu'il me plaise d'en être capable et de devenir comme eux, ajouta-t-il presque malgré lui.
— Forcez-vous et foncez ! Je parle sérieusement, parce que vous ne serez jamais heureux tant que vous n'aurez pas au moins essayé.

Sa beauté, son sourire adoucissaient son ton impérieux, et il ne s'en formalisa pas.

— Comment en êtes-vous certaine ?
— Parce que je sais ce que c'est que d'en vouloir plus. Et d'aspirer à mieux.

De l'autre côté de la pelouse, une femme faisait signe à Jewel de venir. Elle se leva.

— C'est mon chauffeur, dit-elle en lui tendant la main. Je compte bien voir votre photo dans les journaux quand vous aurez gagné votre premier million.

Et elle s'éloigna. Ce n'est qu'après l'avoir perdue de vue qu'il se rendit compte qu'ils ne s'étaient même pas présentés l'un à l'autre.

En attendant le voiturier avec Patsy, Jewel pensa à l'inconnu en blazer bleu marine. *Je suis à un carrefour*, lui avait-il dit. *C'est exactement là où je me trouve moi aussi. Sauf que moi, je n'envisage pas d'entreprendre des affaires qui me rendraient aussi riche que les Wright.*

— Qui c'était, ce type à qui vous parliez ? demanda Patsy.
— Personne... Un type qui pourrait devenir

quelqu'un, ajouta Jewel. Quelqu'un de très important, s'il trouve son chemin et poursuit son but sans trop réfléchir.

— Vous avez l'air de bien le connaître, au bout d'une simple petite conversation.

— Non, pas vraiment. Je ne sais même pas comment il s'appelle.

La fête était finie. De la fenêtre de sa chambre, Gwen contemplait la pelouse où brillaient encore les lanternes de Stanley Girard. Avant de monter se coucher, elle avait regardé dans le journal le programme du cinéma de Tyler, qui projetait en ce moment un film tchèque. Elle espéra que Stanley ne se dirait pas qu'il valait mieux attendre la programmation d'un film français ou italien avant de se décider à y aller avec elle.

BIFURCATIONS

On aurait pu croire que la jalousie représentait leur seule distraction...

Erica Jong

15

Des millions d'ouvrages, des centaines de millions de pages ont décrit dans toutes les langues la découverte de l'amour. *Quel mystérieux pouvoir, m'a poussé vers Gwen et elle vers moi ?* allait souvent se demander Stanley.

Elle n'était pas vraiment jolie, il le savait depuis le début – comme il savait que la beauté ne comptait pas pour lui. Trop effacée – où avait-il trouvé l'audace de le lui dire ? –, elle avait une de ces personnalités qu'on qualifie souvent de « surannée ». Secrète, elle était difficile à cerner, au moins au début. Pourtant, il y avait en elle quelque chose qui avait décidé Stan, le lendemain de la grande soirée, à entrer chez un fleuriste lui acheter un petit rosier en pot.

Il le rapporta chez lui, dans l'appartement qu'il venait d'acheter dans un immeuble neuf du centre de Wrightstown, et le posa sur la table de la cuisine. Il se rendit alors compte que le rosier répondait à une question qui le tracassait. Depuis que Gwen avait accepté d'aller avec lui au cinéma, il se demandait s'il devait confirmer son invitation de manière formelle en lui téléphonant, ou s'il devait se rendre chez elle à l'improviste sous un prétexte quelconque

– vérifier l'état des lanternes avant de les démonter, par exemple – et lui en parler comme s'il venait de se souvenir de leur conversation précédente. Or, s'il lui apportait un cadeau, il n'était plus question d'improvisation de dernière minute. Il y réfléchissait en regardant le rosier qu'il avait choisi avec le plus grand soin : quatre petites roses étaient déjà écloses, deux boutons sur le point de s'ouvrir. Il devait admettre que ses sentiments envers Gwen, tout juste éclos, étaient destinés à durer. Jamais il n'avait été aussi sérieux avec une fille ; il avait assez d'expérience dans ce domaine pour reconnaître la différence. Non, ce n'était pas « par hasard » qu'il avait acheté le rosier pour Gwen. Au fond de son cœur, il avait voulu que ces fleurs le forcent à rester honnête avec lui-même.

— Le cinéma dont je vous avais parlé passe en ce moment un film tchèque, lui dit-il au téléphone.

— Je sais, laissa-t-elle échapper. Euh… j'ai vu ça par hasard dans le journal, ajouta-t-elle en bafouillant.

Il comprit qu'elle ne voulait pas lui laisser entendre que, impatiente de sortir avec lui, elle avait lu le journal exprès. Elle ne savait sans doute pas elle-même si elle souhaitait lui dévoiler aussi tôt ses sentiments. Ne s'était-il d'ailleurs pas également creusé la tête sur les mêmes pensées et posé les mêmes questions ?

— Nous pourrions y aller demain soir, reprit-il. Accepteriez-vous que je vous invite à dîner après la séance ?

Ses hésitations et ses doutes étaient maintenant levés : il voulait qu'elle comprenne clairement qu'il lui *faisait la cour*, pour reprendre une expression désuète en harmonie avec la personnalité de la jeune femme.

Elle avait dû comprendre, parce qu'elle accepta aussitôt.

— Les rosiers ont besoin de soleil, lui dit-il le lendemain soir en arrivant à la grande maison blanche.

Gwen lui avait elle-même ouvert la porte au deuxième coup de sonnette. Elle l'attendait, c'est sûr. N'y avait-il pas, dans une telle demeure, des domestiques préposés à ce genre de choses ? Mais Gwen n'appliquait pas les règles du jeu en usage dans son milieu, et elle ne laissa pas son prétendant lanterner dans le vestibule jusqu'à ce qu'elle fasse son entrée. Elle ne connaissait sans doute même pas les règles de ce jeu-là.

— Vous pourrez le replanter en pleine terre, reprit-il, ou le garder près d'une fenêtre ensoleillée dans votre chambre.

Stupéfait de son embarras à prononcer les mots « votre chambre », il faillit pouffer de rire. N'était-ce pas risible, en effet, de se découvrir un vieux fond de puritanisme en ce siècle où tout évoluait trop vite ? En lui donnant le rosier, il eut la vision fugitive d'une chambre de jeune fille décorée de volants et de dentelles roses. Jamais il n'avait rien imaginé de pareil chez les autres filles !

— Je mettrai le rosier sur l'appui de la fenêtre en face de mon lit, répondit-elle. Ce sera la première chose que je verrai en me réveillant le matin.

Elle ne parut pas gênée le moins du monde de lui dire quelque chose d'aussi intime. Ou était-elle vraiment restée très enfantine pour son âge ?

Tyler, où se trouvait le cinéma, était l'endroit idéal pour sortir le soir avec une fille. C'était une de ces petites villes de la Nouvelle-Angleterre qui dépérissaient parce que les industries qui les entretenaient s'étaient délocalisées à l'étranger, ne laissant aux habitants que le choix entre mourir de faim ou déménager. Mais les citoyens de Tyler étaient des lutteurs. À son apogée, leur ville avait été prospère et, par conséquent, elle possédait quantité d'imposants monuments publics et de demeures cossues édifiés dans une partie exceptionnellement belle de la vallée. La population restée fidèle à sa ville avait donc décidé de tirer parti de ces atouts pour en faire un site touristique. Les vieilles demeures restaurées avec goût et transformées en maisons d'hôtes, l'opéra du XIXe siècle, l'hôtel de ville et la bibliothèque rétablis dans leur splendeur première étaient inscrits au Registre national des monuments historiques. Une promenade récemment aménagée le long du fleuve avait attiré par dizaines boutiques et restaurants pour le plaisir des promeneurs.

C'est ainsi que, après le film et un excellent dîner dans un bistrot du quai, Stan et Gwen allèrent flâner sur la promenade au bord de l'eau en dégustant des cornets de glace à la menthe – le parfum en vogue, selon la vendeuse. Au-dessus d'eux, dans le ciel, les nuages semblaient servir d'écrins aux étoiles ; à leurs pieds la rivière coulait paisiblement, luisante comme un miroir d'argent poli. Stan savait qu'il n'oublierait jamais la piquante douceur de la menthe et l'expression lointaine que prenait le visage de Gwen quand elle pensait à quelque chose d'important pour elle, ce qui était le cas à ce moment-là.

— J'ai beaucoup aimé le film, dit-elle. Surtout la

fin. Il devait être très tentant pour le scénariste de renouer les fils de l'intrigue pour prendre le parti d'un dénouement heureux, mais il ne l'a pas fait.

— Vous n'aimez pas les dénouements heureux ?
— Pas quand on sent qu'ils ont été artificiellement greffés à l'histoire rien que pour plaire au public et « faire » des entrées.

Elle s'exprimait avec une fermeté étonnante de sa part – il avait déjà remarqué qu'elle hésitait souvent à donner son avis quand il le lui demandait. Elle prétextait ne pas en savoir assez sur le sujet pour parler en connaissance de cause. Cette fois, au contraire, elle était sûre d'elle-même.

— S'il s'agit d'un simple divertissement, et il en faut, bien sûr, on peut tourner l'intrigue pour qu'elle se termine bien, même si ce n'est pas tout à fait vraisemblable, poursuivit-elle. Mais dans un film comme celui que nous avons vu ce soir, où les personnages et la situation sont d'une telle authenticité, on doit rester honnête, tant pis si cela attriste le public. Je ne peux pas dire que je ne me suis pas sentie attristée, mais la satisfaction de voir que les personnages ont tous fait ce qu'ils devaient, même si cela ne leur apportait pas le bonheur, l'a emporté.

— Vous analysez toujours comme cela les films que vous voyez ?

L'intensité de la réaction de Gwen lui plaisait infiniment.

— En fait, puisque vous m'y faites penser, c'est la façon de raconter une histoire en général qui m'intéresse. Je ne m'en étais pas rendu compte jusqu'à maintenant, c'est vrai. Je m'étais toujours demandé pourquoi un roman nous touche et pourquoi un autre, avec une intrigue similaire, nous laisse froid. Ça doit dépendre de la manière dont il est écrit. Vous comprenez ce que je veux dire ?

— Oui, mais je n'y avais pas beaucoup réfléchi jusqu'à présent.

— C'est sans doute quand on lit tout le temps, comme moi, qu'on ne peut pas s'empêcher de se poser la question. Aimez-vous lire ?

— Oui, mais très peu de fiction. Je m'intéresse davantage aux biographies.

— De gens célèbres comme Benjamin Franklin ? J'en ai commandé une à mon libraire après que vous m'avez parlé de lui.

Stan pensa qu'il était ridicule d'éprouver autant de plaisir à voir Gwen s'intéresser à un nom qu'il avait mentionné en passant.

Poursuivant sa cour avec prudence les semaines suivantes, Stan constata que Gwen n'avait pas exagéré en disant qu'elle lisait tout le temps. Un livre à peine fini, elle en commençait un autre. Sa lecture de la biographie de Franklin l'amena à étudier les vies de Washington, d'Adams et de Jefferson. Et puis, pour changer, elle revenait à son cher Tolstoï et relisait une fois de plus *Anna Karenine*.

— Vous me rendez honteux, lui dit-il un jour.

— Je n'ai rien d'autre à faire de mes journées, je ne travaille pas comme vous. C'est moi qui devrais avoir honte.

Finalement, au bout de quelques semaines, il pensa que le moment était venu de lui faire visiter son magasin d'électricité, installé entre une papeterie et une pizzeria dans une rue commerçante de Wrightstown. En était-il fier, de ce magasin ! Il n'avait monté son affaire que depuis quelques mois et, déjà, elle dégageait des bénéfices – assez importants pour lui avoir permis de remplacer son studio exigu et encombré par un appartement de trois pièces cuisine dans un immeuble flambant neuf pourvu de toutes les commodités.

Il avait pourtant hésité à montrer à Gwen son petit local baptisé Stan's Electronics. Une fille élevée dans l'environnement d'une affaire pesant des centaines de millions de dollars, telle que la verrerie, ne comprendrait peut-être pas quelle réussite représentait pour lui sa petite entreprise encore vacillante. Non qu'il craigne de la décevoir ; il avait plutôt peur que ce soit elle qui le déçoive si elle n'appréciait pas à sa juste valeur la prouesse qu'il avait accomplie en aussi peu de temps.

Mais c'était un risque qu'il fallait prendre. Alors, il l'emmena à son magasin, lui fit visiter l'atelier au fond du local, lui offrit du thé glacé sorti du petit frigo de son bureau miniature et se prépara à sa réaction – quelle qu'elle soit.

Ses soucis étaient sans objet.

— Et c'est vous qui faites tout ! s'exclama Gwen. Vous pouvez aussi bien installer un système électrique dans une grande usine que l'entretenir ! Vous créez vos propres annonces publicitaires et vous tenez votre comptabilité ! À la verrerie, il y a des services entiers spécialisés dans chacune de ces activités.

— Dans une petite affaire comme celle-ci, on est bien obligé de tout faire tout seul, feignit-il de protester. Je ne joue pas dans la cour des grands comme les Verreries Wright. J'en suis même très loin.

En fait, il était aussi ravi de ce qu'elle disait qu'un enfant qui découvre ses cadeaux le matin de Noël.

— Bien sûr, mais je crois que même si votre affaire devenait aussi grosse que celle de ma mère, vous voudriez tout superviser. Ma mère est comme cela. Elle a beau avoir tous ces services, des directeurs et des vice-présidents pour les diriger, elle veut toujours tout diriger. Elle a appris sa leçon, voyez-vous, parce qu'elle a failli tout perdre en confiant les rênes à mon…

Elle s'interrompit brusquement. Stan comprit qu'elle allait en dire plus et fut troublé qu'elle ait changé d'avis. *Vous pouvez me faire confiance*, aurait-il voulu lui dire. *Quelle que soit la nature de ce que vous alliez dire, vous n'avez rien à craindre avec moi. Si c'est un secret, il sera bien gardé.*

Gwen se sentit rougir. Elle avait presque laissé échapper la vérité sur ses vrais parents. Ce qui était dangereux avec Stan, c'était qu'elle se sentait si bien en sa compagnie qu'il lui paraissait tout naturel de lui confier son secret le plus intime. Un secret qu'elle n'avait pas le droit de révéler, parce que ce serait une sorte de trahison envers Cassie. Mais ce secret était aussi le sien. Fallait-il toujours le cacher ? À tout le monde ? Elle regarda Stan. Il l'avait emmenée ici, dans sa minuscule entreprise, parce qu'il avait confiance en elle pour apprécier la valeur de ce qu'il avait accompli. Sa fierté était liée à cette affaire, comme son travail acharné, son talent, ses ambitions et ses rêves. Et il partageait tout cela avec elle parce qu'il voulait qu'elle le connaisse mieux. N'était-ce pas le moment de lui donner la même preuve de confiance ?

Elle s'assit sur un établi – qu'il avait construit de

ses mains – et lui fit signe de venir s'asseoir à côté d'elle.

— Je voudrais que vous sachiez quelque chose qui me concerne, commença-t-elle avant de lui confier ce qu'elle savait de son père et de la femme qui lui avait donné le jour.

Il ne lui fallut pas longtemps, car elle ignorait presque tout de ces deux personnages essentiels de sa vie, mais quand elle eut fini, elle se sentait aussi épuisée que si elle avait couru un marathon ou escaladé une montagne. Elle dut reprendre haleine quelques secondes avant d'affronter Stan droit dans les yeux, et elle se rendit alors compte qu'elle venait involontairement de le soumettre à une épreuve. Il pouvait en effet réagir de manière rédhibitoire. Dire : « Cassandra Wright a été très bonne de vous recueillir » serait pire que tout. « Vous avez eu de la chance qu'elle ne se détourne pas de vous » ne vaudrait pas mieux. Tout à coup, elle eut peur. Elle ne voulait pas qu'il échoue à cette épreuve, sans savoir vraiment quel genre de réaction elle souhaitait qu'il ait.

Il la regarda un moment qui lui parut durer une éternité avant de répondre :

— Je regrette infiniment que votre mère ne vous ait pas dit la vérité plus tôt. Vous auriez dû la savoir depuis des années.

La réaction idéale ! Il était parfait ! Emportée par sa joie, elle lui jeta les bras autour du cou et l'attira contre elle. Il la serra à son tour dans ses bras en éprouvant aussitôt un élan plus fort que lui-même qui lui fit resserrer son étreinte comme s'il ne pouvait plus la lâcher. Et quand il lui prit le visage entre ses mains en lui écartant les cheveux avec douceur, elle comprit ce qui allait suivre et pensa qu'elle devrait peut-être l'avertir qu'elle n'avait jamais encore été embrassée par un homme, jamais du moins comme il s'apprêtait à le faire. Mais quelque chose changea en elle et elle n'eut plus le temps de penser ni de parler ; elle sentait son corps fondre, comme s'il fusionnait avec celui de Stan. Et quand leurs lèvres se joignirent, elle goûta sur sa langue le thé glacé dont leurs bouches étaient encore imprégnées, et elle aurait prolongé le baiser la nuit entière s'il l'avait voulu.

Ce fut Stan qui y mit fin. Il se disait qu'elle était si jeune qu'il ne devait pas aller trop vite, mais, en réalité, il savait que ce n'était pas seulement pour elle qu'il se montrait raisonnable. Depuis des semaines, elle peuplait ses rêves. Ce soir, il était ému plus profondément qu'il ne l'avait jamais été. Ses sentiments étaient trop sérieux pour qu'il fasse preuve de précipitation.

— Je vais vous raccompagner, dit-il à mi-voix.

Il éprouva la plus grande joie de sa vie en la voyant prendre une mine déçue.

En cherchant un qualificatif pour définir Gwen, il ne trouva que le mot *intéressante*. *Je devrais lui demander une expression plus créative*, pensa-t-il, amusé, pendant qu'il la reconduisait chez elle. Il avait appris qu'elle aimait autant les mots que les histoires qui en sont formées. Il avait tant appris sur elle en si peu de temps ! Et elle en savait désormais au moins autant sur lui. Leurs premières réticences oubliées, ils semblaient maintenant faire un concours pour déterminer celui qui en révélerait le plus sur sa propre personnalité. Elle lui avait parlé de son sentiment d'être une enfant différente des autres – un « canard boiteux », comme elle se décrivait elle-même – et de sa fascination précoce pour le langage et les idées considérées par les autres comme étranges. Il avait décrit sa propre fascination pour les gadgets, les machines et sa passion subséquente pour les mathématiques en lui expliquant comment, dans son esprit, ces deux pôles d'intérêt se rejoignaient pour n'en faire qu'un. Les chiffres entrés dans une même colonne s'additionnaient ou non ; un appareil électrique ou mécanique défectueux était réparable ou hors d'usage. C'était un raisonnement dont elle comprenait parfaitement la logique.

Oui, ils avaient vite appris à se connaître, mais leurs parcours personnels étaient très différents. Elle était encore innocente à son âge du fait de son existence protégée. Enfant privilégiée, elle avait grandi avec une fortune considérable qu'elle considérait – beaucoup plus qu'elle ne voulait l'admettre – comme un dû ou, du moins, comme un fait établi. Elle avait subi des blessures survenues quand elle était très jeune et dont elle commençait à peine à panser les plaies encore mal refermées.

Lui, en revanche, avait grandi dans un milieu modeste entre un père ouvrier à la verrerie, une mère secrétaire et un frère aîné. Il avait eu une enfance paisible, sans accidents ni blessures l'ayant marqué. Devenu par son propre choix indépendant dès l'âge de dix-sept ans, il n'était ni protégé ni innocent. Financièrement autonome depuis des années, il n'avait jamais considéré l'argent comme un dû et avait toujours surveillé ses dépenses. Ses rapports avec ses parents étaient cordiaux mais distants. S'ils ne comprenaient pas qu'il n'ait pas poursuivi ses études afin de « devenir quelqu'un », ils n'avaient pas non plus essayé de l'y contraindre. Stan appréciait leur compagnie à doses limitées. Les rapports entre Gwen et sa mère étaient, en revanche, du genre qu'il n'aimait pas du tout – compliqués, confinés, dominés par l'amour autant que par la culpabilité.

Pour l'homme qu'il était, tomber amoureux d'une fille comme Gwen – on ne pouvait pas la qualifier de « femme », pas encore du moins – paraissait absurde. Mais quand il passait des nuits sans sommeil, ce qui lui arrivait de plus en plus souvent, il savait qu'elle ferait partie intégrante de sa vie. Cela ne se réaliserait toutefois qu'en dépit de l'opposition de sa redoutable mère, car il était conscient que Cassandra Wright ne l'aimait pas. Il savait aussi que même si Gwen se rebellait, Mme Wright exerçait sur sa fille une influence considérable.

16

Le café du soir au petit salon était un rituel que Cassie honorait toujours avec plaisir. Du temps de son adolescence rebelle, Gwen le considérait parfois comme une ennuyeuse corvée, car c'était pour sa mère une occasion de plus de se retrancher derrière le mur d'un cérémonial ridicule accompagné de bavardages creux et prétendument amicaux. Il lui arrivait encore de le considérer comme tel. Ce soir-là, toutefois, il s'agissait de tout autre chose. Le café et l'assiette de biscuits restaient intacts tant l'atmosphère était tendue entre la mère et la fille. Malheureusement, Walter n'était pas là pour mettre comme d'habitude de l'huile dans les rouages. Il avait dû se rendre dans le Connecticut réaliser les croquis d'étude pour le portrait que lui avait commandé un client. Aussi, la discussion durait déjà depuis une heure sans que le ton ait baissé d'un degré.

— Vous me reprochiez de ne jamais sortir avec des garçons ! protestait Gwen. Maintenant que j'en ai trouvé un qui m'aime vraiment, vous ne l'acceptez pas !

— Je ne me suis jamais plainte et je ne t'ai jamais rien reproché à ce sujet, répondait Cassie – toujours prompte à faire dévier la conversation en s'attachant à un détail pour éviter le sujet lui-même. Je me suis inquiétée par moments car je craignais que tu ne sois trop seule. Et tu m'accuses d'avoir tort !

— Mais non, ce n'est pas ce que je…

— C'est pourtant comme cela que je le comprends, l'interrompait Cassie. Pardonne-moi d'avoir un certain intérêt pour ton bonheur, Gwen. Si tu avais préféré que je te néglige et que je ne me soucie pas de toi, j'aurais aimé le savoir.

C'est ainsi qu'elles tournaient en rond sans arriver à rien, jusqu'au moment où Gwen n'y tint plus et éclata :

— Ça suffit, Mère ! Ce n'est pas de vous et de moi que nous parlons, mais de Stan ! Vous ne l'aimez pas, vous ne l'acceptez pas !

— Je n'ai pas dit cela, pas en ces termes…

— Inutile de préciser. Vous le rejetez parce qu'il n'a pas ce que vous appelez de « statut ». Pour vous, il n'est rien !

— Tu es injuste ! Je ne suis pas snob, tu le sais très bien. Et je ne suis pas idiote au point de rejeter un homme de valeur simplement à cause de sa position dans la société.

— Il me semble me souvenir de certains propos que vous avez tenus sur une barmaid et votre mari qui « s'encanaillait » avec elle.

Gwen regretta aussitôt d'avoir rouvert une vieille plaie. C'était elle, maintenant, qui tournait en rond et elle était lasse de remâcher ses vieilles rancœurs. Cassie poussa un profond soupir.

— Une fois encore, c'est injuste et tu le sais très bien. Quand je l'ai dit, j'étais en colère et je t'en ai demandé pardon. Depuis, je n'ai jamais dit un mot, bon ou mauvais, sur ta mère... ni sur ton père.

— Il aurait peut-être mieux valu que vous l'ayez fait.

— Que veux-tu que je te dise, Gwen ? Tu sais comment ton père s'est conduit. Quant à ta mère, je ne l'ai jamais connue. Je n'étais même pas au courant de son existence, que je n'ai apprise qu'après sa mort. Laissons les morts reposer en paix. *De mortuis nisi bonum*. Tu comprends ce que cela veut dire, toi qui as appris le latin à l'école : « Ne parle pas des morts sauf pour en dire du bien. »

Sur quoi, elle se redressa d'un air triomphant, comme si pouvoir citer un vieux proverbe dans sa langue originelle suffisait à clore la discussion. Gwen avait horreur de ce comportement.

— Nous avons eu notre dose de mélodrame pour ce soir, enchaîna Cassie en se levant et en allant vers la porte.

— Attendez ! cria Gwen. Vous n'avez encore pas dit... qu'est-ce que vous avez au juste contre Stan ?

Pourquoi je tiens tant à son opinion ? se demanda-t-elle en même temps. Pourtant, elle y tenait.

Cassie vint se rasseoir.

— Arrête de me faire dire ce que je n'ai pas dit, je te prie. Je n'ai rien contre lui en tant que personne. J'estime seulement que tu passes trop de temps avec lui.

— J'aime être avec lui.

— Tu n'as que dix-neuf ans et, puisque tu veux que je te parle franchement, tu es encore très naïve pour ton âge. Et il est aussi naïf que toi. Il ne sait rien de la vie ni toi non plus.

— Comment pouvez-vous dire une chose

pareille ? Stan a monté sa propre affaire ! Et il la fait très bien marcher.

— Si admirables que soient ses efforts et sa réussite, je ne parle pas de sa capacité à gagner sa vie.

— Si vous croyez que je suis la première fille qu'il fréquente, vous vous trompez.

Un silence suivit, pendant lequel Cassie choisit ses mots avec soin.

— Que tu puisses dire une chose pareille, Gwen, prouve à quel point tu es naïve. J'aurais été stupéfaite d'apprendre qu'un garçon comme Stanley Girard n'avait pas déjà eu de nombreuses autres bonnes amies dans le cours de sa carrière. Mais je suis prête à parier, poursuivit-elle après une autre longue pause, que tu es la première de ton « statut », pour reprendre ton expression.

— Autrement dit, de ma « classe ».

Cassie poussa un nouveau soupir.

— Bon, si tu insistes, oui. Il est question de classe, mais pas comme tu l'entends. À mon avis, Stanley Girard doit être un garçon trop imbu de lui-même ou trop paresseux pour avoir refusé la chance de poursuivre des études supérieures et...

— Parce qu'il n'est pas allé à l'université ? Qui décide que les diplômes rendent quelqu'un nécessairement meilleur ou supérieur ?

— La société entière !

— Nous voilà revenues à la « classe » !

— Nous ne sortirons pas de là à son sujet. Il n'a rien à t'offrir, Gwen. Qu'il veuille gagner sa vie en installant des climatiseurs ou en réparant des réfrigérateurs n'a rien de répréhensible, mais tu as été élevée pour avoir mieux que cela ! Tu vis dans le raffinement d'une belle maison, tu as toujours été entourée de gens pour qui la réussite sociale est une preuve d'excellence. Tu es cultivée, tu aimes la littérature classique, la musique, tous les arts. Vous n'êtes pas égaux, Stan et toi. Or s'il y a une leçon que j'ai apprise dans la vie, c'est que l'homme que tu choisis doit être ton égal.

Ce fut au tour de Gwen de pousser un soupir d'incrédulité.

— Je n'en crois pas mes oreilles ! Vous êtes censée être bonne. La bonté ne veut pas dire donner de l'argent par charité, elle veut dire garder l'esprit ouvert avant de juger les autres. On n'a pas le droit de les écarter parce qu'ils ne peuvent pas citer un poète mort depuis mille ans ou n'ont pas de profession qui provoque l'admiration.

— Je ne le ferais jamais, tu le sais très bien. J'ai des valeurs auxquelles je tiens et dont je suis fière. Mais elles sont fondées sur le caractère, comme la discipline, le travail, l'éthique et, oui je le dis sans honte, une saine ambition.

— Et vous jugez que Stan n'a aucune de ces qualités ? Comment ? Pourquoi ? Vous ne lui avez pas parlé plus de vingt minutes !

— Vingt minutes suffisent amplement, dans certains cas.

— Mais vous ne le connaissez même pas !

— Eh bien, disons que je te donne mon impression de lui. Et je ne crois pas être mauvais juge des gens.

Cette fois, c'est Gwen qui se leva et alla vers la porte.

— Je tiens quand même à ce que vous sachiez, dit-elle avant de sortir, que je n'ai pas l'intention de cesser de le voir.

— Je ne te l'ai jamais demandé.

— Et vous ne le chasserez pas. Il a trop de force de caractère pour se laisser intimider, bien que vous ne vous en soyez pas encore rendu compte.

— Je n'ai pas l'intention de t'influencer ni de me mêler de ta vie privée, Gwen. Ce n'est pas mon habitude, tu devrais le savoir.

Peut-être, mais vous ne l'aimez pas. Et moi, je voudrais que vous l'aimiez ! C'est idiot, mais je le voudrais.

Plus frustrée par elle-même que par Cassie, Gwen ouvrit la porte. La voix de Cassie l'arrêta sur le seuil.

— Pour lui comme pour toi, réfléchis à ce que je t'ai dit, Gwen. Avec toi, il est dans une situation qui le dépasse... Je me suis souvent posé des questions au sujet de ton père, poursuivit Cassie en fermant les yeux comme si ce qu'elle allait dire était trop pénible pour elle. Aurait-il eu une conduite différente s'il avait épousé une femme au même niveau que lui ? J'avais de l'argent, une maison, une affaire, le tout bien à moi, et c'était trop pour lui. S'il n'avait pas eu à se prouver des choses à lui-même, à trop vouloir se surpasser, peut-être aurait-il agi différemment.

— Stan n'aura jamais besoin de rien prouver à lui-même ni à personne, déclara Gwen avec conviction.

Cassandra rouvrit les yeux, fixa Gwen du regard.

— Je le croyais moi aussi. Jadis.

Il n'y avait rien à répondre ni même plus rien à dire. Gwen quitta la pièce, mais les paroles de Cassie, pleines de tristesse et d'amertume, la poursuivirent dans le couloir. *Je me suis souvent posé des questions au sujet de ton père... Aurait-il eu une conduite différente s'il avait épousé une femme au même niveau que lui ?*

Mais Gwen était trop jeune pour avoir appris qu'il n'y avait aucune réponse à de telles pensées.

Après le départ de Gwen, Cassie resta assise à regarder la cheminée d'un air absent. On aurait pu croire qu'elle ne pensait à rien, mais c'était loin d'être le cas. Elle revoyait l'image, maintes fois formée dans son esprit, de Gwen prenant sa place à la tête de la verrerie et de cette maison, un rêve plus que jamais présent. Se désintéresser de sa fille était donc impensable. Elle avait espéré que leur escapade à Paris les aurait rapprochées et, grâce à cette maudite Jewel Fairchild, il n'en avait rien été. Mais cela pouvait encore arriver.

Si seulement Gwen n'avait pas rencontré Stanley Girard ! En faisant la connaissance du jeune homme, Cassie avait tout de suite pensé à son premier mariage et à la funeste erreur qu'elle avait commise. Non que Stan ait quoi que ce soit de commun avec feu Bradford Greeley, sauf le manque d'argent et de moyens d'en gagner beaucoup. Mais avec son bon sens terre à terre et sa simplicité, Stan pouvait être aussi séduisant que Bradford, surtout aux yeux d'une idéaliste comme Gwen. Elle le voyait peut-être en héros de la classe laborieuse, en apothéose de l'homme du peuple. Pénétrée de justice et d'équité, Gwen avait de quoi être attirée par lui. Elle s'aveuglerait volontairement sur les écueils, bien réels, qui parsemaient le parcours d'une telle idylle – parce que c'était d'une idylle romanesque qu'il s'agissait, rien de plus. Cassie frissonna en y pensant. Tout ce qu'elle voulait, c'était protéger Gwen des malheurs qu'elle avait elle-même subis. Avait-elle tort ? Était-ce une erreur condamnable ?

17

— Le musée des Verreries Wright célèbre aujourd'hui en grande pompe son cinquantième anniversaire, dit Gwen à Stan au cours de leur conversation téléphonique, devenue quotidienne depuis sa stérile tentative de convaincre Cassie. Le musée a été construit par le père de ma mère pour exposer les pièces uniques de la verrerie. Elles sont faites à la main et considérées comme de véritables œuvres d'art. Les collectionneurs et les musées en achètent souvent...

Je jacasse, je parle pour ne rien dire parce que je voudrais demander quelque chose à Stan et que je n'ose pas. Allez, Gwen, décide-toi !

— Bref, poursuivit-elle, il y aura un grand déjeuner suivi d'une centaine de discours et d'une cérémonie de remise de médailles. Ma mère et Walter devront y être et y passeront des heures. Alors, je me suis demandé... Je me demandais, reprit-elle, si vous vouliez bien venir déjeuner avec moi à la maison.

Elle attendit sa réponse en retenant son souffle. Bien sûr, elle voulait qu'il accepte – en partie pour défier Cassie, elle le savait. Puisque Cassie refusait d'accepter Stan, Gwen était décidée à le faire venir chez elle à l'insu de sa mère. Mais elle avait une autre raison, qui lui tenait plus à cœur : montrer à Stan le domaine qu'elle aimait tant. La maison n'avait pas d'importance pour elle – et, de toute façon, il y était déjà entré, au moins dans le vestibule. Mais il ne connaissait pas sa retraite magique sur la colline ni la forêt qui l'entourait. Elle voulait l'y emmener, lui en faire goûter le charme envoûtant. C'est pourquoi elle lui demandait – quelle audace de sa part ! – de venir à la maison pendant que sa mère n'y était pas. Mais comme il était fier et n'était pas du genre à aller là où il se savait peu apprécié, elle avait peur qu'il refuse.

— À quelle heure voulez-vous que j'arrive ? répondit-il.

Qu'il ne l'ait encore jamais déçue était incroyable !

— À certains moments, je ne supporte pas Cassie, dit Gwen.

Ils venaient de finir leur déjeuner – des sandwichs préparés et servis par Gwen elle-même et non par la cuisinière. Elle les avait apportés à Stan qui l'attendait dehors et ils s'étaient installés à une des tables aux parasols fleuris achetées par Cassie pour que Gwen reçoive ses amis – ses amis *comme il faut*, bien sûr.

— J'ai tort de penser cela de ma mère, je sais, parce qu'elle est foncièrement bonne. Mais quelquefois, j'en veux... davantage. Je ne sais pas quoi, mais quelque chose de plus que la bonté.

Elle s'interrompit, hésita, se pencha pour caresser Missy et Hank couchés à ses pieds.

— Tant que la vie se déroule calmement, ma mère est satisfaite. Chez mes amies, des disputes éclatent entre les membres de la famille. Quelquefois, on entend même une assiette se briser sur le carrelage de la cuisine – vous voyez ce que je veux dire. Dans cette maison, ce serait une catastrophe nationale ! Non, ce serait plutôt... Je ne sais pas ce que ce serait, après tout, c'est tellement impensable que je ne peux même pas l'imaginer... Quand j'allais à l'école, ma mère avait décrété que nous ne parlerions que français pendant le dîner une fois par semaine. Ce pauvre Walter n'en comprend pas un mot.

— Comment suivait-il ce que vous vous disiez ?

— Il a toujours très bien su déchiffrer le langage corporel et les expressions des physionomies, surtout les nôtres. Il dit que c'est un atout dans sa profession parce que cela lui permet de comprendre en profondeur les gens dont il peint le portrait.

— Ce doit être un homme... adaptable.

— Il y est bien obligé. Il aime sincèrement ma mère, mais, pour vivre avec elle, il faut se montrer adaptable.

— Ce qui tend à prouver, je crois, que chacun peut trouver son bonheur avec quelqu'un.

Il la regarda d'un air qui la fit se détourner malgré elle. Il dut s'en rendre compte, car il enchaîna aussitôt :

— Mais pourquoi votre mère voulait-elle parler français à table pendant le dîner ?

— À cause de moi, bien sûr. Pour que je puisse aborder tout de suite la classe de français la plus avancée quand j'entrerais à la faculté. Le problème, c'est que je ne veux pas y aller.

Tout en parlant, elle divisait les restes de son sandwich en portions égales qu'elle distribuait aux chiens.

— Pas même dans une petite université ? Je croyais que c'était Yale qui vous posait un problème.

— Non. En fait je ne veux pas m'arrêter encore de vivre pendant quatre ans. J'apprendrai toujours d'une manière ou d'une autre ce que j'aurai envie d'apprendre, c'est dans ma nature. Et je saurai toujours ce que je veux apprendre. Alors, à quoi bon suivre des cours et lire des livres sur des matières que j'oublierai ou qui ne me serviront à rien, simplement parce qu'on me dit que je dois lire les uns et suivre les autres ?

— Ce ne serait pas la peine, en effet. Mais il vous faut un diplôme pour enseigner. Vous m'aviez dit que c'est ce que vous vouliez faire, n'est-ce pas ?

— Il fallait que je choisisse quelque chose et j'adore les enfants. Jouer avec eux, les écouter, les voir découvrir le monde ; mais prendre la responsabilité de les enseigner... j'ai peur de ne pas en être capable.

— Qu'est-ce que vous voulez faire, alors ?

— À certains moments, je crois que j'aimerais écrire.

— Eh bien, allez-y. Faites-le.

— Oui, mais je ne sais pas quoi, dit-elle en jetant sa serviette avec dépit. En fait, je ne sais pas ce que je veux.

— Vous pouvez toujours m'épouser, dit-il en riant.

Son rire cessa aussitôt. Une seconde, ses paroles restèrent comme suspendues dans l'air. Un des chiens remua, Gwen ne savait lequel, et Stan se pencha pour le caresser. Quand il se releva, il avait un sourire indéfinissable.

Vous l'avez dit sérieusement ? aurait-elle voulu lui

demander. Non, elle voulait *exiger* qu'il s'explique. Son petit sourire la déroutait ; elle n'arrivait plus à le déchiffrer comme elle en avait toujours été capable depuis qu'elle le connaissait. Elle aimait qu'il soit comme un livre ouvert, mais cette fois elle ne pouvait pas même deviner ce qu'il avait dans la tête alors que c'était vraiment important, plus important que jamais. *À quoi pensez-vous ?* se retint-elle de crier.

Qu'est-ce que j'ai dans la tête ? se demandait Stan en même temps. *Je viens de la demander en mariage. Je me suis entendu le lui dire. Je riais comme un imbécile et je lui ai dit : « Vous pouvez toujours m'épouser », comme si elle ne pouvait rien faire de mieux. Ce n'est pas comme ça qu'on demande une fille en mariage ! J'aurai de la veine si elle ne me flanque pas dehors dans les trente secondes.*

— Mais si vous ne voulez pas m'épouser, ce qui est probable, reprit-il avec le même rire idiot – qu'est-ce qu'il avait, bon sang ? –, on pourrait aller voir cet endroit magique dont vous me parliez.

Gwen devint cramoisie – il jugeait sa rougeur touchante mais elle en avait horreur – et se borna à hocher la tête.

— Je dois d'abord rentrer les chiens, dit-elle assez sèchement en emmenant les toutous malgré leurs protestations.

Quand elle revint quelques minutes plus tard, le feu de ses joues était atténué, mais elle ne tendit pas la main à Stan. Ils se tenaient toujours par la main quand ils se promenaient, alors que, cette fois, elle gardait les bras résolument croisés sur sa poitrine, comme si elle voulait se réchauffer malgré la température estivale.

— Par ici, dit-elle en indiquant la colline.

Et elle partit d'un pas si rapide qu'il eut du mal à la suivre.

Ils attaquèrent la pente et s'enfoncèrent dans le sous-bois. Sous la voûte de feuillage seuls le bruit de leurs pas, un appel d'oiseau ou le bruissement d'une petite créature s'enfuyant à leur approche troublaient le silence. Si Stan n'était pas l'homme des grands espaces – le plus clair de sa vie s'était écoulé dans des appartements et des locaux confinés –, il n'en appréciait pas moins la beauté sereine du lieu.

Gwen, plongée dans son mutisme, marchait devant lui, les bras croisés. Le sous-bois restait si dense qu'il semblait promettre de continuer à l'infini quand ils débouchèrent tout à coup dans une petite clairière. Gwen s'arrêta, Stan regarda autour de lui. Là où les rayons du soleil perçaient la voûte de feuillage, l'herbe poussait épaisse et moelleuse comme un divan. Une souche rendue grise par l'âge trônait au milieu, et Gwen faisait un pas dans sa direction quand Stan tendit la main pour l'arrêter. Il fut incapable de se rappeler exactement ce qui se passa après, mais ils se retrouvèrent tous deux couchés dans l'herbe. Les rayons du soleil jouaient sur leurs corps, la brise tiède faisait voleter les cheveux de Gwen, comme si le lieu, la douceur du temps et de l'heure s'étaient concertés pour leur offrir un moment de perfection.

Les premières craintes que Gwen éprouva furent vite balayées par l'extase de désirs inconnus, assouvis aussitôt qu'éveillés, et par la certitude de ne jamais plus connaître avec la même intensité le sentiment d'une union aussi totale, aussi miraculeuse. Et, après avoir atteint tous deux le sommet du bonheur, quand Stan resta blotti contre elle en la serrant dans ses bras, elle pensa au plus profond d'elle-même qu'elle ne désirerait rien de plus parfait dans la vie.

Elle se demanderait souvent par la suite comment cet événement l'avait transformée à ce point. Après avoir longuement cherché le mot juste, elle décida qu'elle s'était, pour la première fois, sentie *comblée*. Stan lui avait fait voir ce qu'elle était et ce qu'elle n'était pas. Elle n'était pas ce que Cassie aurait appelé une « hippie », voulant dire par là une personne irresponsable menant une existence insouciante. Gwen était certaine de ne pas l'être. Mais elle n'était pas non plus sérieuse, au sens le plus communément admis. Elle était un « canard boiteux ». Et grâce à Stan, elle ne s'en souciait plus comme elle s'en tracassait naguère encore. Grâce à Stan, elle commençait à s'accepter telle qu'elle était, à se satisfaire de ce qu'elle était.

Mais ces révélations n'allaient survenir que plus tard. Pour le moment, étendue sur le doux et odorant lit d'herbe avec une mèche des cheveux de Stan sur la poitrine, elle ne savait qu'une chose : *Stan m'aime et je l'aime. Jamais je ne serai aussi heureuse que maintenant.*

En état de choc, Cassie se tassa sur son siège. Elle avait lu et relu la lettre de Gwen, elle avait même examiné l'enveloppe postée à Paris comme si un symbole y était caché et lui avait échappé. *Petite sotte écervelée ! À peine dix-neuf ans et pas la moindre idée de ce qu'il lui faut ou de ce dont elle a besoin, encore moins de comment lutter et se défendre dans la vie ! Pourquoi n'aurait-elle pas pu se contenter d'une aventure avec ce garçon ? Si c'était simplement l'éveil de ses hormones – dans son cas il était grand temps ! – qui lui avait donné l'idée d'une fugue romanesque à Paris, je ne le lui aurais pas reproché. Enfin, pas vraiment. Dieu sait s'il y a eu assez de folies semblables dans ma famille ! Je l'aurais gourmandée pour le principe et j'en serais restée là. Mais pourquoi diable se lier à ce garçon, pourquoi se marier ? Elle n'a pas réfléchi une seconde aux ennuis qui allaient suivre – le divorce, les avocats, les reproches, les rancunes, tout ce qui n'est pas encore sous son nez mais arrivera inévitablement quand ce ridicule mariage se défera. Car il ne durera pas, c'est évident ! Il ne peut pas durer.*

La migraine lui martelait les tempes, au point que Cassie préféra ne pas se demander jusqu'où était montée sa tension artérielle. De la fenêtre de la bibliothèque, elle regardait le spectacle déprimant de la pluie qui dégoulinait des arbres et des jolies lanternes – installées par celui-là même qui provoquait sa migraine – qu'elle avait voulu garder pour décorer la pelouse. Stanley Girard ne valait pas le petit doigt de Gwen. Il ne valait sûrement pas, en tout cas, les sacrifices qu'elle s'imposait pour lui et à cause de lui. Pas d'études supérieures, pas de grand mariage avec un beau voile de dentelle. Jusqu'à maintenant, Cassie n'avait pas pris la mesure de la joie que lui procurerait le mariage de Gwen. Pour sa fille, elle aurait sorti le grand jeu, avec les cloches, les fleurs, les invités par centaines. Elle aurait vu, avec le sentiment du devoir accompli, sa fille descendre au son des orgues l'allée centrale de l'église au bras de Walter, qui aurait donné sa main à un homme digne d'elle. Un homme qui aurait fait honneur au nom de Wright. Un homme qui n'aurait sûrement pas été Stanley Girard !

— Je pensais bien te trouver ici après ta disparition, dit la voix de Walter derrière elle.

Elle ne l'avait pas entendu entrer. Il lui tendit une tasse de café et une assiette de ses biscuits préférés, qu'elle posa à côté d'elle.

— Tu finiras par faire un trou dans cette lettre à force de la dévorer des yeux, reprit-il en s'asseyant.

— Elle s'est condamnée à une existence lugubre avec ce garçon qui ne connaît rien à rien ! Elle aura une petite maison minable pleine d'enfants – Dieu seul sait combien ! –, qu'ils aient ou non les moyens de les élever. Et n'essaie pas de me dire qu'il n'abusera pas de ce qu'il considérera comme ses « droits conjugaux », parce que c'est ce que font les individus de son genre !

— En fait, je crois plutôt que c'est Gwen qui voudra avoir une maisonnée pleine d'enfants, qu'ils aient ou non les moyens de les élever. Stanley me donne l'impression d'avoir la tête sur les épaules.

— En tout cas, ils feraient bien de ne pas venir pleurer pour que je les aide !

— Tu ne le penses pas vraiment.

— Bien sûr que non, soupira Cassie. Je ne laisserai jamais Gwen souffrir. Ses enfants non plus.

— Je crois, de toute façon, que tu te fais du souci pour rien. Ton gendre est le genre d'homme à préférer être jeté dans l'huile bouillante plutôt qu'accepter l'aide de quiconque. Et puis, ajouta Walter en prenant un biscuit, tu n'as pas fait mystère de ce que tu penses de lui.

— Tu trouves que je suis abominable, n'est-ce pas ? Que je me sens humiliée parce que ma fille épouse un travailleur manuel ?

— Pas du tout, voyons ! Personne ne travaille

aussi dur que toi ni n'accorde au travail autant de valeur. Je crois plutôt que le problème entre Stanley Girard et toi est que tu découvres en lui un adversaire coriace et digne de toi.

— Je ne l'aime pas parce qu'il est inculte, sans force de caractère ni ambition.

— Je suis sûr qu'il a beaucoup d'ambition à sa manière et largement assez de force de caractère pour rivaliser avec ton emprise sur Gwen. C'est cela qui te chiffonne.

— Je n'exerce pas d'*emprise* sur Gwen ! Tout ce que je veux, c'est qu'elle soit elle-même et choisisse sa propre voie.

— Elle le fera un jour. Mais peut-être pas tout de suite.

— Non. Je ne la crois pas prête.

Walter se leva, lui donna un petit baiser sur la joue.

— Je crois que si, au contraire. Cassie, ma chérie, tu ne peux pas faire annuler ce mariage. Alors laisse-leur une chance, c'est le mieux que tu puisses faire. Si leur ménage doit finir par se briser, il n'aura besoin de l'aide de personne.

18

Patsy Allen s'était révélée bien meilleure femme d'affaires que Jewel ne lui en attribuait les capacités. Deux ans s'étaient écoulés depuis l'anniversaire de Gwen Wright au cours duquel Patsy lui avait fait honte en distribuant ses prospectus et en jouant la femme sandwich pour *Présent(s) du Passé*. Jewel avait dû admettre ensuite que, pour gênante qu'elle eût été sur le moment, sa tactique avait été rentable. Un bon nombre des dames prospectées ce soir-là étaient venues au magasin se rendre compte par elles-mêmes, et avaient constaté que Patsy possédait en effet un œil infaillible pour dénicher les modèles classiques de haute couture qu'elles ne trouvaient nulle part ailleurs. Mieux encore, elles avaient signalé leur découverte à leurs filles alors même que la mode du vintage faisait fureur chez les stars, qui en arboraient pour les cérémonies hypermédiatisées telles que la remise des oscars. En quelques semaines, *Présent(s) du Passé* était devenu la coqueluche de la jeunesse dorée, pourvue d'un éventail de cartes de crédit dont les parents payaient les échéances sans sourciller. Ses affaires avaient pris un tel essor que Patsy formait de grandioses projets d'expansion.

— Nous allons ouvrir une nouvelle boutique dans l'Algonquin Mall, annonça-t-elle un jour à Jewel.

Il était tôt, la clientèle n'était pas encore arrivée. Elles s'étaient donc installées dans la boutique pour profiter de la climatisation en buvant le café que Jewel allait chercher tous les matins.

— Nous allons doubler de surface et embaucher deux vendeuses. poursuivit Patsy avec enthousiasme. Mais attends le meilleur ! Comme je vais devoir voyager de plus en plus pour acheter la marchandise, je t'offre une grande promotion. Tu seras la nouvelle directrice, Jewel ! Tu te rends compte du chemin que nous avons parcouru ? Et tout ça en à peine deux ans !

Si elle avait pu accompagner ses paroles d'une fanfare triomphale, elle l'aurait fait sans hésiter. Faute de musique, elle fixa Jewel d'un regard exprimant l'attente d'effusions de reconnaissance ou, à la rigueur, de larmes de joie.

Jewel avait bel et bien envie de pleurer, mais pas de joie. Jamais de sa vie elle ne s'était sentie aussi frustrée, aussi prise au piège. La « grande promotion » que lui faisait miroiter Patsy serait accompagnée d'une augmentation de salaire, bien sûr, mais insuffisante pour lui permettre de quitter son petit appartement exigu au-dessus du *delicatessen* et d'acheter enfin une voiture capable de la transporter sans tomber en panne tous les huit jours.

Deux ans ! pensa-t-elle avec désespoir. *Au bout de deux ans, je croyais que je m'en serais sortie. Je croyais qu'il me serait arrivé quelque chose de bon...* Mais non. Elle était toujours l'employée de Patsy et elle ne réussissait toujours pas à joindre les deux bouts. Rien n'avait changé, sauf qu'elle était devenue de première force pour vendre des vieilles nippes poussiéreuses à des gamines pourries de fric.

Patsy parut déçue de son manque d'enthousiasme. Et Patsy avait beau lui dire qu'elles étaient devenues les meilleures amies du monde, il n'était pas moins vrai qu'elle était la patronne de Jewel. Or, règle d'or dont Jewel avait appris la valeur à ses dépens, on n'a pas le droit de décevoir sa patronne. Elle se força donc à arborer son sourire le plus éclatant et à prendre affectueusement dans ses bras celle qui signait les chèques de sa paie.

— Oh, Patsy, c'est fabuleux ! s'écria-t-elle de manière convaincante. Je suis si heureuse que j'en ai eu le souffle coupé. Je ne sais pas comment te remercier.

Par bonheur, trois jeunes clientes entrèrent à ce moment-là, si bien que Jewel n'eut plus besoin de feindre l'allégresse. Patsy avala le reste de son café, murmura : « En piste ! » et s'avança au-devant des clientes en s'attendant que Jewel lui emboîte le pas.

Mais Jewel n'était pas d'humeur, ce matin-là, à faire des courbettes à un trio de riches petites pimbêches sous peine de commettre l'impardonnable – déclarer par exemple à la plus moche qu'il n'y avait aucune robe en stock capable de cacher son gros ventre. Elle chuchota donc à Patsy : « Vas-y, il faut que je vérifie les factures », et, pendant que sa patronne s'empressait d'accueillir les filles, Jewel liquida son café en s'efforçant de ne plus penser à rien. Bien entendu, l'esprit ne coopère jamais dans ces cas-là et, tandis que le liquide tiédasse et amer lui coulait dans l'œsophage, Jewel se surprit à penser à Gwen Wright.

Si étonnant que cela paraisse, Jewel pensait souvent à Gwen. Tout au long de ces deux années de stagnation et de frustration, sa seule consolation consistait à se dire que si elle gâchait sa vie, Gwen faisait pire. Jewel n'oublierait jamais le matin où elle avait appris le mariage de Gwen par la *Wrightstown Gazette*. Elle n'avait pas épousé quelque jeune homme riche issu d'une famille honorable, non. Cette terne idiote de Gwen avait déniché un plombier – ou peut-être un électricien, Jewel était trop stupéfaite pour avoir prêté attention aux détails. Elle avait seulement retenu de l'information que le type en question n'était qu'un homme du peuple qui « travaillait de ses mains », comme disait son papa qui se méprisait lui-même d'en faire autant.

J'aurais bien voulu être une petite souris dans son trou quand la Reine Cassie a découvert le pot aux roses ! se dit-elle en essayant d'imaginer la crise que Cassie avait dû piquer. Pourtant, ce matin-là, l'idée de la fureur de Cassandra Wright devant le scandaleux mariage de Gwen ne parvint pas à la dérider. Elle était trop absorbée par ses propres malheurs.

Elle avait franchi le cap des vingt-cinq ans sans même s'en rendre compte et voyait la trentaine arriver à grands pas. Oui, elle était encore assez belle pour attirer partout les regards des hommes, mais cela ne durerait pas éternellement. Quant à ses réserves de chaleur amicale et d'énergie communicative, atouts imbattables dans ses rapports avec le sexe opposé, elles commençaient à s'épuiser. Ce n'était pas faute d'avoir cherché l'homme qu'il lui fallait – pas comme cette idiote de Gwen Wright qui se jetait au cou du premier venu. Jewel avait soupesé avec soin ses élus éventuels – avec tant de soin, en fait, qu'elle n'en avait pas sélectionné plus de deux en deux ans ! Malgré tous ses efforts, toutes ses précautions, l'un s'était révélé déjà marié, et l'autre, un médecin, croulait tellement sous les dettes après son divorce qu'il ne valait pas mieux qu'un vulgaire chômeur. Dieu merci, elle n'avait pas commis la sottise de coucher avec l'un ou l'autre. Elle n'avait même jamais couché avec un homme, car elle avait décidé depuis toujours de ne se donner que la bague au doigt – une belle bague avec un gros diamant – et le style de vie correspondant. Mais, en dépit de ses bonnes résolutions, depuis ce jour de pluie où elle avait pris le train pour la campagne et eu un aperçu du paradis terrestre dans la grande maison blanche de Cassandra Wright, elle n'avait pas fait un pas de plus vers le diamant, le style de vie et l'homme qui irait avec. Seule différence, elle avait maintenant deux rides sur le front qu'aucune crème de beauté n'effacerait jamais et l'angoisse d'entendre l'horloge du temps égrener son tic-tac. Et elle ne savait toujours pas comment infléchir le cours désastreux pris par son existence.

Elle reposa sa tasse de café et alla dans l'arrière-boutique pendant que Patsy s'évertuait à faire admettre à la grosse fille moche que la jupe dont elle avait envie était trois tailles trop petite. Cette grosse-là était le type même de clientes qui traitent les vendeuses comme des moins que rien.

— Jeff Henry… Ce n'est pas le type à qui tu parlais à la soirée de Gwen Wright ? demanda Patsy.

Jewel et elle avaient pris la journée afin que Patsy

aille à la banque signer les documents de l'emprunt qu'elle contractait pour financer l'expansion de son affaire. « Accompagne-moi, j'ai besoin d'un soutien moral, avait-elle dit à Jewel. Je n'ai jamais emprunté une aussi grosse somme et je suis morte de peur. » C'est ainsi qu'elles se retrouvaient dans le hall de réception de l'Amber Building, le rutilant nouvel immeuble de bureaux où se logeaient toutes les grosses entreprises de Wrightstown – à l'exception, bien sûr, des Verreries Wright. En étudiant le panneau de l'entrée pour chercher à quel étage étaient situés les bureaux de la banque, Patsy avait montré une colonne entière qui indiquait que les deux étages supérieurs de l'immeuble étaient occupés par les divers services et filiales d'une entreprise appelée JeffSon Inc. sous un logo futuriste évoquant une fusée spatiale en plein essor. Le président de la compagnie avait pour nom Jeff Henry. Si Jewel ignorait ce soir-là l'identité de son interlocuteur au blazer bleu, elle l'avait reconnu et avait appris son nom dans une interview à la télévision.

— Oui, répondit-elle. C'est bien à Jeff Henry que j'ai parlé.

— Tu ne m'avais pas dit à l'époque qu'il réussirait s'il s'en donnait la peine ?

— En fait, je t'avais dit qu'il pourrait réussir s'il ne réfléchissait pas trop avant d'agir.

— Eh bien, il a dû suivre tes conseils. Les loyers de l'Amber coûtent les yeux de la tête, je préfère même ne pas penser à ce qu'il dépense pour avoir les deux derniers étages à lui seul. Ton M. Henry a visiblement bien réussi.

— Ce n'est pas *mon* M. Henry, répondit machinalement Jewel.

Quoique... À la réflexion, il avait paru séduit ce soir-là, voici déjà deux ans. Et il lui avait fait des confidences très personnelles. Il avait abordé des sujets dont il ne devait pas parler à tout le monde, elle l'avait bien senti. D'un autre côté, il ne s'était pas donné la peine de se présenter, encore moins d'essayer de la retrouver par la suite. Quand même... Jewel regarda pensivement le logo futuriste. *Il y a deux ans, il n'était pas marié. En deux ans, tout peut changer, bien sûr, surtout pour un riche célibataire... Mais s'il l'était encore ? S'il n'y avait toujours pas de Mme Henry dans sa vie ?* Jewel n'aurait pas de mal à s'en assurer s'il était présent dans l'immeuble ce jour-là : il lui suffirait d'aller au parking, où les noms des occupants étaient inscrits dans les espaces réservés, et de voir si sa voiture y était. Qu'est-ce qu'elle avait à perdre ?

Jewel ouvrit son sac, fouilla fébrilement à l'intérieur.

— Oh, la barbe ! gémit-elle. Je ne trouve pas ma carte bancaire. Elle a dû tomber tout à l'heure dans la voiture. Il faut que j'aille voir, Patsy. Je te rejoins dans une minute.

Un obligeant gardien du parking apprit à Jewel que la voiture de M. Henry avait bien occupé son emplacement, mais qu'il était sorti. Il s'absentait souvent le mercredi, précisa le gardien, et reviendrait sans doute dans deux ou trois heures, car c'était conforme à ses habitudes. Il avait une voiture de sport d'une marque étrangère dont le gardien ne pouvait jamais se rappeler le nom. Italien, peut-être. En tout cas elle avait dû lui coûter le prix d'une maison pour toute une famille. Jewel le remercia en le gratifiant de son plus éblouissant sourire.

Il vaut mieux, après tout, que Jeff Henry ne soit pas au bureau, se dit-elle en se dépêchant de rejoindre Patsy dans le hall. Cela lui laisserait le temps de réfléchir et de mettre une stratégie au point. Avec Jeff Henry, elle ne voulait surtout pas commettre la moindre erreur.

19

Horaceville n'était située qu'à une trentaine de kilomètres au nord de Wrightstown et dans la même vallée. Pourtant, deux villes aussi proches ne pouvaient pas être plus différentes l'une de l'autre. Horaceville était beaucoup plus petite et, contrairement à Wrightstown toujours débordante d'activité, paraissait endormie comme si le temps s'y était arrêté. La grand-rue restait l'artère principale. Des chênes et des marronniers ombrageaient la petite place devant l'hôtel de ville. Le poste de police et la caserne de pompiers en briques soulignées de blanc étaient de pur style colonial, l'unique cinéma et une dizaine de boutiques étaient alignés non loin. Quant aux rues transversales, elles se perdaient vite dans des petites routes de campagne.

Jeff Henry arrêta sa Lamborghini devant une modeste maison d'un quartier récemment reclassé en zone mixte résidentielle et commerciale. Tout avait bien changé depuis l'époque où Jeff y avait grandi. Sa rue, cette rue, était bordée de maisons où résidaient des familles de la bourgeoisie aisée, dans lesquelles deux salaires n'étaient pas impératifs pour survivre et dont les mères restaient à la maison pour s'occuper des enfants quand ils ne passaient pas la journée à l'école.

On trouvait maintenant un bar gril au milieu de la rue et une teinturerie au coin. Plusieurs maisons avaient deux boîtes aux lettres à l'entrée, parfois davantage, ce qui indiquait que le propriétaire se voyait contraint de louer en partie son domicile pour boucler son budget. En un mot, le quartier se dégradait, argument que Jeff comptait avancer une fois de plus.

Il coupa le contact afin que cesse le ronronnement de sa voiture, le préféré de tous ses jouets, et resta assis quelques instants au volant pour mettre ses idées en ordre avant d'entrer. Une fois de plus, il aurait besoin de toute sa force de persuasion.

— Écoute, Jeffie, je ne sais plus comment te faire comprendre que je refuse de partir de chez moi, déclara son père. D'ailleurs, où voudrais-tu que j'aille ? Cette maison de retraite dans laquelle tu veux me fourrer ne me permettrait pas de garder Sammy. Je n'aurais droit qu'à une seule chambre, sans même avoir la place de mettre ma bibliothèque et mes gravures !

Sammy était le chat de M. Henry père, et sa bibliothèque comportait quelques centaines de livres garnissant les étagères de deux des murs de ce qu'il appelait pompeusement son cabinet de travail – pièce dans laquelle se déroulait leur entretien. Chaque fois que Jeff y venait, les souvenirs affluaient.

Au moment de la construction de la maison, dans les années 1910, cette pièce était le boudoir de Madame, c'est-à-dire l'endroit où la maîtresse de maison se retirait pour lire en paix ou faire les comptes du ménage. C'était la plus petite pièce de la maison, déjà exiguë. Ses fenêtres sur la rue restant fermées presque en permanence, elle sentait le renfermé. Lorsque la mère de Jeff avait décoré la maison, une bonne quarantaine d'années auparavant, elle avait fait recouvrir les murs de boiseries sombres, peintes en vert foncé. Le bureau de Père, énorme et sombre lui aussi, occupait plus de la moitié de l'espace. Le canapé et les deux fauteuils, avachis par l'âge, étaient tapissés d'une étoffe rouge sang-de-bœuf élimée et devenue d'un marron presque noir. Madame Mère avait cherché à créer une atmosphère de manoir anglais ; elle n'avait réussi qu'à accumuler des meubles trop gros qui encombraient l'espace et le rendaient suffocant. Le reste de la maison, dans le même esprit, contenait des meubles anciens ou rustiques, certains assez beaux, mais tous trop volumineux pour les dimensions des pièces. Père et Mère adoraient leur petite maison telle qu'elle était.

« Nous ne sommes que de simples professeurs, aimait dire Père en versant cérémonieusement le brandy après les repas. Nous n'avons pas besoin d'étaler les symboles d'une opulence ostentatoire ; nous préférons nos quelques trésors, nos livres, nos gravures, nos meubles anciens et, naturellement, notre musique. » Mère, qui ne buvait pas de brandy, prérogative masculine – de toute façon, elle devait laver et ranger la vaisselle –, approuvait d'un hochement de tête et d'un sourire bienveillant. Car les parents de Jeff étaient fiers de leur statut d'intellectuels, statut qu'ils s'étaient eux-mêmes attribué, mais qui suffisait à impressionner les voisins et les visiteurs occasionnels.

Père avait été professeur d'histoire de l'art au collège de Wrightstown. Que son élève le plus doué, Edward Lawrence, soit devenu conservateur du musée des Verreries Wright était un de ses plus grands titres de gloire. Edward occupait d'ailleurs toujours cette éminente position vingt ans plus tard. Mère avait été professeur d'anglais à la *high-school* de Wrightstown, mais ils avaient préféré l'un et l'autre élire domicile à vingt minutes de leurs lieux de travail. « Wrightstown n'est pas pour nous, disait-elle avec un sourire bienveillant teinté de condescendance. Cette ville est un peu trop… disons mercantile à notre goût. Horaceville a infiniment plus de charme. » Ce que Mère ne disait pas, toutefois, c'est que son cher époux ne pouvait pas espérer être un notable à Wrightstown, distinction monopolisée par la famille Wright, alors qu'il l'était à Horaceville. Ils avaient donc vécu heureux dans leur petite maison étouffante sous le regard des voisins toujours aux aguets, qui révéraient le doctorat de Père, son vocabulaire châtié et la réussite de son élève, Edward Lawrence, le conservateur de musée – même si personne ne savait ce que faisait au juste un conservateur de musée.

Et puis, il y a quatre ans, Mère était tombée malade et Père avait pris une retraite anticipée pour s'occuper d'elle jusqu'à sa mort, survenue deux ans plus tard. Depuis, Sammy et Père étaient restés dans une maison que le vieil homme ne pouvait plus entretenir et dans un quartier qui déclinait de jour en jour. Père aussi, d'ailleurs – ses repas paraissaient se borner essentiellement à des chips et des biscuits en boîte, et Jeff soupçonnait sa consommation de brandy de commencer désormais à midi pour croître jusqu'au soir.

Jeff renifla en fronçant le nez. Le toit avait une fuite, que Père ne s'était pas encore donné la peine de faire réparer, si bien que la maison entière sentait le moisi. M. Henry père se détourna de ses chères étagères pleines de livres et darda sur son fils un regard courroucé.

— Eh bien, Jeffie ? Crois-tu que je pourrais prendre mes trésors avec moi dans cet asile de vieillards où tu veux m'enfermer ?

— Je t'ai déjà dit, papa, que si tu refuses l'idée d'être bien installé dans le confort et la tranquillité de *Shady Manor*, tu peux acheter ou faire construire une maison près de la mienne.

— À Wrightstown ?

— Ou juste à côté. Il y a un nouveau lotissement de grand standing qui se monte en dehors du centre.

— Merci, j'ai déjà vu ce genre de lotissements. Les promoteurs dépouillent la nature de ses arbres pour y mettre des baraques ostentatoires qui n'ont pas plus de valeur artistique que de mérite architectural.

Au moins, ce ne sont pas des masures ostensiblement croulantes, pensa Jeff qui prit sur lui pour être patient.

— La tienne ne sera pas ostentatoire. Tu peux la concevoir avec un architecte à qui tu imposeras tes idées. Elle pourrait même être une copie exacte de celle-ci, si tu y tiens.

Jeff n'avait pas pu dissimuler le dédain qu'il avait mis malgré lui dans sa dernière phrase, et son père le remarqua immédiatement.

— Cette maison a été pour toi le foyer de tes années de jeunesse et de formation, ne l'oublie pas !

Jeff se mordit les lèvres. Les humeurs belliqueuses de son père étaient de plus en plus fréquentes et il se demanda si le niveau de la bouteille de brandy avait commencé à baisser plus tôt que d'habitude.

— Et comment crois-tu que je pourrais payer cette maison neuve construite sur mesure ? poursuivit son père. Dis-le-moi, je te prie.

— Je t'ai déjà dit que je m'en chargerai ! Dieu sait que je ne te demande pas de la payer toi-même.

Jeff leva les yeux sur son père et vit alors à quel point le pauvre homme était solitaire et apeuré par le changement.

— Je t'en prie, papa, laisse-moi m'occuper de tout, reprit-il d'un ton radouci. J'ai les moyens de le faire et j'en serai très heureux.

Son père, qui jusqu'alors arpentait la pièce – deux pas d'un côté, deux de l'autre –, se laissa tomber avec lassitude dans un fauteuil. Sammy en profita aussitôt pour lui sauter sur les genoux et le vieil homme entreprit machinalement de le caresser.

— Les moyens… ! Justement, parle-moi encore de tes affaires. Je ne suis jamais arrivé à bien comprendre de quoi il s'agit.

— JeffSon est l'un des principaux distributeurs d'électricité et de gaz naturel aux États-Unis. Nous nous occupons aussi de la construction et de l'exploitation de centrales électriques et de pipelines.

— Puis-je savoir comment mon fils, qui se destinait à la philosophie, se trouve mêlé à ce genre d'activités ?

— Voyons, papa, tu sais très bien que j'ai abandonné la philosophie pour la gestion et le management !

— C'est vrai. Et c'est bien regrettable.

— Je suis très heureux de mon choix. Je déplore sincèrement que tu ne le sois pas.

Son père poussa un profond soupir et baissa les yeux vers son chat qui ronronnait de satisfaction.

— Jamais, bien sûr, je ne voudrais t'imposer mes volontés. Continue, Jeffie. J'aimerais simplement savoir comment un garçon qui travaillait dans une petite agence boursière de Wrightstown se retrouve à la tête d'une entreprise qui brasse les dollars par millions en vendant du gaz naturel et de l'électricité.

Pour la énième fois de sa vie, Jeff se rendit compte qu'il ne devait jamais sous-estimer son père. Celui-ci avait beau se dire tourné vers l'intellect et indifférent au monde matériel, sa question dénotait un esprit pénétrant. La réponse ne pouvait que faire allusion à des séries de fusions, dont certaines franchement douteuses, et que suivait l'absorption de petites entreprises par des holdings opérant dangereusement sur le fil du rasoir au vu des législations en vigueur. Grâce à des appuis haut placés, ces manœuvres n'avaient jamais donné lieu à des enquêtes officielles. Une fois les débris retombés, Jeff s'était retrouvé président-directeur général de la nouvelle entité baptisée JeffSon, possédant des bureaux à New York et au Texas, sans parler de son luxueux siège social occupant deux étages de l'Amber à Wrightstown. S'il y gardait sa base, c'était en partie pour des raisons sentimentales, mais aussi parce que forcer de puissants hommes d'affaires à se déplacer pour venir sur son terrain démontrait l'étendue de son pouvoir.

— La manière dont des entreprises grandissent et en acquièrent d'autres est un processus très complexe, papa. J'ai démarré avec une petite compagnie de distribution de gaz naturel dans le Middle West et fusionné ensuite avec une autre de la même taille au Texas. Ensemble, nous avons pu financer l'acquisition d'entreprises dans le domaine du gaz, et notre expansion nous a amenés à nous intéresser à l'électricité.

— Et que sais-tu au juste des énergies que tu vends ?

— Je ne les vends pas, je les distribue. Et je n'ai pas besoin de connaître en détail le fonctionnement des centrales électriques ou des gisements de gaz. J'engage pour cela des spécialistes.

— Que fais-tu, alors ?

— Je supervise les finances, le marketing et les questions juridiques. Je décide aussi, bien sûr, des lieux et de la manière dont nous pouvons poursuivre notre expansion.

— Expansion ? Tu n'es pas assez gros comme cela, Jeffie ?

Autre question pertinente, que Jeff se posait lui-même avec une crainte mêlée d'exaltation. S'il affichait la confiance en prétendant ne pas avoir besoin de tout savoir en détail sur les affaires qu'il dirigeait, il était au fait des erreurs qu'on s'expose à commettre quand on avance à l'aveuglette. Jeff était cependant convaincu qu'il fallait parfois marcher à l'aveuglette pour progresser, et qu'il fallait progresser pour survivre. Celui qui perd courage et cesse d'avancer est guetté par les requins qui rôdent alentour et se retrouve la proie d'attaques financières telles que celles lancées par Jeff contre les plus faibles. Mais, surtout, Jeff voulait que l'extension de sa compagnie ne cesse pas. Il voulait être à la tête de ce qu'il y avait de plus grand et de meilleur. On l'admirait et il aimait être admiré. Quand on vient d'une famille où Platon, Shakespeare et Mozart constituent les critères d'excellence, il est exaltant d'être soi-même considéré comme un génie. C'est pourquoi il valait la peine de piloter sans visibilité et de risquer la chute.

— On n'est jamais trop gros, papa, affirma-t-il. Mais je suis venu te parler de toi. Puisqu'il n'est plus question du *Shady Manor*, j'en conclus que tu veux bien déménager pour venir à Wrightstown. Nous devrions pouvoir vendre cette maison en deux ou trois mois à un prix raisonnable et, en attendant d'en trouver une à ton goût, Sammy et toi viendriez vivre chez moi.

— Je préfère ne pas bouger, fiston. Quand le comprendras-tu, à la fin ? répondit le père avec colère.

— Mais pourquoi, bon sang ? éclata Jeff. Pourquoi rester croupir dans une vieille masure au toit qui fuit dans un quartier minable quand tu pourrais avoir le meilleur de tout ?

Alors même qu'il lui posait la question, Jeff s'attendait à l'entendre répondre par le cliché habituel : « *Parce que j'ai déjà le meilleur de tout ici même* » suivi de la litanie convenue sur le matérialisme qui corrompt l'esprit humain. Mais son père l'étonna :

— J'ai bien peur que les affaires dans lesquelles tu t'es mis ne m'inspirent pas confiance, Jeffie. Je ne suis pas un expert dans ce domaine, je sais, mais elles me donnent un peu trop l'impression d'être bâties sur le sable. J'ai remboursé les hypothèques sur cette maison, poursuivit-il en regardant autour de lui, les taxes ne sont pas très élevées, je m'en sors très bien avec ma pension de retraite. Je préfère ne pas prendre de risques inutiles.

Tout était dit. Pourtant, Jeff discuta pour le principe : le côté blessant du manque de confiance de son propre père, les louanges dont le monde de la finance couvrait JeffSon, l'imminence de la distinction d'Entreprise de l'année... rien ne fit démordre son père de son refus ; il faisait preuve d'un entêtement aveugle.

— Laisse-moi au moins faire réparer la fuite du toit ! dit Jeff en conclusion. Et, que tu le veuilles ou non, je vais engager une bonne pour venir faire le ménage, s'occuper de toi et préparer tes repas.

Son père inclina la tête avec résignation et le remercia.

— Je ne voulais pas te blesser, Jeffie, ajouta-t-il. Tu veux bien faire et tu as bon cœur, je sais. Mais je n'ai jamais été joueur et je suis trop vieux pour prendre des risques.

Son père raccompagna Jeff à sa voiture. Quand il l'avait achetée, il avait hésité entre le rouge et le jaune ; il avait finalement opté pour le jaune, qui, dans cet environnement, détonnait par son mauvais goût tapageur.

— Eh bien !... C'est à toi ? s'enquit son père.
— Oui.

À ses propres oreilles, sa réponse sonna comme celle d'un enfant boudeur à qui on reproche un caprice.

— C'est plutôt... voyant.

Alors, au lieu de la poignée de main habituelle, son père lui donna gauchement l'accolade.

— Pense à Faust, Jeffie. Méfie-toi des pactes avec le diable.

La radio de bord passait le *Requiem* de Verdi. Cette musique funèbre convenait si bien à l'humeur de Jeff que, en reprenant le chemin de Wrightstown le long de la rivière, il monta le volume. Cette visite à son père, comme c'était souvent le cas, faisait resurgir des pensées qu'il préférait laisser enfouies. Contrairement à ce qu'il avait affirmé, Jeff n'avait pas abandonné sans réticences ses chères études de philosophie pour la gestion financière, quand il était à l'université. Ses doutes s'étaient même aggravés avec son premier emploi. La routine quotidienne d'acheter et de vendre des valeurs boursières, de tenir d'interminables conversations téléphoniques avec les clients présents ou à venir avait fini par l'ennuyer au point de ne plus pouvoir supporter cette vie une minute de plus. Il ne comptait plus les moments où il était prêt à laisser tomber ces activités « mercantiles », comme disait sa mère, pour reprendre ses études, obtenir son doctorat, et passer le reste de sa vie à enseigner les œuvres de Kant et d'Aristote à de jeunes esprits avides de savoir.

Mais si un coup de téléphone de ses parents survenait ou, pire, s'il leur rendait visite, il revoyait alors la petite maison étouffante, la vieille voiture à bout de souffle qui, avec un peu de chance, tiendrait encore une année de plus. Il se rappelait les voyages en Europe dont ils rêvaient tous depuis des années et qui, faute d'argent, devaient être repoussés à une date indéfinie ; les mois d'économies en vue d'une seule soirée à Boston pour un opéra ou un ballet ; l'éclair d'envie, vite éteint, dans les yeux de sa mère quand une voisine ou une amie lui montrait la paire de boucles d'oreilles en diamant que Père n'avait jamais eu les moyens de lui offrir. Et Jeff regagnait le purgatoire de son job avec la détermination plus forte que jamais de devenir un de ceux qui n'avaient pas besoin de réfléchir une fraction de seconde avant de prendre un billet de théâtre ou d'avion – ou d'acheter une paire de boucles d'oreilles en diamant.

Malgré tout, lorsque l'occasion d'entrer dans le périlleux domaine où il prospérait désormais s'était présentée, il avait hésité. De fait, il ne l'aurait sans doute pas saisie sans sa rencontre avec cette fille à l'anniversaire de Gwendolyn Wright, cette superbe fille dont il ne connaissait même pas le nom. Il pensait parfois à elle, à son ravissant visage, à ses cheveux d'ébène, à ses lèvres rubis au sourire éblouissant. « Je sais ce que c'est que d'en vouloir plus. Et d'aspirer à mieux. Forcez-vous et foncez », lui avait-elle dit. Et il avait foncé.

JeffSon résultat de sa course folle. Que dirait-elle, se demandait-il, s'il la revoyait et lui disait qu'elle était à l'origine de la création de l'affaire dont on parlait dans tout le pays ? Comment réagirait-elle s'il lui faisait visiter ses somptueux bureaux tout là-haut dominant Wrightstown ? Ses extraordinaires yeux presque violets brilleraient-ils s'il lui montrait ses autres bureaux à New York et au Texas ? Pousserait-elle un cri de plaisir s'il l'emmenait dans le fauve ronronnant qu'était sa voiture, s'il lui montrait les plans de la demeure qu'il allait se faire bâtir ? Ce soir-là, deux ans plus tôt, elle lui avait insufflé l'énergie qui piaffait en elle et dont il avait grand besoin en ce moment. Peut-être réussirait-elle à effacer de sa mémoire l'expression réprobatrice du visage de son père et les mots qu'il avait prononcés en le quittant : « *Pense à Faust, Jeffie. Méfie-toi des pactes avec le diable.* »

Le *Requiem* se terminait quand il arriva à Wrightstown. Il était bientôt six heures du soir. Sa visite à son père avait duré deux heures de plus que d'habitude. Il pourrait rentrer directement à l'hôtel où il campait en attendant la construction de sa maison, prendre une bonne douche, se faire servir à dîner dans sa chambre et se coucher pour une fois de bonne heure. Ou bien il pourrait passer par son bureau, voir s'il avait reçu l'appel qu'il attendait du Brésil et, si oui, rester travailler une ou deux heures. Tout compte fait, il se décida pour le bureau et le Brésil.

Jewel était sur le point de jeter l'éponge. Le gardien du parking lui avait dit que Jeff Henry serait sans doute de retour dans quelques heures. Prétextant une forte migraine, elle avait demandé à Patsy de lui laisser son après-midi. Puis, après avoir fait le pied de grue pendant une heure et demie dans le hall de l'Amber, elle était retournée au parking avec un magazine et s'était assise sur un des bancs de pierre près de l'entrée. Mais, au bout de deux heures et demie, Jeff n'était toujours pas revenu. Elle avait perdu une demi-journée de salaire pour rien et gagné des fourmis dans les jambes à force de rester assise sur le banc dur. Elle se leva, tapa des pieds pour rétablir la circulation du sang, et elle se dirigeait vers la sortie quand elle entendit un grondement de moteur derrière elle. En se retournant, elle vit une voiture jaune entrer dans le parking. Ce n'était pas une voiture ordinaire, mais le genre d'engin de sport dont on rêve, une machine qui donnerait l'idée de tuer pour avoir le droit de la conduire ne serait-ce qu'une fois. Jewel n'avait pas assez de mots pour dire ce qu'elle serait prête à faire pour la posséder.

Jeff glissa sa Lamborghini dans son emplacement et mit pied à terre. Son humeur sombre avait viré au noir et il commençait à regretter sa décision de revenir au bureau. Même s'il réussissait à avoir son correspondant au Brésil, les doutes et les mises en garde de son père ne lui avaient pas donné l'état d'esprit nécessaire pour mener à bien une négociation délicate. Il ferait mieux de rentrer à l'hôtel et de se reposer. *Sauf que ce sera aussi déprimant*, pensa-t-il en verrouillant la serrure de la portière.

— Bonsoir ! fit une voix féminine derrière lui.

Il se retourna. Et là, par un incroyable miracle, se tenait devant lui le ravissant visage, les yeux violets, les cheveux d'ébène et le sourire éblouissant revus pendant son trajet de retour à Wrightstown.

— Vais-je enfin savoir votre prénom ? demanda-t-il, ébahi.

— Jewel. Alors, êtes-vous déjà riche ?

20

Jewel le faisait rire. Elle manifestait avec une candeur désarmante le plaisir de ce que l'argent de Jeff pouvait lui procurer. Un bracelet en or, une robe de chez *Sofia's*, un week-end à New York – ils s'y étaient rendus en avion privé –, une nuit dans une suite du *Waldorf* après avoir vu le dernier succès de Broadway, tout la remplissait d'une joie enfantine. Devant cette joie de vivre, les sombres avertissements du père de Jeff sur le danger des pactes avec le diable apparaissaient comme des radotages de vieillard aigri. Avec Jewel, Jeff pouvait profiter sans complexe de ses complets sur mesure et de ses chemises de soie, de ses luxueux bureaux conçus par le designer à la mode et de sa voiture « voyante ». Quand il lui parla de son envie d'un yacht, Jewel n'y trouva rien à redire, au contraire. Quand il émit l'idée d'acheter un avion privé, Jewel estima qu'il devrait en avoir une flotte.

Le livre d'heures du XIe siècle acquis par Jeff contre une somme colossale, après des semaines de négociations avec un libraire de Londres spécialiste des ouvrages rares et anciens, n'avait éveillé chez elle, il est vrai, aucun intérêt. De même, à Manhattan, elle avait préféré passer sa journée dans un spa plutôt qu'accompagner Jeff à une vente de Sotheby's où il enchérissait sur un Matisse. Ce qui la ravissait, c'était d'obtenir sur un simple coup de fil une table dans un restaurant où il fallait normalement réserver six mois à l'avance.

Mais Jewel était pour lui un atout dans bien d'autres domaines. À l'occasion de dîners et de cocktails, elle avait fait la connaissance de la plupart de ses relations d'affaires et était devenue la coqueluche non seulement des hommes mais aussi de leurs femmes – et même de leurs maîtresses. Elle avait d'ailleurs réussi deux ou trois fois à devenir l'amie des deux à la fois et maîtrisait ces situations scabreuses avec une dextérité qui donnait parfois à Jeff des sueurs froides. Ses amis, toutefois, n'étaient pas du même avis. « Tu as déniché une fille capable d'être en aussi bons termes avec les unes qu'avec les autres et qui sait rester discrète ! C'est une perle rare, épouse-la dès demain ! » « Le prénom de Jewel est fait pour elle, déclarait un autre. C'est un vrai bijou. Elle est belle, amusante et prête à faire n'importe quoi pour te plaire. » « Et elle est sexy en diable ! » renchérissait un troisième.

Cette dernière appréciation était vraie, mais avec un corps et un visage pareils, une femme ne peut pas s'empêcher d'être sexy. Quand ils dînaient avec des couples légitimes, Jewel s'habillait sobrement – elle avait dit à Jeff avoir appris à ses dépens comment se comporter avec les autres femmes. Mais quand ils sortaient seuls, elle mettait au contraire des tenues faites pour attirer l'attention. Il émettait d'autant moins d'objection qu'elle faisait en sorte de signifier sans ambiguïté n'avoir d'yeux que pour lui. Elle lui prodiguait ouvertement tant de marques d'affection que ses amis seraient sans doute tombés de haut s'ils avaient su que, lorsque le jeune couple descendait au *Waldorf*, la suite avec deux chambres séparées n'était pas retenue pour sauver les apparences. Jewel dormait chastement de son côté et Jeff restait aussi chaste du sien. Ironie du sort, le cynique et blasé Jeff Henry couvert de femmes depuis l'adolescence était amoureux d'une reine de beauté qui lui avait annoncé, à leur troisième sortie ensemble, qu'elle entendait préserver sa virginité jusqu'au mariage. Jeff ne s'était pas trompé sur son compte lors de leur première rencontre : Jewel Fairchild lui réserverait en effet beaucoup de surprises.

Il avait d'abord cru qu'elle lui lançait un défi et tenté de la séduire. Jewel avait pleuré. Jeff ne connaissait pas de femme que les larmes embellissaient : les yeux de Jewel devenaient plus lumineux, son teint de porcelaine se teintait d'un rose adorable. « Pardonne-moi, avait-elle dit entre deux sanglots. Ce n'est pas parce que je n'ai pas envie de faire l'amour avec toi, au contraire. Il faut que tu le saches. »

Il le savait ou, du moins, il croyait le savoir. Leurs baisers étaient aussi brûlants pour elle que pour lui et il aurait juré qu'elle avait autant de mal que lui à se dominer pour y mettre fin. Mais elle tenait mordicus à ses valeurs et à ses règles de conduite. « Si cela veut dire qu'il faut te perdre, et Dieu sait que j'en mourrais de chagrin, je suis comme cela, je ne peux pas me changer. »

Le premier choc de surprise passé, il jugea que cette attitude ne manquait pas d'un certain charme. Malgré son comportement déluré, elle restait fidèle à une moralité démodée. Tout compte fait, d'ailleurs, elle n'avait pas tout à fait tort. Il y a dans l'attente du plaisir quelque chose d'infiniment plus excitant – et romantique – que son assouvissement immédiat. Le désir de Jeff pour elle devint bientôt plus intense que ce qu'il avait jamais éprouvé pour une femme, et les commentaires masculins sur les charmes de Jewel commencèrent à l'indisposer. Quand une de ses relations parla d'elle comme d'un « sacré numéro au lit », il piqua une crise de rage.

Et pourtant... Il ne parvenait toujours pas à faire le pas de plus, celui qu'elle attendait. La question décisive : *« Jewel, veux-tu m'épouser ? »* lui restait sur le bout de la langue sans pouvoir franchir ses lèvres.

Quand il était seul, quand la vision de son radieux sourire et de sa beauté éclatante ne balayait pas de son esprit toute pensée rationnelle, il se demandait s'ils avaient réellement quoi que ce soit en commun. Il était un lecteur assidu, elle n'aimait pas lire. Il avait fait des études universitaires à la tête de sa classe, elle s'enorgueillissait presque d'avoir eu du mal à finir la *high-school*. Et puis, il se demandait s'il était vraiment important d'avoir acquis du « savoir », comme on disait. Les faits essentiels s'apprenaient en cas de besoin. Il désirait Jewel et il voulait la garder. N'était-ce pas une raison suffisante ? Et pourtant...

Il emmena Jewel à Horaceville rencontrer son père. La porte à peine franchie, il se rendit compte de son erreur.

— Si je vous disais l'effet que cela fait de rouler dans la Lamborghini, vous ne me croiriez pas, monsieur Henry ! dit Jewel quand ils s'assirent pour prendre le thé dans la pièce sombre que la mère de Jeff baptisait pompeusement le « salon ». C'est plus épatant que de voler ! Je n'avais d'ailleurs jamais pris

l'avion jusqu'à ce que Jeff m'emmène à New York
— et dans un jet privé, je vous prie ! Vous devez être
très fier de votre fils !

Dans sa candeur aveugle, elle ne sentit pas le froid
glacial qui accueillit sa tirade, ne vit pas les yeux de
M. Henry se plisser ni ne se rendit compte qu'elle
était vulgaire.

— Je ne vois pas pourquoi on serait fier de ce
qu'accomplit un autre homme. Jeff est un adulte
responsable de ses actes, je ne désire nullement tirer
une quelconque fierté des reflets de sa gloire. Quant
au fait de posséder une automobile, cela n'a rien de
glorieux.

— Mais ce n'est pas une simple automobile !
protesta Jewel avec son plus beau sourire. C'est une
Lamborghini, il l'a payée une fortune !

De plissés, les yeux de M. Henry devinrent de
simples fentes.

— Ah, je vois. Un carrosse de nouveaux riches…
La prochaine fois que tu iras à Boston, poursuivit-il
en se tournant vers Jeff, ne manque pas l'exposition
qu'il y a en ce moment au musée Gardner. Un de mes
anciens élèves a écrit dans une revue qu'elle est
extraordinaire. Aimez-vous Renoir, mademoiselle
Fairchild ? ajouta-t-il. Ou êtes-vous de ceux qui
jugent sa peinture trop léchée ?

— Je ne sais même pas qui c'est, répondit-elle en
riant.

Puis, alors que Jeff se creusait la tête pour trouver
le moyen de la sauver, son père se lança dans une
conférence sur les impressionnistes entrecoupée de
temps à autre par des questions auxquelles Jewel était
bien incapable de répondre. Après quoi, il enchaîna
sur la littérature et la musique, toujours en posant des

questions. L'exercice visait naturellement à faire éclater au grand jour l'ignorance crasse de Jewel, mais Jeff ne trouvait aucun moyen de l'interrompre sans la plonger elle-même dans l'embarras. Heureusement, elle paraissait ne s'apercevoir de rien et admettait avec candeur n'avoir aucune idée de qui étaient Schopenhauer, Rachmaninov, T. S. Eliot, Virginia Woolf, pas plus que Monet ou Matisse. Elle avait toutefois entendu parler de Jane Austen à cause des films tirés de ses romans, mais en avouant que les films adaptés de vieux bouquins la faisaient dormir.

Quand Jeff se décida à suggérer qu'il était temps de partir, son père ne se donna même pas la peine de formuler l'invitation rituelle de rester encore un peu. Jewel dit qu'elle allait se « repoudrer le nez », euphémisme de midinette qui plissa une fois de plus les yeux de M. Henry. Dès qu'elle eut quitté la pièce, il entama une diatribe en règle.

— J'espère, Jeffie, que tu n'envisages rien de plus sérieux avec cette fille qu'une passade. Elle est belle, je l'admets volontiers, mais je serais étonné d'apprendre qu'elle a lu autre chose dans sa vie que les romans de quatre sous qu'on trouve dans les supermarchés. Quant à ses goûts musicaux... Je ne crois pas avoir jamais rencontré quelqu'un qui n'aime pas Mozart ou, pire, qui ne sait pas qui c'est. De quoi pouvez-vous bien parler entre vous ? Vous ne parlez sans doute pas, c'est vrai, vous avez mieux à faire... Bref, comme je te le disais, amuse-toi avec elle mais, de grâce, ne te mets pas la corde au cou ! Un jour viendra où tu souhaiteras converser avec une compagne qui sera ton égale en intelligence et en éducation.

Son père ne faisait qu'exprimer à haute voix ce que Jeff pensait parfois en son for intérieur, mais entendre ses propres objections sortir de la bouche de son père lui fit réaliser à quel point elles étaient creuses, malveillantes, snobs et sans réelle importance. Et pourtant…

De nouveau seul en voiture avec Jewel, il ne lui posa toujours pas la question qui lui brûlait les lèvres et qu'elle espérait entendre. *Pourquoi ?* se demandait-il en roulant le long de la rivière qui brillait au soleil. *Cette adorable fille au sourire éblouissant me fait du bien. Elle allège le poids de mes remords. Elle chasse mes doutes. Et elle est si belle. Si belle…*

Et pourtant… En arrivant à Wrightstown, il n'avait encore rien dit. Il s'arrêta devant le *deli* au-dessus duquel se trouvait l'appartement de Jewel, se pencha vers elle pour le rituel baiser qui, une fois encore, se terminerait par de frénétiques étreintes comme s'ils avaient dix-huit ans et s'embrassaient pour la première fois. Comme Jewel ne l'avait jamais invité à monter chez elle et refusait d'aller le voir à l'hôtel où il logeait temporairement, ils devaient se contenter de la voiture au lieu de s'embrasser sur le trottoir. Mais ce soir-là, Jewel se détourna ostensiblement et Jeff se redressa, déconfit.

— Tu es bien silencieuse, ce soir, dit-il.

— Je n'ai manifestement pas grand-chose à dire. Je ne sais rien des sujets qui t'intéressent : les artistes, les écrivains, tout ça.

Elle s'était donc rendu compte de l'examen que lui faisait passer son père…

— Ne nous mets pas dans le même sac, mon père et moi, je t'en prie. C'est moi qui ai acheté une Lamborghini, pas lui.

Ce n'était pas fameux, mais il espérait qu'elle sourirait au moins.

— Je sais, mais c'est ton père qui me juge indigne de toi. Tu veux monter avec moi ? enchaîna-t-elle avant qu'il puisse protester.

Ils comprenaient l'un et l'autre ce qu'elle disait en réalité et, un bref instant, il crut avoir gagné. Mais elle avait l'air si lasse, si résignée qu'il ne releva pas. Ce n'était pas cela qu'il voulait. Pas du tout.

— Non, répondit-il avec douceur. Je ne veux pas monter chez toi ce soir, ma chérie. Mais j'ai une question à te poser, ajouta-t-il en prenant sa main entre les siennes.

J'ai raison de faire ce que je vais faire. J'ai mille fois raison...

— Jewel Fairchild, veux-tu m'épouser ?

La rue entière dut entendre le cri de joie de Jewel.

Jewel Fairchild, désormais Jewel Henry, était en voyage de noces. De la terrasse du bungalow – de la taille d'un château ! – loué par son mari dans une île des Caraïbes – une île privée, je vous prie ! –, elle dominait une plage de sable blanc comme du sucre en poudre. Elle avait encore peine à croire que tout était vrai. Au terme de l'épouvantable visite au père de Jeff – le vieux bouc ! –, elle était sûre d'avoir perdu Jeff pour de bon. Même si Jeff pensait ne pas accorder d'importance à l'opinion de son père, le premier imbécile venu voyait bien que c'était le cas. Chaque fois que le vieux bouc la piégeait par une question sur ces gens morts aux noms imprononçables qui avaient peint ou écrit quelque chose, elle se disait que c'était la fin du rêve. Parce que le message du vieux était on ne peut plus clair : « Tu vois bien, Jeffie – eh oui, il appelait encore son fils Jeffie ! –, que cette fille n'est pas de ton monde. Il faut t'en débarrasser. »

Même maintenant, avec son diamant de trois carats à l'annulaire, l'idée de perdre Jeff la faisait frémir. Pas seulement parce qu'il était assez riche pour lui offrir le train de vie qu'elle avait si désespérément désiré – même si c'était pour elle l'essentiel, elle n'avait jamais cherché à se mentir sur ce point –, mais aussi parce qu'elle aurait regretté l'homme si elle l'avait perdu. Et puis, en dépit de sa réussite, Jeff avait besoin d'elle. Elle lui permettait d'ignorer l'influence de son père, de donner libre cours à son ambition et, on pouvait le dire, à son avidité. Il avait besoin d'elle pour se libérer de ses dernières entraves. Or, personne n'avait eu besoin de Jewel depuis la mort de sa mère. Pour la première fois depuis des années, elle avait de nouveau le sentiment d'être importante, indispensable. Ce sentiment précieux, elle ne voulait plus jamais en être dépouillée.

Elle aurait pu si facilement tout perdre ! Jewel frémit au souvenir de ses journées de doute jusqu'à ce que Jeff la demande enfin en mariage. Refuser de coucher avec lui était un risque calculé qui aurait pu le décourager. Mais elle s'y était tenue parce que son instinct lui disait que sous l'homme d'affaires endurci se cachait toujours le rêveur, pour qui courtiser une vierge innocente aurait infiniment plus de prix que n'importe quelle conquête. Même s'il était vrai qu'elle était toujours vierge, elle était loin d'être innocente...

Cette horrible visite à Horaceville lui avait fait craindre le pire. Le retour en voiture avait été l'un des moments les plus pénibles de son existence, aussi douloureux que la mort de sa mère. Pourtant, son instinct était encore venu la sauver – elle se fierait désormais toujours à son instinct, oh oui ! Sans réfléchir, elle lui avait proposé de monter chez elle, dans son infâme petit appartement. De fait, ils savaient l'un et l'autre qu'elle s'offrait à lui. Cela avait touché la corde sensible et réveillé le chevalier blanc qui sommeillait dans le cœur du rêveur. La suite faisait, comme on dit, partie de l'Histoire.

Jeff lui avait proposé le mariage le plus extravagant qu'elle aurait pu souhaiter. Il avait pourtant paru content qu'elle ait préféré une cérémonie simple et intime, parce qu'elle s'était abstenue de dire qu'elle n'aurait eu personne à inviter. Elle avait complètement perdu de vue ses frères et sœurs et ne savait même pas où son père vivait, ni même s'il vivait encore. Elle n'avait pas d'amies, en dehors de Patsy Allen à l'extrême rigueur. Du côté de Jeff, il ne restait que son père, et Dieu sait qu'elle n'avait aucune envie d'inviter le vieux bouc.

Ils avaient donc été mariés par un juge que Jeff connaissait et ils s'étaient envolés le lendemain dans un jet privé pour leur île privée. Voilà comment Jewel, qui avait dû repasser elle-même sa robe de mariée – achetée à un prix de faveur à *Présent(s) du Passé* – avait maintenant à son service un chef, une femme de chambre et un maître d'hôtel aux petits soins pour elle. En se réveillant le matin, elle voyait le soleil se lever sur un océan turquoise et elle respirait le parfum de fleurs qu'elle n'avait jamais vues auparavant.

Le soir, elle allait dans une chambre au lit garni de moelleux oreillers et de draps brodés. Jeff la prenait dans ses bras, la déshabillait, la couchait sur le beau grand lit et... elle faisait semblant. Elle feignait d'adorer les caresses de Jeff censées la conduire à l'extase, elle feignait une passion qu'elle se savait incapable de jamais éprouver. Et quand Jeff s'endormait enfin, blotti contre son corps, elle étouffait très vite le vœu de profiter seule du confort de ce doux et vaste lit. Ce vœu ne durait d'ailleurs jamais plus d'une seconde, car c'était grâce à Jeff qu'elle vivait dans un palais et elle lui devait au moins de jouer son rôle d'amoureuse de manière convaincante.

Une brise de mer soufflait sur la terrasse ; le peignoir que Jewel avait passé sur son costume de bain était diaphane. Et puis, avouons-le, si la contemplation de la mer, du sable et des fleurs exotiques avait du bon, elle la plongeait, à la longue, dans un ennui mortel. Jeff ne s'en lassait pas, lui. Il arpentait gaiement la plage. Jewel rentra à l'intérieur.

Jeff disait qu'il pourrait passer sa vie ici alors que Jewel attendait leur retour avec impatience. C'était à Wrightstown que commencerait vraiment sa nouvelle vie. Jeff lui avait promis de déchirer les plans de la maison qu'il voulait se faire construire pour la laisser décider à son gré avec l'architecte de la demeure dont elle avait envie. Il allait lui acheter une voiture, de la marque et du modèle qu'elle voulait. Il avait l'intention de la gâter.

La nuit, quand Jeff la serrait si fort contre lui qu'il l'empêchait de dormir, la perspective d'être gâtée était seule capable de faire venir le sommeil. Parfois, elle ne savait pas pourquoi, sa dernière pensée allait à Gwen Wright – l'introvertie, la timide Gwen qui envisageait son voyage à Paris comme une corvée !

L'idiote de Gwen qui avait jeté son luxe aux orties pour un homme qui travaillait de ses mains ! *Si elle me voyait maintenant !* pensait Jewel. Et elle s'endormait contente.

ROUTES ENTRECROISÉES

> *L'amour voit clairement,*
> *La haine voit encore plus clairement,*
> *Mais c'est la jalousie qui voit le plus clairement*
> *Car l'amour s'y mêle à la haine.*
>
> Proverbe arabe

21

Il faisait lourd dans l'appartement de Stan. Curieux que Gwen pense toujours à l'« appartement de Stan » alors que c'était devenu le sien depuis leur mariage quatre ans auparavant.

Elle se redressa dans son lit. Il était tard, Stan était déjà parti travailler sans faire de bruit pour ne pas la réveiller. Pourtant, elle ne dormait pas mais faisait semblant pour se dispenser de parler. Elle regarda autour d'elle cette chambre qui était aussi la sienne depuis quatre ans. Était-ce déjà si loin ? Si proche ? Elle n'en avait plus idée. Le médecin disait que cette désorientation était normale et faisait partie du processus de deuil. Elle devait s'accorder du temps.

Gwen se leva, alla à la fenêtre. Au-dessous, elle voyait une partie de la cour derrière l'immeuble. Ce petit carré d'herbe anémique et de ciment était censé représenter pour les résidents une oasis de verdure. S'ils voulaient s'aérer davantage, ils avaient le toit avec des sièges de jardin à la belle saison. On ne pouvait malheureusement pas beaucoup profiter du soleil à cause d'un immeuble de bureaux, appelé l'Amber, qui faisait de l'ombre la plus grande partie de la journée. Non que Gwen soit jamais montée sur le toit. Elle n'y allait même pas avant le drame… mais mieux valait ne pas y penser. Elle ne voulait pas ressasser le malheur ayant fait d'elle une femme qui feignait de dormir pour éviter de parler à son mari. Pas aujourd'hui, en tout cas. Aujourd'hui, elle allait s'habiller et sortir, même si elle n'aspirait qu'à se recoucher et à rester au lit. *Habille-toi, Gwen ! C'est un premier pas pour t'en sortir !*

Elle réussit à faire sa toilette, mais s'avoua vaincue devant la penderie. Choisir des vêtements était au-dessus de ses forces. Elle revint s'asseoir dans le petit fauteuil au chevet du lit, ferma les yeux et laissa les souvenirs affluer. De plus en plus, ces derniers temps, sa mémoire la ramenait aux jours pleins de gaieté et d'insouciance que Stan et elle avaient passés à Paris. Ces jours, les plus heureux de leur mariage, brillaient dans son esprit de l'éclat d'un sou neuf.

Quelle idée romanesque de se marier à Paris ! Gwen en avait eu l'idée, Stan avait bondi d'enthousiasme. Un moment, elle avait eu des craintes. Elle n'y était allée qu'avec sa mère et ne voulait surtout pas que le souvenir de Cassandra vienne gâcher sa lune de miel. Mais rien ne s'était passé comme cela, car Stan avait tenu à tout payer lui-même. Il avait mis de l'argent de côté pour acheter les murs de son local, mais, même en engloutissant dans le voyage ses économies chèrement épargnées, il ne pouvait être question de voyager dans l'opulence que Cassandra avait affichée avec Gwen.

Pas plus d'avions en première classe que de salons VIP dans les aéroports, pas de palace quatre étoiles à Paris. Des sandwichs, parfois accompagnés d'une salade, remplaçaient les grands restaurants. Pas de défilés de haute couture, bien entendu, ni de coûteuses excursions en limousine avec un guide privé. Mais Gwen et Stan avaient à eux les rues et les jardins de Paris et, la nuit, un modeste petit hôtel au lit un peu défoncé d'où ils apercevaient la tour Eiffel. Mille fois, un million de fois mieux encore, ils avaient surtout eux-mêmes, la douceur et l'extase que peuvent se donner deux êtres éperdument amoureux, et c'était assez, non, plus qu'assez pour que Gwen ait le cœur en fête. Et puis ils étaient rentrés.

Gwen ouvrit les yeux. Dans la pièce, la chaleur devenait étouffante. L'appartement n'ayant des fenêtres que d'un seul côté, on ne pouvait pas faire de courant d'air, et le seul remède consistait à tout fermer et à brancher le climatiseur. Gwen l'avait en horreur ; l'air stagnant artificiellement rafraîchi la suffoquait. En dépit de tous ses efforts, le petit rosier que lui avait donné Stan était mort au bout de six mois dans l'appartement. Elle en rendait responsables le manque de soleil et l'abominable « clim », comme l'appelait Stan. Il n'en souffrait pas lui-même, car il y avait été habitué toute sa vie, mais il s'efforçait de s'en servir le moins possible ces derniers temps à cause d'elle.

Gwen n'avait pourtant pas d'autre choix que d'allumer l'horrible machine, sinon la température deviendrait insupportable. *J'irai tourner le bouton dans une minute*, se dit-elle. Pour le moment, elle se sentait fatiguée. Mieux valait refermer les yeux et laisser son esprit revenir au passé.

Gwen était entrée pour la première fois dans l'appartement de Stan à leur retour de voyage de noces.

— Et voilà ! dit-il avec un sourire rayonnant de fierté. Viens voir.

Il lui fit visiter les quatre petites pièces carrées comme des boîtes et basses de plafond qui constituaient son nid.

Mon Dieu, de grâce, faites qu'il ne puisse pas lire sur mon visage ce que je ressens, pria-t-elle en se forçant à sourire. L'appartement était si petit, les cloisons si minces ! *Tu as partagé avec lui à Paris un espace encore plus réduit*, se reprocha-t-elle. Mais ce n'était que temporaire, comme s'ils avaient campé sans eau courante ni électricité – inconvénients qu'on accepte pour s'amuser en sachant que l'on retrouvera toutes les commodités en rentrant chez soi. Sauf que ces quatre pièces exiguës étaient désormais son chez-elle et qu'elle ne savait pas comment vivre dans aussi peu de place. Elle était pleine de bonne volonté, elle voulait être heureuse rien qu'en étant avec Stan, mais elle avait l'habitude de vivre au large, de pouvoir s'isoler de temps à autre. Bien sûr, elle adorait se sentir toute proche de son mari, s'asseoir à côté de lui ou à table en face de lui. Mais elle savait aussi que, par moments, elle voudrait être seule pour lire tranquillement sans entendre dans la pièce d'à côté la retransmission du match que Stan regarderait à la télévision.

Comme si le sort voulait d'entrée lui infliger le pire, alors qu'elle se forçait à sourire et à feindre l'enthousiasme, à travers la cloison fine comme du papier retentit le vacarme des voisins. « Comment as-tu le culot de me traiter comme ça, espèce de salaud ! » hurlait un soprano criard. « Si ça ne te plaît pas, fous le camp ! » répondait un baryton furieux pendant que Stan souriait d'un air résigné.

— Les Hunter, expliqua-t-il. Ils se disputent souvent, mais tu t'y habitueras. Quand j'étais gamin, nos voisins du dessus étaient pires. Tous les vendredis, après avoir touché sa paie, M. Newton buvait de bons coups avant de rentrer chez lui et la bagarre commençait avec sa femme. Mon frère et moi faisions des paris sur ce que ça durerait cette fois-là.

Il trouvait cela drôle et lui disait qu'elle s'y habituerait ! *Allons, Gwen, tu réagis avec exactement le genre de snobisme que tu voulais fuir ! Tu te moquais de la maison de ta mère où tout était toujours calme et devait tourner comme une horloge. Tu ne te souviens pas d'être allée en visite chez des amies dont les parents cassaient des assiettes quand ils se querellaient ?* Oui, mais c'était *visite* le mot clé. Elle n'était pas ici en simple visite, et elle allait devoir vivre à côté des Hunter et subir leurs batailles conjugales.

Gwen essaya de changer de position dans son petit fauteuil. Elle transpirait ; il commençait à faire vraiment trop chaud. Elle ne se leva pourtant pas et continua à se souvenir.

Après leur installation s'était présenté le problème du ménage. Elle qui n'avait jamais manié un aspirateur ni frotté un évier devait désormais faire en sorte que tout reste propre.

— Laisse-moi t'aider, avait dit Stan. Je suis très doué pour le ménage, je l'ai fait des années quand je vivais seul.

— Tu travailles dur et tu n'aurais pas besoin de travailler autant si tu n'étais pas forcé de gagner l'argent que tu as dépensé pour notre voyage à Paris. Moi, je n'ai rien d'autre à faire, c'est la moindre des choses. Et puis tu as beau te vanter de faire bien le ménage, je ne crois vraiment pas que tu y prennes plaisir.

— Je vais te présenter au Concours de la femme compréhensive de l'année, avait-il dit en la prenant dans ses bras avec un grand sourire. Tu gagneras le premier prix.

Mais elle s'était vite rendu compte qu'elle ne possédait aucun talent domestique. La cuisine, surtout, était un cauchemar et elle ne connaissait personne à qui demander conseil. Stan avait espéré qu'elle se ferait des amies parmi les jeunes femmes de l'immeuble, mais la plupart d'entre elles étaient célibataires et, à peine rentrées du travail, sortaient au restaurant et finissaient leurs soirées dans des bars où elles pourraient rencontrer des garçons de leur âge. Quant à celles qui étaient mariées, elles jonglaient entre leurs jobs et leurs enfants, et étaient trop occupées ou trop fatiguées pour s'occuper des autres. Gwen en rencontrait quelques-unes le samedi matin dans la buanderie collective du sous-sol, où elles échangeaient leurs plaintes respectives sur le coût prohibitif des garderies et l'irresponsabilité des baby-sitters. Gwen s'efforçait de trouver quelque chose à leur dire et n'y arrivait pour ainsi dire jamais. À ces moments-là, elle ressentait douloureusement sa solitude et, quand Stan rentrait, il la trouvait souvent en larmes pendant qu'elle essayait de plier les draps qu'elle venait de laver. « Si seulement je pouvais amener Missy ou Hank me tenir compagnie quelques jours », avait-elle dit une fois. Mais le règlement de l'immeuble interdisait les animaux, et Stan ne pouvait que la prendre dans ses bras et la consoler de son mieux en disant qu'il comprenait.

En réalité, il ne comprenait pas – et encore moins son besoin de grand air et de grands espaces. Il n'avait jamais eu de forêt pour se promener, il est vrai, ni de refuge à lui tout seul sur un vieux tronc moussu et sous un dais de feuillage au flanc d'une colline.

« Il y a un très beau jardin public à dix minutes d'ici, lui avait-il dit peu après leur retour. Tout le monde dit que c'est un vrai coin de campagne en pleine ville. » Gwen avait essayé d'y aller. Elle s'était forcée à ne pas se sentir agressée par les voix des pique-niqueurs ou la musique de leurs radios, elle avait tenté de se convaincre que les pigeons suralimentés qui trottaient à ses pieds en quête de miettes pouvaient se substituer aux oiseaux et aux écureuils qu'elle aimait tant observer. Malgré tous ses efforts, elle avait fini par y renoncer.

Une fois où elle se laissait gagner par le cafard, elle avait tenté de déterminer en quelle saison la campagne lui manquait le plus cruellement. Était-ce au printemps, quand la colline derrière la maison se couvrait du vert tendre des bourgeons et de l'herbe neuve, quand le soleil finissait de réchauffer la terre transie par l'hiver ? Était-ce en été, quand les cigales crissaient paresseusement dans la chaleur, quand les roses exhalaient leurs parfums en baissant la tête dans l'attente de l'ondée du soir ? Était-ce en automne, quand les érables se couvraient de rouge, les chênes et les peupliers d'orange et d'or, quand l'air était frais comme la chair d'une pomme ? Ou était-ce en hiver, quand la neige étendait sur le sol la magique douceur de son tapis blanc et ornait de dentelle les arbres et les buissons ? Après s'être torturée une journée entière, elle avait décidé de ne jamais plus se laisser aller à de telles pensées. Pourtant, sa faim de nature ne cessait de croître en intensité. Au bout d'un an, elle se mit à craindre que le jour vienne où ses regrets d'avoir perdu ce paradis l'emporteraient sur le bonheur de ses nuits avec Stan et où elle ne pourrait plus en guérir.

Et puis, alors qu'elle se sentait sur le point de céder au désespoir, Cassie était intervenue. Depuis le retour de Gwen et Stan de Paris, elle s'était montrée remarquablement discrète. Il n'y avait eu ni sermons, ni récriminations – Gwen était à peu près sûre de devoir en rendre grâces à Walter –, ni même un seul commentaire désobligeant à l'issue de sa visite à l'appartement... bien que ses froncements de sourcils et ses moues aient été assez éloquents. Un an durant, elle avait gardé le silence jusqu'à ce qu'elle invite le jeune ménage à venir déjeuner un dimanche à la maison.

— Vas-y sans moi, avait aussitôt dit Stan.
— Non, ma mère veut nous voir ensemble, avait répondu Gwen. Elle veut nous parler de quelque chose.
— Elle ne peut pas me sentir, tu le sais.
— Tu le lui rends bien, mon chéri !

Et elle lui donna en riant un petit baiser sur la joue.

Elle était si heureuse qu'elle ne se formalisait pas de la répugnance de son mari à l'accompagner. Pour une longue et belle journée, elle allait échapper à la ville ! Le soleil brillait, le ciel offrait vingt nuances de bleu allant de l'azur au turquoise et, merveille des merveilles, elle allait revoir des arbres et de l'herbe à profusion.

Le déjeuner à peine servi, Cassie entra dans le vif du sujet.

— Stanley, je veux acheter une maison pour Gwen et vous.

La famille était assise dans la salle à manger, d'où Gwen voyait son refuge. Elle contemplait la colline en se disant qu'elle ne lui avait jamais paru plus belle. Mais lorsque Cassie prit la parole, Gwen se détourna de son cher spectacle à temps pour voir Stan se raidir.

Elle savait déjà ce qu'il allait dire, Cassie aussi car elle enchaîna :

— Avant de refuser, laissez-moi finir. La maison que j'envisage d'acheter se trouve dans un nouveau lotissement non loin d'ici. Vous l'avez peut-être vu en passant sur la route. La construction obéit aux normes écologiques et les prix sont raisonnables.

— C'est très aimable à vous, mais ma réponse est non, merci.

Gwen se souvenait de ce lotissement. *Les maisons sont petites mais bien dessinées, simples et rustiques à la fois. Et chacune a un grand terrain autour. De la vraie terre !*

— Gwen et moi avons l'intention d'acheter nous-mêmes une maison quand nous aurons mis assez d'argent de côté, poursuivit Stan.

— Quand pensez-vous y arriver ?

Si ce lotissement est bien celui auquel je pense, c'est d'ailleurs le seul nouveau aux environs, chaque maison jouit de près de mille mètres carrés de terrain. Les arbres n'ont pas été abattus aux limites de propriété. Habiter une de ces maisons est presque comme vivre dans une forêt !

— Nous disposons en ce moment d'une somme suffisante pour payer un acompte, mais le propriétaire de l'immeuble où se trouve mon atelier veut vendre et je suis en train de l'acheter. Il me reste un versement à faire. L'occasion était trop belle pour la laisser passer.

Stan avait pris un ton défensif que Gwen n'avait jamais entendu.

— Vous n'avez aucune explication à me fournir, Stanley, dit Cassie. Je ne vous juge pas, j'ai seulement envie de vous faire un cadeau.

— Un cadeau extrêmement onéreux, même si vous prétendez le contraire, et que nous ne pouvons donc pas accepter.

— J'en ai largement les moyens, croyez-moi.

— Je sais.

S'il acceptait, je pourrais planter un jardin avec des rosiers qui ne mourraient pas faute de soleil et d'air pur...

— Gwen et moi ne sommes pas le seul jeune couple qui doit attendre d'avoir les moyens de s'acheter une maison. Notre situation n'est ni meilleure ni pire que bien d'autres.

— Sauf que Gwen n'est pas dans votre situation, comme vous dites. Elle a une famille qui peut faire cela pour elle. Pourquoi devrait-elle attendre sans raison impérieuse ?

— Ce n'est pas avec la famille de Gwen que je suis marié, mais avec elle. Et je m'occuperai d'elle moi-même.

— Vous avez épousé une jeune femme accoutumée à un certain style de vie. Vous ne croyez quand même pas sérieusement qu'elle se plaise dans un aussi petit appartement ?

— Qu'en penses-tu, Gwen ? demanda-t-il en se

tournant vers sa femme. Est-ce aussi pénible de vivre comme nous vivons ?

Oh, Stan, je t'aime de tout mon cœur ! Mais nous pourrions avoir des arbres, de l'air pur, et je pourrais planter des rosiers. Nous pourrions avoir un chien, comme Missy couchée maintenant à tes pieds parce qu'elle sait que tu aimes les animaux...

Les mots lui brûlaient le bout de la langue, mais un regard à Stan lui fit comprendre quelle importance il attachait à sa réponse.

— Non, ce n'est pas terrible à ce point, dit-elle.

Mais, sur le chemin du retour, elle ne put se retenir.

— Pourquoi ne peux-tu pas accepter la proposition de ma mère ? Si elle veut nous faire un cadeau, où est le mal ?

— Parce que ta mère veut garder son emprise sur toi, Gwen. C'est là tout le problème.

— Non, le problème, c'est que tu es têtu comme une mule !

Elle ne lui avait jamais parlé sur ce ton et ils en furent aussi étonnés l'un que l'autre.

— Ta mère ne m'aime pas, elle n'a aucun respect pour moi. Qu'est-ce que tu crois que j'éprouverais si je la laissais payer le toit au-dessus de nos têtes ? Ce n'est pas ce que tu veux, n'est-ce pas Gwen ?

Non, ce n'était pas ce qu'elle voulait. Elle ne voulait pas qu'il perde sa dignité ni son amour-propre. Elle ferait contre mauvaise fortune bon cœur. Elle prendrait un job, qui lui permettrait au moins de s'éloigner de l'appartement qu'elle détestait, de rencontrer des gens, de leur parler, de gagner un peu d'argent afin d'arrondir plus vite la somme qui manquait encore pour payer l'atelier.

Elle commença à chercher un emploi et se rendit

vite compte qu'une personne dépourvue de diplôme et d'expérience n'avait guère de choix. C'était une considération qu'elle n'avait jamais prise en compte quand elle avait si cavalièrement rejeté l'occasion d'entrer à Yale. Bien sûr, elle pourrait demander à Cassie de lui fournir un emploi à la verrerie, mais Stan s'y opposerait à coup sûr car, pour lui, ce serait aussi humiliant que laisser sa mère payer leur logement. Elle ne demanda donc rien, mais, d'une manière perverse qu'elle savait irrationnelle, elle se surprit à en rejeter le blâme sur Stan.

22

Le matin, quand elle lisait dans le journal les annonces d'offres d'emploi, Gwen allait s'asseoir dans la petite cour sombre derrière l'immeuble. Elle découvrit ainsi que plusieurs des baby-sitters qui travaillaient pour ses voisines y amenaient jouer les enfants qu'elles étaient chargées de surveiller. Gwen se prit vite d'affection pour eux et leur attribua des surnoms. Il y avait l'Aventurier, un petit garçon de trois ans qui allait et venait en courant à travers la pelouse avec la détermination et la curiosité de Christophe Colomb découvrant le Nouveau Monde. La Contemplative était une petite fille au visage tout rond, souvent surmonté d'un nœud rose dans les cheveux, qui passait volontiers un quart d'heure entier à observer le monde extérieur et ses petits doigts qu'elle agitait en mesure.

En regardant les enfants, Gwen délaissait les petites annonces. Un appétit aussi puissant que sa faim de nature s'éveillait en elle.

— Tu ne crois pas qu'il serait temps d'avoir un enfant ? demanda-t-elle un soir à Stan, couché à côté d'elle.

— Il vaudrait mieux attendre d'avoir acheté une maison.

— Il nous faudra trop longtemps et je ne veux pas attendre.

— Ma foi, rien ne nous interdit de prendre un peu d'avance, dit-il en l'attirant contre lui.

Après cela, les considérations pratiques sur le budget et l'attente du moment propice sombrèrent dans l'oubli. Et lorsque, quelques semaines plus tard, Gwen se rendit compte qu'elle était enceinte, Stan fut aussi transporté de joie qu'elle l'était elle-même.

Elle comptait nager dans un bonheur parfait ; elle ne s'attendait pas à se sentir aussi mal. Elle savait que les femmes enceintes ont mal au cœur le matin, mais ses nausées duraient toute la journée. Le fait que sa grossesse survienne l'été où sévissait la pire vague de chaleur jamais enregistrée dans la région n'arrangeait rien. L'air qui stagnait sur la ville était irrespirable, les chaussées asphaltées rendaient la nuit la chaleur accumulée le jour ; et la circulation, plus bruyante et plus chaotique que jamais, aggravait l'énervement général.

« Prenez de l'exercice, disait le médecin. La marche est ce qu'il y a de mieux. » Gwen allait donc tous les jours en ville dans un petit centre commercial. Il était climatisé, mal nécessaire compte tenu de la chaleur, et peu fréquenté aux heures creuses, ce qui lui permettait d'en faire le tour autant qu'elle voulait sans gêner personne. Elle marchait en essayant de ne pas penser aux chemins de campagne où l'on pouvait s'étirer, s'arrêter ou courir à son aise en chantant à tue-tête si on en avait envie. Elle essayait aussi de ne pas penser aux fleurs qu'elle aurait pu planter dans son jardin si Stan avait accepté que sa mère leur achète une maison. Un instinct primitif au plus profond d'elle-même lui disait que son bébé aurait besoin d'un jardin pour s'épanouir. Il lui fallait de l'espace, de l'air, des chansons. Mais elle ne pouvait pas se permettre de trop cogiter. Alors elle tournait en rond dans le centre commercial climatisé et elle avait sa récompense quand le bébé bougeait.

Stan était avec elle la première fois qu'elle l'avait senti. Il s'étaient regardés avec l'émerveillement que seuls connaissent les parents.

— Il nous envoie un message, avait dit Gwen. Il est là, avec nous.

Le bébé était devenu réel. Stan et elle choisirent deux prénoms, un pour un garçon et un pour une fille, parce que Stan ne voulait pas savoir d'avance le sexe de l'enfant. Ils choisirent Michael et Abigail, pour la bonne raison que ces prénoms leur plaisaient à tous les deux.

Et puis Gwen eut une pensée à laquelle elle ne s'attendait pas.

— Quand je me demande à qui le bébé ressemblera, je pense toujours à toi et à moi, dit-elle un jour à Stan. Je me dis : Aura-t-il le nez de Stan et ma bouche ? ses cheveux ou les miens ? Mais si... s'il ressemblait à quelqu'un d'autre ?

— Tu veux dire, à ton père ?

— Et à ma mère biologique. Mon bébé ressemblera-t-il à cette femme que je n'ai jamais vue ? Aura-t-il ses yeux, par exemple ? J'ai au moins vu une photo de mon père, je saurai s'il tient de lui.

— Qu'il ressemble à n'importe qui, dit Stan en la prenant dans ses bras, il aura quelque chose de ces personnes que tu n'as jamais vues.

— Ce sera comme leur offrir une nouvelle vie, murmura Gwen. Et c'est moi qui le ferai pour eux.

Les nausées avaient cessé quand le bébé commença à bouger. Gwen se sentit soudain débordante d'énergie. Elle aménagea la seconde chambre en nursery qu'elle peignit en jaune, couleur gaie mais neutre pouvant aussi bien convenir à une fille qu'à un garçon. Cassie lui avait ouvert un crédit dans le meilleur magasin pour enfants, et Stan n'avait pas dit un mot en voyant arriver à l'appartement les objets et les gadgets les plus extravagants. L'enfant comptait plus pour lui que sa fierté. Gwen n'avait jamais été plus heureuse de sa vie.

— Tu sais, lui dit-elle un soir, je croyais qu'être à Paris seule avec toi était le meilleur moment de ma vie, mais l'arrivée du petit le bat de plusieurs longueurs.

— Pas le petit n'importe qui, madame. On dit le petit Mike ou la petite Abby, répondit-il en lui caressant le ventre.

Et puis, subitement, ce fut le cauchemar. Plus rien ne bougeait dans le ventre de Gwen, qui comprit aussitôt, par un instinct qu'elle ne pouvait expliquer, que le bébé avait cessé de lui envoyer des messages. Stan l'emmena en hâte chez la gynécologue. Ils la supplièrent de leur dire que tout allait bien, que Gwen cédait sans raison à la panique, qu'elle imaginait le pire. La série d'examens ne put qu'apporter la preuve que Gwen ne se trompait pas.

L'enfant était mort. Leur fille – car c'était une fille – ne verrait jamais la belle chambre jaune ni le mobile accroché au-dessus de son berceau. Elle n'aurait jamais de nœud rose dans les cheveux, elle ne deviendrait jamais une violoniste célèbre ou la première présidente des États-Unis, ni même une femme simplement heureuse de vivre et d'aimer. Espoirs, rêves, avec elle tout était mort.

Je t'ai trahie, Abby. J'ai trahi Stan. Je me suis trahie moi-même. Et j'ai trahi ces deux personnes mortes trop jeunes dans un accident de voiture à La Nouvelle-Orléans. Le bébé devait être leur héritage et je le leur ai volé.

Il faisait beaucoup trop chaud dans la chambre. Gwen ouvrit les yeux, regarda sa montre. Il était presque midi, elle était restée assise là plus d'une heure. Il fallait qu'elle se lève, qu'elle s'habille.

« Ne vous forcez pas trop, lui avait dit le médecin. Il faut toujours du temps pour surmonter un deuil et le vôtre ne date que d'une quinzaine de jours. »

Quinze jours déjà qu'ils m'ont enlevé mon bébé. Ma petite Abby. J'aurais dû lui donner un jardin. J'aurais dû veiller à ce qu'elle ait de l'espace, de l'air pur, des arbres et de l'herbe. Elle en avait besoin, je le sentais, je le savais. Si irrationnel que cela puisse paraître – et Gwen en était consciente –, une partie d'elle-même était persuadée que son bébé aurait vécu si Stan et elle avaient eu leur maison et leur jardin.

Elle se leva et alla brancher l'horrible climatiseur sous la fenêtre. Elle avait passé deux jours à l'hôpital pour une césarienne et, à son retour, elle avait découvert que Stan avait repeint les murs de la chambre et enlevé les meubles. Gwen ne lui avait pas demandé ce qu'il en avait fait. La nursery était redevenue une simple chambre de secours.

Depuis, elle ne supportait plus la compagnie de personne. Les bonnes âmes essayaient de la réconforter : « Vous êtes jeunes, votre mari et vous, vous vous consolerez. » Ou bien : « N'oubliez pas que Dieu ne nous impose jamais un fardeau que nous ne pourrions pas porter. » Ou, pire : « Vous aurez d'autres enfants. »

Grâce à Dieu, Cassie s'était abstenue de prodiguer des paroles creuses et des clichés. Elle avait proposé à Stan et Gwen de leur offrir une croisière : « C'est un très beau bateau, j'y suis allée moi-même. Changez-vous les idées, cela vous fera le plus grand bien. »

Mais un changement d'air ne rendrait pas à Gwen son bébé perdu et la seule idée de passer des heures sur le pont d'un navire, si luxueux soit-il, sans rien d'autre à faire que ressasser sa peine, lui était intolérable. Elle remercia Cassie mais refusa.

Stan était resté quelques jours avec elle à son retour de l'hôpital ; il avait essayé de parler de leur perte commune, mais il était tellement difficile d'exprimer ses sentiments ! Ce fut donc Gwen qui trouva les mots, puis elle n'eut plus rien à dire. En réalité, la partie un peu folle ou, du moins, déboussolée d'elle-même reprochait à Stan de ne pas avoir accepté la maison que sa mère leur offrait. Elle ne voulait pas se complaire dans de telles pensées, elle était consciente d'avoir tort et d'être injuste envers lui, mais c'était plus fort qu'elle. Finalement, au bout de trois jours, elle lui dit qu'elle allait mieux et qu'il devait reprendre son travail. Peut-être n'était-ce que dans son imagination, mais il avait paru soulagé.

Et puis, la veille au soir, il lui avait dit :
— Habille-toi demain, je t'emmènerai déjeuner

avec moi. Il faut que tu sortes un peu de la maison, maintenant.

Alors, sans pouvoir se retenir, elle avait hurlé :

— Nous n'avons pas de maison ! Nous n'avons que cet appartement minable !

Stan l'avait regardée comme si elle l'avait poignardé au cœur.

Le climatiseur allumé, Gwen ouvrit la penderie. Elle savait avoir douloureusement blessé Stan. C'est pourquoi ce matin, bien qu'il n'en ait pas reparlé, elle avait décidé d'aller le rejoindre à son atelier à midi. Et puis il fallait bien qu'elle s'habille à un moment ou à un autre.

23

L'immeuble Amber se dressait à l'angle nord-ouest du carrefour le plus fréquenté de Wrightstown. L'entrée se trouvait sur l'artère principale, banalement nommée la 1re Rue, que traversait Wright Boulevard. Si, en partant de l'Amber, on parcourait quelques centaines de mètres vers le sud, on arrivait dans le quartier le plus ancien et le moins cossu de Wrightstown ou, vers le nord, dans un grand jardin public. Wright Boulevard s'étendait vers l'est jusqu'à la banlieue ; les passagers de la ligne de bus n° 6 arrivaient ainsi aux Verreries Wright, dont de nombreux employés habitaient les nouveaux quartiers qui se développaient dans cette partie de l'agglomération

L'intersection de la 1re Rue et de Wright Boulevard était l'un des rares endroits de la ville où l'on voyait de vrais piétons. Du haut des seize étages de l'Amber, Jeff aimait parfois les regarder aller et venir. Cette animation lui rappelait New York, sa ville préférée aux États-Unis. Un peu partout dans le monde il avait ses villes préférées : Londres, Buenos Aires, Moscou, Pékin ou Tokyo, où concierges et maîtres d'hôtel des palaces savaient quelle suite préférait M. Henry ou quel vin avait sa faveur.

JeffSon poursuivait son expansion à un rythme soutenu – telle était la condition pour décourager les requins en maraude. La petite affaire régionale de distribution de gaz naturel lancée à Omaha, Nebraska, était devenue un conglomérat de gazoducs et de centrales électriques dont les réseaux s'étendaient désormais au monde entier. L'équipe de juristes de JeffSon étudiait et appliquait les lois et règlements en vigueur dans plus d'une dizaine de pays. Dans sa progression, l'affaire avait aussi absorbé un groupe d'entreprises de communication. L'occasion s'était présentée presque par hasard et Jeff avait dû agir vite, un peu trop vite à son gré. Il avait hésité jusqu'à la dernière minute, alors qu'il allait être trop tard, avant de se rallier aux avis de ses conseillers, jeunes loups aux dents longues, et de faire le plongeon. Il avait fallu improviser, bâcler l'étude préliminaire et les prévisions financières indispensables, mais la chance avait été de son côté et le compte d'exploitation de JeffSon avait fait un grand bond en avant. De cet exercice de haute voltige, Jeff avait tiré une leçon : À certains moments, il ne faut pas se fier à l'instinct de survie s'il dit que le risque est trop grand. Il faut plutôt écouter les jeunes loups, frais émoulus des écoles de management, qui savent jouer et prendre mieux que vous des risques payants. Après, il faut prier.

Ces derniers temps, il appliquait ce principe et fermait les oreilles à la petite voix qui lui parlait encore. Parce que JeffSon était sur le point de s'aventurer dans un nouveau marché, celui de la distribution et du traitement de l'eau. Cette fois, pourtant,

Jeff avait étudié à fond le problème, dont les jeunes loups eux-mêmes admettaient qu'il était risqué. Mais il y a des circonstances où celui qui cherche le banco doit jouer carrément à pile ou face et se fier à sa chance.

Pense à Faust, avait dit son père. *Méfie-toi des pactes avec le diable…*

Jeff s'ébroua pour chasser ce souvenir importun. Ce n'était pas le moment de penser aux idées démodées de son père. Il se détournait de sa fenêtre quand, seize étages au-dessous de lui, il vit dans la rue Gwen Wright – non, elle portait désormais un autre nom, mais lequel ? – qui sortait de son immeuble.

C'est sa femme, Jewel, qui lui avait appris que l'ex-Mlle Wright avait épousé le patron d'une petite affaire d'électricité et qu'elle habitait maintenant le centre de Wrightstown, en face de l'Amber. Curieusement, Jewel paraissait toujours au courant de ce qui se passait dans la famille Wright, surtout en ce qui concernait Gwen.

Quand Jewel lui avait parlé de Gwen pour la première fois, Jeff n'avait pas tout de suite fait le rapprochement. Il ne se rappela qu'ensuite avoir assisté chez les Wright à une fête en l'honneur de la jeune fille terne dont c'était l'anniversaire. Ce soir-là – il y avait quatre ans, déjà ? –, il s'était dit que la prétendue reine de la fête était ailleurs, dans un autre monde ou une autre époque, peut-être à cause de la robe de dentelle qu'elle portait. Il l'avait classée dans les rangs de ces filles introverties ne présentant éventuellement de l'intérêt que si on se donnait la peine de consacrer un temps fou à mieux les connaître, ce qu'il n'avait jamais fait ni ne ferait jamais. De toute façon, elle n'était pas du tout le type de filles qui l'attiraient et, à cette époque, il n'avait guère de temps ni d'attention à accorder à quiconque d'autre que lui-même.

Et puis, un jour, il avait reconnu Gwen dans le quartier. Elle sortait de son immeuble et prenait la direction de la partie ancienne de la ville. Il s'était rendu compte par la suite que ces sorties matinales se produisaient régulièrement. On pouvait même régler sa montre sur l'heure où elle sortait de chez elle. Peu à peu, il prit un certain plaisir à l'observer. Même dans son état – sa grossesse devenait visible à l'œil nu –, elle avait une démarche souple, allongée, rapide et… oui, heureuse, le mot convenait. Il s'était dit qu'elle serait plus à l'aise sur une route de campagne et avait essayé de se la représenter dans un tel décor. Sa liberté d'allure, la manière athlétique dont elle se déplaçait n'auraient pas dû cadrer avec le style précieux de la robe ancienne qu'elle portait à cette soirée et, pourtant, les deux correspondaient à sa personnalité telle qu'il l'imaginait. Dans un cas comme dans l'autre, elle avait de la classe, au sens traditionnel du terme. Son père aurait dit à Jeff que Gwen Wright était un « pur-sang », le plus rare et le plus grand des compliments qu'il aurait pu adresser à une femme.

Il suivit un moment Gwen des yeux. Elle ne sortait pratiquement plus de chez elle depuis qu'elle avait perdu son bébé – nouvelle qui lui était venue aux oreilles par l'intermédiaire de Jewel, bien entendu – et il était content de la voir reprendre ses habitudes. Mais, cette fois, elle marchait lentement, sans la joyeuse énergie qui l'animait naguère. C'était sans doute compréhensible étant donné l'épreuve qu'elle venait de subir. Cette transformation l'attrista quand même, comme s'il voyait un bel et gracieux animal blessé, un chevreuil peut-être ou un cheval sauvage, se traîner péniblement.

Quand elle fut hors de vue, il retourna à son bureau et aux dossiers qui l'attendaient. Il devait partir le surlendemain conclure le marché pour la concession du réseau d'eau de Buenos Aires et il avait de la lecture devant lui. Mais l'information, soigneusement condensée et commentée par ses jeunes loups, ne parvenait pas à retenir son attention. Se remémorer Gwen Wright et sa fête d'anniversaire le fit penser au tableau qu'il avait acheté à son beau-père, Walter Amburn. Il n'eut qu'à lever les yeux pour voir, accrochée au mur de son bureau, la scène mélancolique d'une petite fille, assise sur le toit d'un cottage au crépuscule, qui regardait couler les eaux d'une rivière en crue. Jusqu'à son mariage avec Jewel, ce tableau occupait chez lui une place d'honneur. À l'hôtel, où il vivait maintenant avec Jewel en attendant la fin des travaux de la maison, le tableau était accroché au-dessus de la cheminée de leur suite. Depuis plusieurs années, il était devenu un collectionneur auquel ses indicateurs signalaient les ventes d'un David Hockney ou d'un Utrillo. Malgré la possession d'œuvres prestigieuses, le petit tableau de Walter Amburn restait son préféré. Il y avait dans la solitude de la petite fille près de la rivière quelque chose qui le touchait profondément.

Mais quand Jewel était venue vivre avec lui à l'hôtel après leur mariage, elle lui avait demandé de le décrocher et de le mettre au garde-meuble. « Il est sinistre, mon chéri, avait-elle roucoulé de son ton le plus persuasif. Il me flanque le cafard ! Nous lui trouverons un endroit dans la nouvelle maison, bien que le décorateur estime que tu as des chefs-d'œuvre qui mériteraient mieux d'être exposés que cette petite chose. Elle ne t'a pas coûté cher, je sais. Je veux dire, tu l'avais achetée quand tu n'avais pas encore les moyens de faire mieux. »

Telle était sa Jewel. Son « joyau ». Sa femme… Jeff ferma les yeux un instant en pensant à tous les changements qu'elle avait apportés dans sa vie – des changements loin de tous lui plaire.

Tu ne peux t'en prendre qu'à toi-même, mon vieux, se dit-il dans un rare accès de lucidité. La nouvelle maison, par exemple. C'est lui qui avait dit à Jewel de déchirer les plans de ce qu'il voulait faire construire. L'architecte avait dessiné une maison simple, lumineuse et sobre, mais Jewel en avait jugé les lignes trop droites et les grandes surfaces vitrées « cafardeuses » – une de ses expressions favorites –, et elle avait décidé une sorte de castel à la Disneyland. Jeff lui ayant donné carte blanche, parce qu'au début il était béat comme un adolescent devant son premier amour, elle s'en était donné à cœur joie. Alors, il s'était dit qu'il importait peu, après tout, que la maison soit une tentative vulgaire de recréer – quoi, au juste ? Un manoir Tudor en Angleterre ? Un château de la Loire ? Une villa toscane ? Un mélange des trois ? *Une maison*, se disait-il en ces temps d'aveuglement, *est comme un assortiment de costumes : on en a un pour se vêtir, l'autre pour s'abriter.* Mais en réalité, costumes ou maisons sont aussi porteurs d'un message qui indique au monde vos goûts, votre compte en banque et, avec une certaine arrogance, la « classe » à laquelle vous appartenez – ou souhaitez qu'on vous range. Aussi, lorsqu'il se trouva confronté à l'obligation de vivre dans le manoir-château-villa de Jewel, il en eut honte.

La même honte qu'il éprouvait parfois quand elle se parait de toute sa quincaillerie, les colliers et les bracelets d'or massif incrustés de diamants qu'elle avait désirés et qu'il lui avait achetés sans discuter. Il se rappelait ce que disait sa mère, pour qui une femme qui s'apprête à sortir le soir doit se regarder dans la glace et enlever au moins un de ses accessoires.

Son malaise était pourtant plus profond qu'une simple gêne. Il aurait voulu que sa femme ait – une fois, juste une fois – quelque chose d'intéressant à dire. Peu importait le sujet, la politique ou la pluie et le beau temps, pourvu que ce ne soit plus du bavardage sur les derniers potins des *people*. Quand il l'avait épousée, il savait qu'elle ne lisait pas, mais il aurait souhaité qu'elle se passionne au moins pour quelque chose, qu'elle ait un dada – le bridge, le tricot –, qu'elle pratique un sport – le tennis par exemple – au lieu de passer ses journées à faire la tournée des boutiques de l'Algonquin Mall dans sa quête inlassable de vêtements, d'objets, de tout et n'importe quoi qu'elle accumulait sans discernement.

Arrête, Jeff ! Tu dois être plus patient. Elle n'avait rien quand elle t'a épousé, il est tout naturel qu'elle veuille se rattraper. Ça lui passera.

D'ailleurs, ne l'avait-il pas épousée en partie parce qu'elle savait dépenser de l'argent ? Elle ne lui faisait pas honte quand elle l'encourageait à acheter le yacht qu'il convoitait. Le plus curieux, c'est qu'après l'avoir écoutée il n'avait pas réalisé son envie. La voir jour après jour acheter à tour de bras l'avait dégoûté d'en faire autant.

Elle faisait pourtant des efforts et essayait d'être une bonne épouse. Ainsi, le mois dernier, elle lui avait fait une tarte aux abricots parce qu'il lui avait dit qu'il aimait ce fruit. C'était gentil de sa part, il avait été touché de cette attention et l'en avait remerciée. Mais depuis elle lui avait fait ingurgiter une telle quantité d'abricots, frais, séchés, en conserve, en tarte, sous toutes les formes possibles et imaginables qu'il ne pouvait plus en voir un en peinture.

De son ton le plus doux, pouvant à l'occasion se faire tranchant, elle lui disait : « Ne me dis pas que tu ne veux pas en manger, mon chéri, je croyais que tu aimais le cake aux abricots. J'ai eu tellement de mal à en trouver la recette pour notre chef ! » Cette voix, il la reconnaissait entre mille, même quand elle était au téléphone dans une autre pièce. De quoi parlait-elle aussi souvent et aussi longtemps, d'ailleurs ? Elle ne commentait sûrement pas les manchettes du *New York Times* ou du *Wall Street Journal*. Elle ne parlait même pas pour dire qu'elle allait promener le chien, parce qu'ils n'avaient pas de chien. Depuis son enfance, Jeff avait toujours rêvé d'en avoir un, mais ses parents ne toléraient que les chats. Aussi, le colley, le setter irlandais et le caniche avaient été tour à tour rendus à leurs éleveurs parce que Jewel s'était rendu compte qu'ils salissaient la maison. Un chien, avait-elle décrété, ne ferait que gâcher sa décoration.

Autre chose lui déplaisait en elle : ses goûts musicaux. Il ne se souvenait d'aucun instant de sa vie où il n'ait pas écouté de la musique. Mais les symphonies et les opéras qu'il aimait et qui, à certains moments, étaient seuls capables d'apaiser son âme la laissaient de glace. Avant leur mariage, il croyait que ce n'était qu'un détail sans réelle importance. Il s'apercevait maintenant du contraire. Pour lui, la musique n'était pas accessoire mais essentielle.

Un peu de patience, se répéta-t-il. *Elle n'a jamais*

eu le temps ni les moyens d'apprécier ce que tu considères comme les meilleures choses de la vie.

Le moment viendrait sûrement où elle se lasserait d'acheter tout ce qui lui attirait l'œil, où son castel Disneyland serait achevé, où sa boîte à bijoux serait pleine à craquer. Alors il l'initierait doucement, progressivement, à Bach, à Schubert, à Wagner. Elle avait le temps de découvrir les joies d'une conversation intelligente, d'un bon livre, d'un beau tableau. Et d'ici là ? Eh bien... elle était toujours belle à couper le souffle. Quand elle entrait dans une pièce à son bras, les têtes se tournaient toujours autant. Soit, mais si elle n'évoluait pas ? Si elle continuait à l'excéder ? Ma foi, le monde regorgeait de femmes...

Une fois de plus, Jeff essaya de se concentrer sur les documents devant lui, mais son esprit s'obstinait à vagabonder. Il se releva et retourna à la fenêtre observer l'humanité qui défilait au-dessous de lui. Et il vit Gwen Wright – quel que soit son nouveau nom – qui revenait chez elle. Mais elle paraissait encore plus abattue que quand il l'avait vue sortir ; elle marchait du pas lent et lourd d'un malade ou d'un vieillard. Arrivée devant sa porte, elle s'arrêta sur le seuil, hésita et repartit en direction du jardin public, à l'autre bout de la rue.

Pourtant, pensa Jeff, *il y a des enfants qui jouent dans ce parc. Ce n'est pas un endroit pour une femme aussi visiblement affectée par la perte du sien.* Sans réfléchir, il sortit de son bureau et courut vers l'ascenseur.

Quand Gwen était arrivée à l'atelier, Stan n'y était pas. Tout en sachant que son absence n'avait sans doute rien à voir avec elle malgré son éclat de la veille au soir et qu'il avait probablement dû répondre à l'appel urgent d'un client, elle eut la pénible impression qu'il l'évitait. Pour la première fois depuis des semaines, elle se surprit à penser à autre chose qu'à son bébé et à sa propre douleur. Elle avait lu dans un magazine un article qui citait des statistiques sur le nombre de couples brisés par une tragédie personnelle. Sans se souvenir du pourcentage exact, elle se rappelait qu'il était très élevé.

Stan et moi ne gérons pas bien notre drame, se dit-elle. *Moi, du moins, je le fais très mal. Au début de notre mariage, je n'aurais jamais imaginé que quelque chose pourrait se mettre entre nous pour nous séparer. Mon amour pour Stan était le sentiment le plus naturel, le plus facile du monde.*

Elle prenait maintenant conscience qu'il y avait de bonnes raisons au succès des milliers de livres publiés sur les problèmes du couple, aux dizaines d'émissions de télévision sur les moyens d'aider les couples à communiquer, à compatir, à pardonner.

Non, décida-t-elle dans l'atelier vide, *je ne laisserai pas notre drame nous détruire. Les reproches, la colère, la culpabilité, c'est fini.*

Et sur cette résolution courageuse elle se leva et reprit le chemin de l'appartement.

Le problème, avec les résolutions courageuses, c'est d'agir en conséquence. Surtout quand on est jeune et assez naïf pour croire que les bonnes intentions se suffisent à elles-mêmes. Arrivée à son immeuble, Gwen s'arrêta sur le seuil. *Je ne peux pas rentrer ici*, se dit-elle. *Je ne veux pas me retrouver seule avec le fantôme d'Abby et ceux de mes propres rêves défunts.* Un moment, elle hésita. *Que ferait*

Cassie dans la même situation ? se demanda-t-elle. La réponse lui vint aussitôt : Cassandra Wright affronterait sa douleur face à face, la prendrait à bras-le-corps et lutterait jusqu'à ce qu'elle l'ait terrassée. La volonté ainsi galvanisée, Gwen repartit vers le jardin public – celui où les enfants allaient jouer.

Elle eut l'impression qu'il y en avait des centaines, garçons et filles. La vue de leurs visages joyeux, le son de leurs rires faillirent d'abord l'étouffer et lui donnèrent envie de fuir. Elle resta à l'entrée, oppressée, le souffle court. Mais c'était indigne de la fille de Cassandra Wright. Au prix d'un immense effort, elle reprit haleine et se rendit compte qu'ils n'étaient en réalité pas plus d'une dizaine et que, Dieu merci, il n'y avait aucun bébé. Malgré tout, le seul fait de voir ces enfants était trop pénible. Elle se détournait déjà quand elle entendit une voix d'homme à côté d'elle :

— Excusez-moi, n'êtes-vous pas... pardon, *n'étiez-vous* pas Gwen Wright ?

D'après les dizaines d'articles parus sur lui dans la presse, elle reconnut aussitôt l'homme qui se tenait là. C'était Jeff Henry, le P-DG de JeffSon Inc., mais pour elle il était toujours le pirate venu à son anniversaire qui avait acheté un tableau à Walter.

— J'étais allé chez vous, reprit-il, chez votre mère je veux dire, il y a environ quatre ans. Vous ne vous en souvenez sans doute pas.

— Mais si, je m'en souviens. Bonjour, monsieur Henry, répondit-elle en lui tendant la main. J'étais Gwen Wright, maintenant je m'appelle Gwen Girard. Au fait, ajouta-t-elle sans pouvoir s'en empêcher, c'est bien vous qui avez épousé Jewel Fairchild ?

24

De retour à son atelier, Stan trouva un billet de Gwen posé sur l'établi : « Je suis venue profiter de ton invitation à déjeuner, mais tu n'étais pas là. J'espère bien que ce n'est que partie remise. Je t'aime. Gwen. »

Son cœur bondit : elle lui pardonnait ! Ils ne s'étaient jamais sérieusement fâchés jusqu'à présent et il était malheureux de ce qui s'était passé la veille. D'un autre côté, il se demandait si c'était bien à elle de lui pardonner. La mort du bébé lui avait fait autant de peine et elle n'avait pas cherché à le consoler, alors que lui s'était efforcé de la réconforter. Elle en avait, au contraire, rejeté le blâme sur lui comme si c'était sa faute, sans le lui dire aussi nettement parce qu'elle savait que ce serait injuste et irrationnel, mais Stan n'était pas idiot et il avait très bien compris. En soupirant, il déballa le sandwich qu'il était allé acheter au bout de la rue.

En épousant Gwen, il savait qu'elle avait toujours été protégée et privilégiée et que, par conséquent, elle n'avait aucune idée de la manière dont vivait le reste du monde. Si, pour lui, cette naïveté constituait une partie de son charme, vivre avec n'avait pas toujours été facile.

Notamment en ce qui concernait son appartement. À peine Gwen y avait-elle posé le pied qu'elle avait pris en horreur l'immeuble entier. Lui, il était plutôt fier du spacieux hall d'entrée, de la salle de gym moderne, de la cour, du jardin sur le toit, aussi la réaction de Gwen l'avait blessé. Bien sûr, ses quatre petites pièces n'avaient rien de comparable avec la vaste demeure des Wright, mais Gwen lui avait dit qu'elle n'aspirait pas à vivre dans un palais aux murs garnis de toiles de maître en foulant des tapis d'Aubusson. Il était cependant évident qu'elle avait gardé de son ancien mode de vie certaines habitudes dont de nombreux éléments lui manquaient.

Beaucoup de ses sujets de plainte n'étaient, pour lui, que des détails, la promiscuité et le bruit des voisins entre autres. On devait s'attendre à subir quelques inconvénients en vivant dans un appartement, c'était un fait, mais on apprenait à ne pas en tenir compte et on finissait par ne plus y faire attention. Quant aux forêts et aux animaux sauvages dont Gwen déplorait l'absence, Stan ne voyait vraiment pas pourquoi faire tant d'histoires pour des arbres et des écureuils. C'est agréable, bien sûr, d'avoir un terrain à soi, et il avait bien l'intention d'acheter une maison, mais pas avant d'en avoir les moyens car il ne voulait pas se retrouver écrasé pendant des dizaines d'années sous le poids des emprunts et des hypothèques. En attendant, son appartement était de loin plus agréable que son ancien studio. Ayant pu l'acheter par ses propres moyens, il avait fait un grand pas dans la bonne direction.

Quand il avait exposé ces arguments à Gwen, il avait pris conscience de la largeur du fossé qui les séparait. Sa femme ne comprenait pas l'obligation de gravir des échelons, enfin pas vraiment. En théorie, elle savait qu'en épousant Stan elle abandonnait l'aisance dans laquelle elle avait vécu jusqu'alors, mais elle n'avait encore jamais eu besoin de se passer d'un certain nombre de choses qu'elle considérait comme indispensables pour la simple raison qu'elle n'avait pas de quoi les payer. Pour elle, une maison était une nécessité, mieux, une évidence. L'idée même de devoir économiser pour en acheter une représentait une épreuve à laquelle rien ne l'avait préparée.

Aussi, lorsque Cassie avait proposé de leur offrir une maison, Gwen y avait vu une chance d'échapper à des conditions de vie qu'elle détestait et voulu aussitôt accepter. Pour Stan, c'était une offre humiliante de la part d'une femme qui n'avait jamais caché qu'il ne lui inspirait aucun respect. Que Gwen ne l'ait pas mieux compris l'avait ulcéré, alors qu'elle, il le savait, avait été furieuse qu'il ne saute pas sur l'occasion pour mettre fin à une situation qu'elle jugeait intolérable. Là-dessus, ils avaient perdu leur bébé et Gwen, habituée depuis toujours à être protégée, ignorait que la vie est une succession d'épreuves qui ne sont la faute de personne. Il lui fallait en rendre responsable quelque chose ou quelqu'un, et son appartement et son mari représentaient une cible toute trouvée. Se sentant blessé, même s'il comprenait pourquoi, il ne lui avait peut-être pas tendu la main comme il l'aurait dû.

Aujourd'hui, pourtant, elle était venue le rejoindre à l'atelier pour déjeuner avec lui. « Je t'aime », lui avait-elle écrit.

Il le savait déjà et il l'aimait toujours autant, lui aussi. Alors, avant de rentrer ce soir, il passerait chez le fleuriste du coin de la rue. Il n'offrirait pas de roses à Gwen, bien que ce soient ses fleurs préférées, afin de ne pas lui rappeler le petit rosier pour la survie duquel elle avait tant lutté. Des marguerites, pourquoi pas ?

En quittant le jardin public avec Gwen, Jeff l'avait invitée à prendre un café. Elle avait accepté et ils étaient repartis à pied vers l'Amber, où un petit bistrot servait toutes les variétés à la mode de ce breuvage populaire. Tout en marchant, il lui avait confirmé son mariage avec Jewel Fairchild et, un instant, il s'était demandé pourquoi Gwen Wright – vexant qu'il n'arrive pas à se rappeler son nouveau nom ! – semblait s'intéresser à sa femme autant que Jewel s'intéressait à elle. La raison lui échappait. Que Jewel soit jalouse de Gwen pour des motifs évidents, soit. Mais Gwen Wright n'avait sûrement aucune raison d'être jalouse de Jewel.

Lorsqu'ils furent assis face à face dans le café, Jeff se trouva un moment à court d'idées pour relancer la conversation. Il ne pouvait décemment pas lui dire ce qu'il pensait : *Vous avez les yeux cernés. Dormez-vous assez ? Et votre expression si pleine de tristesse me fait de la peine. Que puis-je faire pour vous ?* Finalement, il lui posa la première question qui lui passa par la tête :

— Vous allez souvent dans ce jardin public ?

Bravo, Jeff. Tu n'aurais pas pu trouver de cliché plus éculé. Gwen lui répondit toutefois sérieusement.

— Je n'y étais pas allée depuis quelque temps. Je... je n'allais pas très bien.

Je sais, s'abstint-il de lui dire. Inutile de lui

rappeler que même si elle avait changé de nom, elle était toujours une Wright et n'échappait pas aux potins de la ville. Elle n'avait pas non plus besoin de savoir que la cancanière en chef n'était autre que son épouse.

— Je n'aime pas beaucoup ce jardin, poursuivit-elle. Il est trop petit, trop encombré.

Il repensa à sa démarche athlétique, faite pour de grands espaces et des chemins de campagne. *Ici, se dit-il, elle n'est pas dans son élément, vraiment pas du tout.* Mais, au fait, qu'est-ce que Jewel avait dit de son mari, celui dont Jeff n'arrivait jamais à se rappeler le nom ? Un besogneux, ou quelque chose de ce genre. Il ne pouvait sans doute pas lui offrir mieux qu'un jardin public étriqué et bondé. Malgré tout, c'était injuste.

— Que fait votre mari, dans la vie ? demanda-t-il.
— Il a monté une petite affaire d'électricité.

Une petite affaire d'électricité ! Jeff voyait le genre, un atelier où il travaillait seul à réparer les toasters et les aspirateurs en panne alors que sa famille à elle était à la tête de l'entreprise de verrerie la plus importante des États-Unis – non, du monde entier ! Jewel avait raison, la pauvre fille s'était mésalliée. Le fait que ce type soit électricien et que JeffSon possède des centrales électriques était quand même une coïncidence intéressante.

— Il faut vraiment que je rentre, dit Gwen. Merci pour le café.
— Je vous raccompagne chez vous, offrit Jeff.
— Ce n'est pas la peine, voyons.
— Mais si, entre voisins. Je travaille de l'autre côté de la rue.

— Je ne sais plus quoi faire pour Gwen. Son idiot de mari refuse que je les aide, déclara Cassie à Walter.

Ils étaient assis sur la terrasse de la maison en regardant le coucher de soleil sur les érables.

— Tu ne peux pas effacer le chagrin de Gwen.

— Je sais, mais je voudrais au moins lui simplifier la vie.

— Tu ne peux rien faire ni rien lui donner, ma chérie. Et si tu le pouvais, tu ne le devrais pas. Tu ne comprends pas ? Gwen est mariée, maintenant. C'est sur son mari qu'elle doit s'appuyer.

— Sur lui ? Tu as entendu ce qu'il m'a répondu quand j'ai proposé de leur acheter une maison ! Et ces balivernes sur le fait que personne ne devrait avoir d'avantages ni de privilèges à cause de sa famille ou de ses origines !

— Je crois qu'il disait, en réalité, que Gwen et lui n'étaient pas différents d'autres jeunes couples qui démarrent dans la vie.

— De son temps, mon père l'aurait traité de communiste !

— Nous avons évolué depuis, tant mieux.

— Je parle sérieusement, Walter.

— Moi aussi. Ne te mêle pas de leur vie, Cassie. Pour le moment, Gwen n'est encore qu'une petite fille montée en graine. Elle a besoin de grandir pour devenir une femme et, pour son propre bonheur, tracer elle-même son chemin dans la vie. Et c'est avec Stan qu'elle doit le faire. Pas avec toi.

Dans le noir, Gwen voyait la forme des marguerites que Stan lui avait apportées. Elles étaient dans un vase bleu qu'elle avait tenu à poser sur sa table de chevet. Stan dormait, enroulé autour d'elle. Ils restaient toujours ainsi quand ils avaient fait l'amour, comme s'ils ne pouvaient plus se séparer après une aussi étroite intimité, comme s'il avait fallu déchirer leurs corps fondus l'un dans l'autre. Mais l'esprit de Gwen restait libre de vagabonder. Elle se rappelait que, dans son enfance, elle s'était une fois gravement brûlé le bras en renversant dessus de l'eau bouillante. Elle avait gardé le souvenir moins de la cuisante douleur immédiate que des jours et des semaines qui avaient suivi sa blessure, au long desquels les ampoules une fois séchées lui avaient fait peler la peau en laissant la chair exposée. Le moindre courant d'air lui infligeait une souffrance presque pire que la brûlure elle-même. Sa peine actuelle était de la même nature, sourde, prête à éclater à l'improviste, tellement intense qu'il était impossible de savoir si elle passerait ou durerait. Gwen ne pouvait qu'attendre et espérer.

Stan éprouve-t-il la même chose que moi ? se demanda-t-elle en regardant son bras possessivement jeté en travers de sa poitrine. Selon les livres, il valait mieux en parler avec franchise. Elle aurait pu dire : « J'avais mal, j'étais en colère contre cette injustice et je m'en suis prise à toi, pardonne-moi » et il aurait pu répondre : « Tu m'as fait si mal que je t'ai repoussée, pardonne-moi ». Mais elle avait appris que ce n'était pas leur genre, ni à lui ni à elle. Alors, ils s'étaient simplement dit « je t'aime » et « pardonne-moi » avec des fleurs, des compromis tacites, et ils avaient fait l'amour. Si ce n'était pas ce que les livres préconisaient, cela éclaircissait l'humeur un moment et rendait la douleur plus supportable.

En tournant la tête, Gwen regarda par la fenêtre. Tout ce qu'elle pouvait voir, c'était la masse de l'immeuble de bureaux de l'autre côté de la rue, mais la lune brillait derrière et formait un halo. Et elle fut capable d'imaginer qu'elle brillait en réalité sur Stan et elle.

La suite du luxueux hôtel où « campaient » Jeff et Jewel comportait cinq pièces, d'où la vue s'étendait jusqu'au-delà des verreries. Jewel se leva et alla vers une des grandes baies vitrées. Combien de fois en avait-elle fait autant chez elle, dans son triste petit appartement, quand elle ne réussissait pas à dormir ? Elle ne voyait alors qu'une rue sale et un arbre rabougri. Ce soir, elle embrassait du regard la ville entière étalée à ses pieds. Bientôt, quand elle serait installée dans sa nouvelle maison, elle aurait un panorama plus vaste encore. Cette maison compenserait ses années d'espoirs toujours déçus, le supplice de voir sa mère dépérir et mourir, l'abandon de son père. Cette maison ferait encore plus pour elle : elle lui donnerait accès à l'élite de la « bonne société » incarnée par les Wright mère et fille. Jewel se trouverait enfin sur un pied d'égalité avec ces gens-là !

Elle aurait bien voulu aller dans la pièce voisine regarder encore une fois les plans de la piscine que son paysagiste lui avait soumis dans la journée. Derrière le bassin, il devait y avoir une chute d'eau qu'activerait un interrupteur placé dans l'armoire de commande du vestibule. Un autre allumerait les lumières ambre, rose et or qui se refléteraient sur la surface de l'eau. Un troisième bouton déclencherait la sonorisation. Si Jeff avait été en voyage, elle serait allée jusqu'au chantier en voiture, même au milieu de la nuit, pour mieux imaginer son jardin de rêve dans toute sa splendeur. Mais Jeff était là, et Jewel regagna le lit où il dormait. Au début, il aimait la voir heureuse des cadeaux dont il la couvrait. Depuis quelque temps, elle sentait en lui une sorte de réprobation, comme s'il ne supportait plus qu'elle lui saute au cou en poussant des cris de joie devant une nouvelle paire de boucles d'oreilles en diamant ou l'acquisition de leur Falcon Jet – elle trouvait même qu'à ces moments-là il ressemblait un peu trop à son père. Ce ne serait pas facile de faire l'effort de lui plaire s'il évoluait dans le même sens que le vieux bouc.

Avant de se recoucher, elle alla se contempler dans le miroir. Même sans lumière, elle voyait que son talisman, sa beauté, ne l'abandonnait pas. Il lui faudrait peut-être dans deux ou trois ans un petit tirage de peau autour des yeux, mais sa ligne restait intacte ; ses yeux violets et sa chevelure d'ébène luisaient dans l'obscurité. Jeff ne pouvait renoncer à de pareilles merveilles ! Rassurée, elle revint au lit, se glissa entre les draps de chez Porthault – à cinq cents dollars la pièce. Son négligé lui aussi venait de Paris, comme son parfum formulé spécialement pour elle par un parfumeur en vogue.

En s'endormant, elle se souvint qu'au dîner Jeff lui avait dit avoir rencontré Gwen Wright dans l'après-midi. Il était sorti marcher dans la rue pour s'éclaircir les idées, était tombé sur elle par hasard et avait pensé que l'inviter à boire un café serait la moindre des politesses.

Jewel avait eu du mal à ne pas éclater de rire. Jeff et la Reine des Moches ! Penser que Gwen Wright vivait en pleine ville lui paraissait toujours aussi incroyable. Son immeuble était considéré comme de grand standing pour des midinettes et des secrétaires, mais pour une Gwen Wright... L'image de l'imposante demeure blanche au pied de la colline et de son rideau de hêtres pourpres et d'érables lui vint à l'esprit. Et voilà que maintenant Gwen vivait au milieu de petits employés qui gravissaient péniblement les premiers échelons de la société ! À Jewel, désormais, de jouir des arbres et des pelouses. Un tel retournement de situation était à peine imaginable ! Elle n'aurait jamais rêvé que l'humble Jewel Fairchild, devenue Jewel Henry, serait un jour capable d'acheter et de revendre une Gwen Wright quand elle le voudrait ! Et pourtant, c'était vrai.

25

Gwen avait appris que le temps ne guérit pas tout, comme on le croit. Certaines blessures laissent des traces qui ne s'effacent jamais – ainsi, celle qu'elle avait subie en découvrant que Cassie lui avait si longtemps menti sur ses véritables parents. Gwen ne pouvait oublier l'air triomphant de Jewel quand elle avait « laissé échapper » la nouvelle, ni l'expression de Cassie en avouant que c'était vrai. Sa peine restait permanente, et les questions qu'elle se posait sur l'homme et la femme à qui elle devait la vie ne cessaient d'affluer à son esprit.

La perte d'un bébé est différente. La douleur ne s'efface jamais non plus, mais on finit par, comment dire ? s'y accoutumer. Elle s'intègre à notre personnalité parce qu'elle l'a modifiée. Au début, on est convaincue de ne jamais plus être heureuse, de rester dans la pénombre du suaire de brume grisâtre qui nous enserre. Et puis, un matin, on se réveille, l'automne est là et les arbres répandent sur le sol le tapis de leurs feuillages orange et or. Alors, on remarque avec un plaisir chaque fois renouvelé la beauté des fleurs fraîches que notre mari nous apporte toutes les semaines. On découvre que, au lieu d'éviter la pièce transformée en chambre d'amis, on prend au contraire plaisir à s'y retirer pour lire en paix. La peinture grège sur les murs a une tonalité apaisante, la lumière y est excellente et, en plus, c'est la pièce la mieux aérée de l'appartement. C'était d'ailleurs la raison pour laquelle on avait voulu en faire une chambre d'enfant – et on se rend compte que l'on peut se dire à soi-même les mots « chambre d'enfant » sans pleurer, une page s'est tournée. La peine d'avoir perdu son enfant, les rêves que l'on nourrissait autour de lui dans notre cœur, dans notre sang même, sont toujours là, mais ce sont eux qui nous ont libérée pour reprendre le cours de notre vie.

Stan devait lui aussi penser que Gwen était prête à repartir du bon pied, car il lui donna un soir un paquet plat enveloppé de papier rose avec un petit bouquet de roses artificielles piqué dans le nœud du ruban. C'était un ordinateur portable. Il en avait un à l'atelier pour son usage professionnel, mais ils n'en avaient pas encore à la maison.

— Tu sais déjà le faire marcher, dit-il en bafouillant d'excitation. Enfin, presque... Tu ne te crois pas douée pour la technique, je sais, mais celui-ci est si convivial que tu t'y mettras très vite. Et puis, ajouta-t-il avec un de ses irrésistibles sourires qui lui plissaient le tour des yeux, tu as toujours voulu écrire. Eh bien, profites-en pour essayer.

C'est ce qu'elle fit. Elle s'entraîna jusqu'à ce que la dactylographie et le maniement des logiciels ne freinent pas sa pensée. Alors, elle s'installa dans la jolie chambre grège et essaya d'écrire un conte pour enfants dont le héros était un pigeon citadin. Mais elle n'arriva pas à imaginer l'état d'esprit d'un pigeon qui, pour se nourrir, devait mendier les miettes que lui jetaient des inconnus. Elle essaya ensuite l'histoire d'un écureuil qui vivait près d'une vieille souche sur une colline derrière une grande maison blanche, mais elle se rendit compte qu'elle avait perdu le contact avec ses petits amis de la clairière. En fin de compte, elle mit l'ordinateur dans le living, où Stan et elle pourraient s'en servir quand ils en auraient besoin, et ne se retira plus dans la chambre grège que pour lire.

Mais Stan n'abandonna pas :

— Quand nous nous sommes connus, tu rêvais d'écrire. Tu dis que tu n'as pas d'histoires à raconter, mais tu en trouveras un jour, j'en suis persuadé.

Gwen ne répondit pas qu'elle avait besoin d'espace et de ciel pour imaginer des histoires, c'était l'un des sujets qu'ils évitaient tous deux d'aborder. Elle ne retourna cependant pas s'isoler dans sa coquille et essaya de se faire des amies, ou du moins des relations, chez les femmes qu'elle côtoyait dans la buanderie au sous-sol de l'immeuble. Par elles, Gwen découvrit les programmes à succès de la télévision, les romans à l'eau de rose et les chaussures « tendance ». De leur côté, elles entendirent pour la première fois parler des films étrangers, des retransmissions du Metropolitan Opera le samedi après-midi et des poèmes d'Emily Dickinson. Et si Gwen n'acheta aucune paire de chaussures inconfortables sous prétexte qu'elles étaient à la mode, et si elle doutait que ses nouvelles amies lisent jamais les œuvres poétiques d'Emily Dickinson, elle trouva un certain plaisir à avoir quelqu'un à qui parler pendant qu'elle repliait son linge. Quelques-unes d'entre elles suivaient un cours de cuisine le soir et Gwen s'y inscrivit elle aussi. Cette nouvelle aventure impressionna particulièrement Cassie, elle-même incapable de faire bouillir une casserole d'eau.

Une ou deux fois par semaine, Gwen voyait de sa fenêtre la longue limousine noire de Jeff Henry l'emmener à un rendez-vous en ville ou à l'aéroport, d'où il s'envolait vers quelque endroit exotique à l'autre bout du monde. Elle pouvait même deviner sa destination d'après le volume des bagages que le chauffeur chargeait avec soin dans le coffre de la voiture, ou leur absence.

De temps en temps, quand elle allait au marché ou au jardin public, elle croisait Jeff dans la rue. Il l'invitait à prendre un café qu'elle acceptait, parce que c'était amusant de pouvoir parler à un homme qui appréciait comme elle Dickens et Tolstoï, et qu'ils aimaient tous deux discuter des mérites respectifs de leurs compositeurs d'opéras préférés, Wagner pour lui et Puccini pour elle. Les égards dont il faisait preuve envers elle en adaptant sa démarche de pirate à son allure lui plaisaient. Et s'il y avait une partie encore enfantine d'elle-même qui appréciait sa compagnie un peu plus qu'elle n'aurait dû, puisqu'il était maintenant marié avec Jewel Fairchild, eh bien tant pis. Jewel avait tant de choses à elle : la beauté, un mari beau et intelligent, et plus d'argent à sa disposition qu'elle n'en avait besoin ; où était le mal dans le plaisir que prenait Gwen à lire de l'admiration dans le regard de Jeff pendant qu'ils partageaient un café hors de prix et des banalités sans conséquence ?

Mais, peu à peu, comme cela arrive entre amis, Gwen et Jeff en vinrent à aborder des sujets plus personnels. Il lui raconta son adolescence de fils mal dans sa peau d'intellectuels prétentieux, elle lui parla de son enfance de « canard boiteux », des animaux qu'elle aimait et des histoires qu'elle inventait sur eux. Un jour, elle alla encore plus loin.

— Je suis adoptée, lui dit-elle. Je pense souvent à mes vrais parents, je me pose beaucoup de questions à leur sujet. Et puis…

Elle s'interrompit. Elle aurait voulu lui dire tout ce qu'elle savait de ces inconnus qui projetaient toujours leur ombre sur sa vie, mais elle n'en avait pas le droit. L'histoire de l'ancien mari de Cassandra Wright qui la trompait avec une ou même plusieurs autres, Cassie seule pouvait la dévoiler. Jewel avait vendu la mèche sans la permission de Cassie, elle avait eu tort et Gwen n'allait pas en faire autant. Mieux valait parler d'autre chose.

— Et puis, reprit-elle, quand j'ai su que j'allais avoir un bébé, j'ai senti que… j'ai eu l'impression que je transmettais une partie de leur héritage. Enfin, pas vraiment, mais que…

Elle hésita. Les mots justes lui échappaient.

— *L'empreinte de leurs pas s'imprime sur le sable du temps*, enchaîna Jeff.

— C'est de Longfellow, dit Gwen.

— Pas littéralement, mais presque, admit-il en souriant.

— Merci.

— De quoi ?

Une fois encore, elle chercha les mots justes. Il venait de lui faire un don, celui que l'on reçoit quand nous voyons ou entendons une œuvre d'art qui a survécu au temps et à l'oubli. Parce que cela nous rappelle que nous ne sommes pas seuls au monde, que ce que nous sentons ou éprouvons a été senti ou vécu avant nous, et ce rappel de nos liens avec le reste de l'humanité nous réconforte.

— De mettre les choses en perspective à ma place, répondit-elle.

Il lui signifia d'un hochement de tête qu'il comprenait. Et si le côté enfantin de Gwen se réjouissait encore de savoir qu'il n'aurait pas pu avoir une telle conversation avec son éblouissante épouse, ma foi, c'était une victoire tellement insignifiante qu'elle ne blessait personne.

Le temps passa ainsi, le suaire de brume grisâtre se déchirait un peu plus chaque jour. Sans même s'en être rendu compte, Gwen s'aperçut qu'un an s'était écoulé depuis qu'elle avait perdu son bébé. Elle n'avait dit à personne qu'elle souhaitait être de nouveau enceinte avant ce triste anniversaire. Ce n'était pas le genre de choses qu'elle pouvait avouer à Stan, il aurait trouvé morbide qu'elle se souvienne de la date de leur malheur et il était inutile de l'attrister davantage. Pourtant, elle avait envie de parler à quelqu'un. Jeff l'écoutait, trouvait toujours à lui dire quelque chose de réconfortant. *J'aimerais bien le rencontrer aujourd'hui*, se dit-elle en sortant de l'appartement pour aller chercher une veste de Stan à la teinturerie du quartier.

De sa fenêtre, Jeff vit Gwen sortir de son immeuble. Il pensa un instant courir dans la rue pour mettre en scène une de leurs « rencontres imprévues », mais il retourna à son bureau où un rapport l'attendait. Il l'avait fait établir depuis un certain temps par son équipe, mais il n'en avait pas encore pris connaissance, car la lecture de ce rapport impliquait pour lui une prise de décision qu'il retardait de jour en jour. Une décision d'autant plus épineuse que des considérations à la fois professionnelles et personnelles entraient en ligne de compte et qu'elle concernait celle qui s'éloignait en ce moment dans la rue. Gwen Girard était sans doute sortie faire une course prosaïque – acheter quelque chose à l'épicerie ou reprendre une paire de chaussures chez le cordonnier. Jeff n'aimait pas se l'imaginer occupée à ce genre de corvées. Il savait pourtant, par une de leurs récentes conversations, qu'elle y puisait une sorte de sérénité. Elle rêvait toujours d'une maison, elle le lui avait confié, mais Stan voulait d'abord mettre assez d'argent de côté pour alléger le poids d'un emprunt. « Stan est un homme prudent », avait-elle commenté en riant. *Stan est un imbécile mesquin*, avait pensé Jeff sans pouvoir s'empêcher de noter le contraste entre la modestie des désirs de Gwen et l'insatiable avidité de Jewel.

Assis à son bureau, le rapport devant lui, il laissa ses pensées vagabonder encore un moment. Depuis quelque temps déjà, il trompait sa femme avec constance. Avec discrétion aussi, mais quand on est si souvent absent de chez soi, c'est presque trop facile – même s'il se demandait parfois si Jewel formulerait quelque objection à ses infidélités si elle les apprenait. Il en était venu à constater – peut-être le savait-il depuis le début sans vouloir se l'avouer – que la sensualité de sa femme et ses manifestations de passion n'avaient rien à voir avec lui, mais avec ce qu'il pouvait lui apporter. Elle ne l'avait jamais repoussé, bien sûr, c'eût été contraire à son rôle d'épouse parfaite, mais il avait assez d'expérience des femmes pour reconnaître la différence entre la réalité et l'habile simulacre. Jewel n'était réellement excitée au lit que quand elle voulait quelque chose ou quand il lui offrait ce qu'elle désirait. Au début, encore ébloui, il lui donnait avec joie les babioles qui lui faisaient envie. Mais son désir physique initial s'était évanoui, ainsi que se dissipent toutes les toquades – surtout, comme son père le lui avait prédit, s'il n'y avait entre eux rien d'autre sur quoi fonder des rapports solides et durables.

Il l'avait compris peu à peu, comme il avait dû se résigner à renoncer à son espoir de voir Jewel partager un jour ses goûts et ses intérêts. Non qu'elle ait jamais refusé de l'accompagner à un musée ou à l'opéra. Elle assistait jusqu'au tomber de rideau à une représentation de *La Flûte enchantée* ou des *Maîtres chanteurs de Nuremberg*, mais il était évident qu'elle attendait avec hâte de pouvoir retourner à ses magazines, à ses bavardages et à ses tournées des boutiques. Son rêve de lui ouvrir l'esprit aux arts et à la littérature était resté un songe creux. Ce n'était pas sa faute à elle si son inculture et sa frivolité indisposaient Jeff, c'est lui qui avait changé. Il comprenait l'avidité de Jewel pour les possessions matérielles, il la partageait. Mais il attendait davantage de la vie. Elle, pas.

Il avait reçu le coup de grâce en emménageant dans leur nouvelle demeure, ce cauchemar conçu par Jewel. Elle adorait cette maison, et lui en avait honte parce qu'elle symbolisait sa propre stupidité. C'est à compter de ce moment qu'il s'était rendu compte à quel point Jewel était exaspérante – et tapageuse. À cause non seulement de ses incessants caquetages, mais aussi du cliquetis de ses bracelets, du claquement de ses talons sur le marbre du vestibule et des couloirs de cette maison démesurée et vulgaire, de sa voix dont la douceur affectée lui mettait les nerfs à vif, de son rire qui, naguère encore, lui paraissait spontané et chaleureux avant de devenir un bruyant rappel à l'ordre pour exiger son attention. Pas étonnant, dans ces conditions, qu'il se sente attiré par le calme, la culture et l'intelligence de Gwen Wright.

Jeff commença à lire le rapport, mais le referma presque aussitôt. Il contenait le résultat de l'enquête effectuée à sa demande sur Stanley Girard. La décision qu'il devait prendre concernait donc le mari de la femme qu'il désirait. Mais sur quel plan la désirait-il ? Et de quelle nature était son désir ?

Gwen aimait sa compagnie, il le savait et était pratiquement certain de pouvoir pousser plus loin leurs relations. Un Stanley Girard était-il en mesure de lui mettre des bâtons dans les roues ? Non, il ne faisait pas le poids. Le mari de Gwen devait être un rustre pragmatique, de ceux qui font cadeau d'un mixeur à leur femme pour son anniversaire et l'emmènent en vacances dans un endroit où il est possible de massacrer le gibier en chassant et les poissons en pêchant.

Alors, pourquoi Jeff n'avait-il pas encore poussé plus loin ? Parce que Gwen Wright n'était pas femme à avoir une simple aventure avec un homme. Il lui faudrait tomber passionnément amoureuse – il le sentait au plus profond de lui-même – pour tromper son rustre fidèle et, du même coup, elle voudrait se libérer par le divorce. Tricher et mentir pour des passades clandestines seraient trop contraires à sa personnalité. Même si Jeff avait voulu être celui qui allumerait en elle la passion dont il la savait capable, il n'était pas prêt à sauter le pas en compromettant son existence et ses ambitions.

Le problème, c'est que, en regardant les choses

avec lucidité, il y avait dans ses arrangements actuels avec Jewel des éléments qui lui convenaient. Elle éblouissait toujours autant quand elle paradait à son bras et, tant que la conversation restait superficielle, elle pouvait être charmante. Elle n'avait jamais exprimé la moindre envie d'avoir les enfants qu'il aurait désirés et, comme il le remarquait déjà, elle ne lui ferait pas de crises de jalousie ni ne chercherait à restreindre sa liberté aussi longtemps qu'il paierait les factures. S'il voulait divorcer, en revanche, ce serait l'enfer à coup sûr. Jewel n'était pas amoureuse de lui, mais elle ne renoncerait pas à être Mme Jeff Henry sans livrer une bataille féroce. Et, pour le moment, il avait des raisons – des raisons sérieuses liées à ses affaires – pour éviter un tel risque.

Jeff se massa les tempes ; une migraine menaçait. La concession des eaux de Buenos Aires était conclue depuis un an et, jusqu'à présent, se présentait comme un de ses traits de génie, sauf que, ces derniers temps, des rumeurs alarmantes parvenaient de la capitale argentine. Mark Scott, le brillant jeune loup que Jeff avait débauché à grands frais d'une multinationale à capitaux allemands pour en faire son bras droit, avait apporté dans ses bagages un cabinet international d'experts-comptables basé à New York afin de renforcer les capacités de gestion des nouvelles activités. Ces virtuoses de la calculette avaient conseillé à Jeff de créer pour la concession des eaux une société séparée, cotée au New York Stock Exchange. « Pour optimiser l'investissement », avaient-ils expliqué – ce qui était une manière élégante de dire qu'ils préconisaient de disperser les risques entre une multitude de petits actionnaires. Bien sûr, il faudrait quelques manipulations comptables pour gonfler la valeur des actions avant leur émission, pratique qui n'avait rien d'exceptionnel. Cela impliquait de flirter dangereusement avec les règlements édictés par les autorités boursières, mais après tout pourquoi pas ? Jeff en avait déjà fait autant. Peut-être, lui suggéraient Mark et ses experts, qu'investir un peu plus de ses fonds propres dans le capital de JeffSon contribuerait à accroître la notation de l'entreprise sur les marchés financiers. Il était sous-entendu que si le pire survenait – éventualité qu'il fallait envisager, ils étaient tous d'accord sur ce point –, Jeff aurait ainsi largement le temps de retirer sa mise. Tout cela paraissait logique, il n'y avait rien dans un tel montage dont beaucoup d'autres ne donnaient pas déjà l'exemple, Jeff n'avait donc aucune raison de se souvenir tout à coup des sombres mises en garde de son père sur Faust et les pactes avec le diable. C'est pourquoi il ne voulait surtout pas que les avocats de Jewel viennent, en cas de divorce, mettre leur nez dans sa comptabilité en un moment aussi crucial s'il était assez bête pour provoquer sa fureur vengeresse.

Malgré tout, il y avait Gwen et ce qu'elle éveillait en lui quand il l'écoutait parler. Parfois, elle lui racontait des anecdotes amusantes sur ses cours de cuisine, qui se passaient mal, ou le sweater qu'elle avait essayé de tricoter et abandonné, écœurée. De temps en temps, elle lui parlait de la maison de son enfance, des collines où elle allait s'asseoir pour observer les écureuils. Sa voix se faisait plus douce, des éclairs de curiosité et de gaieté s'allumaient dans ses yeux.

Jeff regarda de nouveau le rapport sur Stanley Girard. Il en connaissait déjà l'essentiel, le jeune loup qu'il avait chargé de l'enquête le lui avait résumé de vive voix. Stan était un garçon talentueux et inventif qui développait sa petite affaire artisanale en une opération de plus grande envergure spécialisée dans l'installation, l'entretien et la réparation – pour de grandes entreprises – de systèmes électriques à la pointe de la technologie. Il n'était pas un homme d'affaires, au sens sophistiqué et parfois péjoratif du terme, mais un travailleur méthodique sachant gérer son expansion avec une sage lenteur. En deux mots, il était le candidat parfait pour le poste auquel pensait Jeff.

Jeff retourna à la fenêtre et regarda la rue où Gwen s'était arrêtée quelques minutes plus tôt en attendant que le feu passe au vert. Elle lui avait paru triste, aujourd'hui. Jeff réfléchit un instant. N'était-ce pas à cette époque que son enfant était mort, l'année passée ? Mais oui, bien sûr. Il eut alors envie de lui donner quelque chose, quelque chose capable de chasser sa tristesse.

Le rapport sur Stanley Girard attendait encore sur son bureau. S'il lui faisait la proposition qu'il envisageait, Gwen aurait plus vite sa maison. Et puis – *Sois honnête avec toi-même, Jeff !* – elle aurait envers lui une dette de reconnaissance et prendrait la mesure de son pouvoir. Le pouvoir est un aphrodisiaque, nul ne l'ignore. La gratitude l'est aussi, dans une certaine mesure. Et si cette décision avait des conséquences inattendues, ma foi, Jeff était joueur dans l'âme. Un joueur favorisé par la chance, sa vie entière en témoignait.

Il retourna à son bureau, appela sa secrétaire sur l'interphone.

— Organisez-moi un rendez-vous avec Stanley Girard, lui dit-il. Le plus vite possible.

26

— Vous voulez acheter Stan's Electronics ?

Stan dévisageait avec incrédulité l'homme assis en face de lui. Il avait déjà vu des photos de Jeff Henry dans la presse économique et les magazines, il l'avait parfois aperçu, puisqu'il habitait en face des bureaux de JeffSon, mais il le voyait de près pour la première fois. Dans le vaste bureau aux murs décorés de nuances de gris et meublé de chrome et de verre, il entendait Jeff Henry en personne lui proposer d'acheter son affaire.

— Qu'est-ce que vous pourriez bien en faire ? poursuivit-il. Mon affaire est insignifiante pour une grosse boîte comme la vôtre.

— Bonne question, répondit Jeff. Vous savez sans doute que l'expansion de JeffSon Inc. s'étend à tout le pays. Nous avons acheté l'année dernière dans l'État de New York une centrale électrique de deux mille cinq cents mégawatts qui alimente le réseau de distribution local ; nous envisageons d'acheter d'autres centrales pour augmenter la production dans le secteur. Il nous faudra des centres opérationnels à partir desquels aménager, exploiter et entretenir ces centrales. Votre local occupe une situation idéale au centre de Wrightstown.

Stan commençait à y voir clair.

— Et je suis propriétaire des murs et du terrain. C'est bien ça ?

Jeff acquiesça d'un signe de tête. *Il est plutôt sec*, se dit Stan. *Il a pourtant la réputation d'un habile négociateur qui abuse de son charme. Ne se montre-t-il pas volontairement désagréable ?*

En fait, Jeff était décontenancé. Loin d'être un imbécile, Stanley Girard n'était sûrement pas le rustre borné qu'il espérait manipuler à sa guise. Depuis le début de leur entretien, il le jaugeait avec l'acuité pénétrante qui le rendait célèbre – et redoutable – dans les milieux économiques. Avec sa tignasse brune indisciplinée dont une mèche lui tombait dans les yeux et ses traits accusés, Stan avait sans aucun doute un physique qui devait plaire aux femmes. De même, sa manière directe de s'exprimer pouvait séduire, et le fin réseau de ridules au coin des yeux quand il riait signifiait qu'il n'était pas dépourvu de sens de l'humour. Jeff n'arrivait cependant pas à concevoir qu'un homme tel que lui parvienne à suivre les méandres compliqués d'un esprit féminin comme celui de Gwen. Ses coqs-à-l'âne, par exemple, devaient lui échapper complètement. *Mais je le regarde trop fixement*, se dit-il en se détournant.

Stan était parfaitement conscient d'être examiné comme il ne l'avait jamais été, ce qui ne lui plaisait pas.

— Si j'ai bien compris, reprit-il, ce qui vous intéresse essentiellement c'est d'acheter mon emplacement du centre-ville.

— Pas seulement. Quand il nous arrive d'acquérir une petite affaire comme la vôtre, la transaction ne se règle pas uniquement en argent. Une partie vous sera payée en actions de JeffSon. Ainsi, poursuivit Jeff d'un ton soudain adouci et teinté de condescendance, vous serez actionnaire de l'entreprise la plus innovante des États-Unis et de l'un des plus importants fournisseurs d'énergie dans le monde. De plus...

— Si je voulais acheter vos actions, l'interrompit Stan, agacé, je donnerais un ordre d'achat à mon agent de change ou à ma banque. Je ne serais pas obligé de vendre mon affaire.

Jeff Henry se rendit enfin compte qu'il menait très mal leur entretien. Il sourit pour la première fois, et Stan dut admettre que ce sourire ne manquait pas de charme.

— J'allais justement préciser que les actions de la société ne sont qu'un début. Vous bénéficierez également des mêmes avantages sur les stock-options que tous les autres cadres supérieurs de JeffSon.

— Cadre supérieur ? répéta Stan. Mais je ne suis pas...

Cette fois, ce fut Jeff qui l'interrompit :

— Nous voudrions aussi que vous nous rejoigniez. Il nous faut une personne qualifiée pour diriger les équipes et superviser les installations et l'entretien de nos opérations dans tout ce secteur du pays. Il s'agit donc bien d'un poste de direction, puisque ce sont vos compétences dans ce domaine que nous souhaitons aussi acquérir.

— Comment savez-vous que je les possède ?

Le sourire de Jeff se fit encore plus large et plus charmeur.

— Nous avons procédé à quelques recherches et nous savons que vous êtes le meilleur dans la région.

— C'est très flatteur. *Mais pourquoi diable ai-je l'impression qu'il ne me dit pas tout ?*

Pourquoi diable ne saute-t-il pas sur l'occasion ? se demanda Jeff, furieux et mortifié. *Ne se rend-il pas compte de la valeur de ce que je lui offre ? Pauvre Gwen, elle a vraiment épousé un imbécile.* Il n'y avait pourtant aucune trace de bêtise ni de naïveté dans le regard de Stanley Girard, encore moins dans la manière pensive dont il observait Jeff.

— Écoutez, Stan… Je peux vous appeler Stan ? Merci, dit Jeff sur son signe d'assentiment. Je crois que vous comprenez la situation aussi bien que moi. JeffSon va absorber de plus en plus de petites entreprises dans cet État et les États voisins. Plus simplement, celles que nous n'achèterons pas seront vouées à disparaître. À mesure que le domaine de la distribution d'énergie se concentrera, vos clients viendront se fournir chez nous pour des services que vous assurez en ce moment, parce que nous avons les ressources nous permettant d'en regrouper l'ensemble pour en faire un paquet plus économique et plus efficace. Votre choix se résume donc à ceci : ou bien continuer votre petite affaire qui deviendra tôt ou tard obsolète, ou bien vous affilier dès maintenant à une organisation dont l'expansion se poursuivra plus longtemps que votre vie active. Votre salaire sera au niveau de celui de nos cadres dirigeants et, en y ajoutant vos avantages en nature, vos actions et vos stock-options, vous verrez que vous y gagnerez bien plus que ce que vous pouvez espérer réaliser par vos seuls moyens.

— Je vois.

Pour des raisons qui échappaient à Jeff, Stan lui donnait la classique réponse de celui qui ne s'engage à rien. *Vous devriez me remercier à genoux, bougre d'imbécile !*

— Bref, voilà notre proposition dans ses grandes lignes. Réfléchissez et faites-nous part de votre décision. Je dois m'absenter quelques jours, vous communiquerez donc votre réponse à John Kaiser, qui est chargé du recrutement des cadres. Je ne vous cache pas que, normalement, je ne m'occupe pas de ce genre de choses, mais puisque votre affaire est en ville et que j'y vis moi aussi, j'ai tenu à vous en parler moi-même.

Et l'autre raison, que je ne vous donnerai pas, c'est que vous bénéficiez de ce traitement de faveur parce que j'aime prendre un café avec votre femme.

— Merci, dit Stan en se levant. Je garderai le contact.

Mais quand il sortit de l'immeuble dans la 1re Rue, Stan avait un sentiment de malaise. Il voulait avant tout en parler à Gwen, la décision lui appartenait autant qu'à lui – et, pour lui, la consulter n'était pas un vain mot. Il savait trop bien que leurs points de vue différaient sur nombre de sujets et avait appris à ses dépens qu'il ne fallait pas préjuger de ses réactions. Il avait déjà commis l'erreur de croire qu'elle penserait comme lui ; elle en avait été blessée et lui en avait voulu. Cette fois, il se conformerait à son avis.

— Comment êtes-vous au courant de l'offre que JeffSon a faite à Stan ? voulut savoir Gwen.

Sa mère et elle étaient assises à une table du patio de l'Algonquin Mall, lieu où Cassie ne mettait pour ainsi dire jamais les pieds. Pourtant, quand elle avait appelé Gwen en lui signifiant une impérieuse convocation, elle avait prétendu vouloir goûter la délicieuse pizza du restaurant italien dont la réputation lui était venue aux oreilles. Sachant que Cassie ne s'abaissait jamais à manger ce qu'elle qualifiait d'horreurs, ce désir soudain avait aussitôt paru suspect à Gwen. En fait, tout ce que Cassie cherchait était un lieu anonyme où nul de sa connaissance ne la verrait parler à sa fille en plein milieu d'un jour ouvrable. En temps normal, Cassandra déjeunait en moins de trois quarts d'heure à la cantine directoriale de la verrerie, mais elle craignait trop les oreilles indiscrètes pour y donner rendez-vous à Gwen.

Elles avaient acheté leurs portions de pizza au comptoir avant de s'installer dans un coin isolé, près du stand de café. À peine assise, Cassie avait lâché sa bombe :

— Tu dois empêcher Stanley d'accepter la proposition de Jeff Henry.

L'offre ne datait que de l'avant-veille et Gwen elle-même ne la connaissait que depuis ce jour-là. Elle répéta donc sa question :

— Comment l'avez-vous appris ?

— Dans les milieux d'affaires de la ville, il y a peu de choses qui m'échappent. En outre, c'était prévisible. JeffSon absorbe des petites entreprises comme celle de Stanley dans toute la région. Considère en plus qu'il est propriétaire du bâtiment dans une artère déjà très active et qui le sera de plus en plus ces prochaines années. Stanley ne doit même pas se rendre compte de la valeur de son terrain.

— Oh, si ! Stan la connaît au sou près, croyez-moi. Mais ils ne veulent pas seulement le local, ils ont aussi proposé à Stan un poste de direction. Vos espions ne vous l'ont pas dit ?

Au lieu de se rebiffer, Cassie poussa un soupir accablé.

— Non, je ne le savais pas. C'est encore pire que ce que je croyais.

— Pire ? Que voulez-vous dire ? J'estime au contraire que c'est un honneur pour Stanley qu'un homme tel que Jeff Henry ait conscience de sa valeur et...

— Écoute-moi bien, Gwen, l'interrompit Cassie. Stanley fait très bien marcher son affaire et j'en suis heureuse pour toi. Il travaille dur et mérite de réussir à la pleine mesure de ses moyens. Mais qu'il se mette au service d'une société comme JeffSon...

— Quoi ? Qu'est-ce qui ne va pas avec JeffSon ?

— Peut-être rien, mais il y a certains côtés qui m'inquiètent. Ils achètent et revendent beaucoup trop à mon goût, ils montent des sociétés offshore aux activités impossibles à contrôler et, il y a tout juste deux mois, ils ont engagé un nouveau cabinet d'experts-comptables qui a la réputation de frôler trop volontiers les limites de la légalité.

— Je crois quand même que Jeff Henry sait ce qu'il fait.

— Jeff Henry est sorti de nulle part et a gagné très vite, certains disent trop vite, d'énormes sommes. On peut se poser des questions à ce sujet, Gwen. On doit même se les poser.

— Pourquoi ?

— Je viens de te l'expliquer.

— Non, pas du tout. Vous dites qu'il est impossible à un homme sorti de nulle part, tel que Jeff Henry, d'amasser une fortune comparable à celle de la toute-puissante famille Wright. C'est peut-être parce qu'il est supérieurement intelligent. Peut-être a-t-il du génie.

— Pourquoi prends-tu sa défense, grand Dieu ?

C'était une bonne, une trop bonne question. Gwen pouvait-elle répondre qu'elle s'était réjouie que Jeff offre à son mari un job prestigieux parce que cela voulait dire que Jewel et elle seraient presque à égalité ? *Non, c'est absurde. Je m'en moque éperdument. Stan et moi nous entendons à merveille. Il est l'homme que j'aime le plus au monde. Le meilleur. Combien de temps vais-je encore traîner ce fardeau derrière moi ?...*

Elle ne pouvait pourtant pas s'empêcher de continuer à prendre la défense de Jeff.

— Rien de ce que vous dites ne démontre que Jeff Henry ait fait quoi que ce soit de répréhensible.

— Non, rien de certain, mais c'est un signal d'alarme. En réalité, les gens de JeffSon sont des joueurs qui jouent gros, très gros. Et, avec tout le respect que m'inspire ton mari, je ne crois pas qu'il soit assez... disons, sophistiqué pour un milieu de ce genre.

Gwen sentit une bouffée de colère monter en elle.

— Avez-vous idée que ce que vous dites est injurieux ? Vous parlez de Stan comme s'il était un parfait imbécile !

— Je n'ai jamais rien dit de semblable. Mais j'en sais beaucoup sur les Jeff Henry de par le monde, plus que Stanley ou toi en tout cas. C'est pourquoi je me permets de te donner un conseil dont je crois que tu as besoin. Dis à Stanley de s'en tenir à ses affaires honnêtes et à ses bénéfices raisonnables.

Gwen n'y tint plus et laissa échapper ce qu'elle avait sur le cœur.

— Au fond, vous me dites tout cela parce que Jeff est le mari de Jewel !

— Quoi ?

— Vous ne lui avez jamais pardonné. Nous avons le devoir de pardonner et d'oublier, vous me l'avez assez souvent dit !

— Je ne...

— Mais vous n'avez quand même jamais pardonné à Jewel, vous n'aimez pas Jeff parce qu'il l'a épousée et...

— Seigneur, cela n'a rien à voir ! Ce serait malsain de ressasser cette vieille affaire et je ne crois pas être *malsaine*, Gwen ! Une pareille idée ne m'est jamais venue à l'esprit, même si à l'évidence elle est venue au tien, et je dois dire que...

Ce qu'elle estimait devoir dire ne fut pas prononcé car une voix débordante de cordialité l'interrompit :

— Gwen ! Cassandra !

Nulle autre que Jewel, chargée de sacs et de paquets, se hâtait à leur rencontre. Dieu merci, elle était encore à une distance suffisante pour ne pas avoir entendu la mère et la fille parler d'elle.

— Que je suis heureuse de vous voir toutes les deux ! enchaîna-t-elle avec effusion. Je ne m'attendais vraiment pas à vous trouver ici ! Chaque fois que je viens faire des courses au Mall, je m'arrête prendre un café, cela me rappelle de vieux souvenirs. Quand j'étais plus jeune, poursuivit-elle en pouffant de rire, un café noir sans sucre me faisait plus plaisir qu'un bonbon ! Je venais toujours en boire un ici avant de me faire faire les ongles – mon autre péché mignon ! précisa-t-elle avec un sourire mutin signifiant que le temps des vaches maigres et des plaisirs au rabais était révolu.

Comme pour bien nous faire comprendre qu'il aurait fallu vivre dans un trou depuis cinq ans pour ignorer qu'elle avait épousé l'un des hommes les plus riches du pays, pensa Gwen en levant les yeux vers Jewel, debout près de leur table, qui attendait visiblement que la mère et la fille l'invitent à s'asseoir avec elles. *Elle est aussi belle que jamais, peut-être même plus encore. Un genre de beauté que l'argent met en valeur, mais ce doit être le cas de beaucoup d'autres femmes. Sa coiffure est parfaite, elle a toujours eu le chic pour se maquiller et la robe... un peu voyante pour un mercredi à midi, mais flatteuse pour sa ligne. Je me demande à quoi elle pense en ce moment. Elle sourit en nous déshabillant du regard, ma mère et moi. Mais il est vrai que nous en faisons autant...*

Cassandra est toujours la même, pensait Jewel. *Et cette pauvre Gwen ne s'arrange pas, aussi moche qu'avant. Sa robe doit avoir au moins deux ans ! Et elle ne sait toujours pas se coiffer. Je parie que sa coiffure n'a jamais été aussi bien que le jour où je m'en suis occupée. Elle ne s'en souvient sûrement pas...*

Mais en regardant la mère et la fille assises côte à côte, Jewel sentit avec étonnement sa gorge se nouer. Gwen et Cassie lui paraissaient tellement... soudées, solidaires, sûres d'elles-mêmes. Elles savaient qui elles étaient, elles connaissaient leur place dans la société. *Je me demande si je serai jamais comme elles*, se dit-elle. *Je me demande si Gwen se rendra jamais compte de l'incroyable chance qu'elle a eue dans la vie. Et je me demande à quoi Cassandra est en train de penser en ce moment. Cela a sûrement à voir avec moi, vu la manière dont elle me dévisage.*

Que Jewel n'ait pas l'air de vieillir, qu'elle n'ait pas pris un gramme et qu'elle soit toujours belle est proprement scandaleux ! pensait Cassie avec indignation. *Elle sera aussi belle à quatre-vingt-dix ans. Sa robe est totalement déplacée à cette heure-ci et dans un endroit pareil, mais elle a visiblement coûté une fortune – et, d'après les paquets qu'elle porte, elle vient d'en dépenser une autre en une seule matinée. Je sens que, d'une minute à l'autre, elle va vouloir impressionner Gwen en lui montrant qu'elle a plus d'argent qu'elle. Cela viendra de manière détournée, comme par hasard, et Gwen en sera ulcérée une fois de plus. Il y a des moments où je hais les femmes ! Je me sens plus à l'aise en compagnie des hommes ! Et c'est bien le cas en ce moment. Je suis avec deux femmes, nous nous regardons en chiens de faïence et le silence devient insupportable.*

Jusqu'à présent, en effet, les Wright mère et fille n'avaient pas desserré les dents.

— Bonjour, Jewel, dit enfin Cassie en espérant que son ton n'était pas aussi glacial qu'elle en avait elle-même l'impression.

— Comment allez-vous, Jewel ? s'enquit Gwen poliment.

— Très bien, je ne pourrais pas aller mieux, répondit Jewel en louchant sur leurs assiettes en carton. Une pizza ? Ça, par exemple ! Vous en avez de la chance ! Moi, je ne peux pas en avaler une bouchée, elle irait droit là où il ne faut pas, dit-elle en se caressant une hanche irréprochable. Je peux m'asseoir avec vous ? Je suis morte de fatigue, j'ai dû marcher une bonne dizaine de kilomètres ce matin.

Sans attendre la réponse, elle avait déjà approché une chaise.

— J'ai fini mes courses pour la journée, enchaîna-t-elle. Je m'étais juste arrêtée chez le bijoutier pour faire nettoyer un de mes bracelets, il fait cela mille fois mieux que n'importe qui.

Un réflexe automatique attire le regard sur l'objet qui est désigné, que ce soit un livre ou une fleur. Cassie et Gwen baissèrent donc les yeux vers le bracelet et, par un réflexe tout aussi automatique, se crurent obligées de faire un commentaire flatteur sur ledit objet.

— Très beau bracelet, Jewel, déclara Cassie.

— C'est un cadeau de Jeff pour notre anniversaire de mariage.

— Ravissant, concéda Gwen à son tour.

— Jeff ne me gâte pas, il me pourrit ! Et puis il réussit si bien que c'est à peine croyable. Il s'occupe de tant d'affaires différentes, ces temps-ci ! Tenez, je l'entendais l'autre jour encore parler au téléphone d'une concession d'eaux au Brésil.

Cassie sentit un frisson glacé courir le long de sa colonne vertébrale. Elle lança à Gwen un coup d'œil pour voir si elle avait remarqué la phrase de Jewel, mais Gwen ne s'était aperçue de rien. De toute façon, elle ignorait tout des affaires et ne pouvait pas percevoir dans cette phrase la sonnette d'alarme qui avait retenu l'attention de Cassie. Bien sûr, aucune raison valable ne justifiait sa soudaine inquiétude, elle essayait de s'en convaincre, mais cela lui suffisait pour vouloir se renseigner davantage.

— Je comprends parfaitement qu'une entreprise veuille diversifier ses activités, dit-elle à Jewel. Mais je croyais que JeffSon avait pour objet la distribution de l'énergie. Je ne vois pas le rapport avec l'eau.

Du coin de l'œil, elle vit Gwen se raidir. À l'évidence, la jeune femme estimait que sa mère dépassait les bornes, et Cassie se demanda une fois de plus pourquoi Gwen prenait avec une telle chaleur la défense de Jeff Henry. Quant à Jewel, elle lui lançait un regard noir. Mais elle se borna à rire d'un air détaché.

— Je ne me soucie guère de ce qui se passe à JeffSon. C'est le domaine de mon mari et il veille très bien tout seul sur ses intérêts, croyez-moi. Et vous, Gwen, vous allez toujours vous asseoir sur une vieille souche d'arbre derrière la maison ? Je n'oublierai jamais ce que votre vieux jardinier me racontait... Oh, mais non, c'est vrai ! Vous habitez en ville, maintenant. Ce doit être dur pour vous qui aimiez tant les petits lapins et tout ça. On n'en rencontre pas beaucoup sur les trottoirs de la 1re Rue.

Et voilà la première banderille, se dit Cassie. Contrairement à ses craintes, Gwen resta impassible.

— Stan et moi n'avons pas encore les moyens de vivre ailleurs que dans notre appartement. Mais nous mettons de l'argent de côté pour nous acheter une maison.

Une seconde, Jewel parut vaincue. Mais elle se reprit aussitôt :

— J'ai une idée ! Jeff est en voyage pour quelques jours et j'ai tout mon temps. Pourquoi ne viendriez-vous pas voir ma nouvelle maison ? Vous me suivrez en voiture, je vous montrerai le chemin. Nous venons de terminer les travaux ; je serais ravie de vous la montrer. Je n'ai jamais oublié la première fois où j'ai admiré la vôtre, Cassandra.

— Je vous remercie, mais je crains que ce ne soit impossible…, commença Cassie.

À sa stupeur, Gwen l'interrompit :

— Ce sera très amusant, Mère ! Nous avons le temps, voyons.

— J'ai du travail, rétorqua Cassie avec froideur.

— Vous m'aviez pourtant dit qu'on ne vous attendait pas au bureau avant le milieu de l'après-midi.

— Cela ne vous prendra pas plus d'une heure, je vous le promets, intervint Jewel.

Cassie ne pouvait plus refuser sans se montrer impolie.

27

Gwen s'attendait à subir de la part de Cassie un torrent de protestations. Celles-ci commencèrent en effet dès que les deux femmes furent remontées en voiture.

— Veux-tu me dire ce qui te passe par la tête ?

Il me passe par la tête que je ne veux pas me laisser intimider par Jewel, s'abstint-elle de répondre. *Et que je suis curieuse de voir son château. D'après Jeff, elle a passé près d'un an à s'en occuper.*

— Tu n'as aucune raison de perdre ton temps avec cette fille, poursuivit Cassie. Et encore moins de me traîner avec toi chez elle.

Gwen actionna son clignotant en voyant tourner à gauche la voiture de Jewel – un modèle étranger flambant neuf et visiblement coûteux, comme de bien entendu.

— Savez-vous si c'est une BMW ? demanda-t-elle à sa mère.

— Non, une Jaguar, répondit sèchement Cassie. Qu'est-ce que ça peut te faire ?

— Rien. Allons, Mère, Jewel veut simplement nous montrer son prétendu château. Donnons-lui cette petite satisfaction.

— Je n'ai aucune raison d'accorder à Jewel Fairchild, non, Jewel Henry, la moindre satisfaction.

— Vous voyez ? J'en étais sûre. Vous lui en voulez toujours au bout de tout ce temps !

— Cherches-tu à m'exaspérer, Gwendolyn ?

— Non, répondit-elle après avoir marqué une pause. J'essaie seulement de repousser un vieux fantôme qui n'aurait pas dû sortir de l'ombre. Ce paysage est beau, n'est-ce pas ?

— Très, admit Cassie en maugréant. La Nouvelle-Angleterre est l'ancienne Amérique, avec toutes ces maisons coloniales... Ah ! J'allais oublier les neuves, enchaîna-t-elle sombrement.

La voiture de Jewel franchit la grille en fer forgé d'une énorme meringue biscornue qui se dressait sur une éminence au bout d'une longue allée. La bâtisse était un pot-pourri de styles d'architecture. Quelques-uns s'accordaient à peu près, la plupart pas du tout.

— Serait-ce un étang ? demanda Cassie.

— Où cela ?

— Là, au bout de l'allée ?

— Vous voulez dire où il y a une fontaine ? Cela y ressemble. Ou alors, ce sont des douves.

— Ah...

Un peu avant le bout de l'allée, Jewel mit pied à terre et leur fit signe de continuer à avancer. Cassie se pencha vers le pare-brise pour mieux scruter la façade.

— Vous cherchez quelque chose ? s'enquit Gwen.

— Un instant. Il y en a sûrement une... oui, la voilà ! dit-elle d'un air triomphant. Elle est à moitié cachée sous ce petit balcon.

— Quoi donc ?

— La fenêtre palladienne. Dans une baraque comme celle-ci, il y a obligatoirement une copie de fenêtre palladienne.

Elles descendirent de voiture devant le perron. Jewel les rejoignit en trottinant sur ses hauts talons.

Jeff doit devenir fou, à vivre dans une pareille horreur, se dit Gwen. *C'est d'encore plus mauvais goût que les bracelets clinquants dont sa femme est couverte. Il devait vraiment vouloir la séduire pour les lui avoir achetés.*

— J'ai hâte de vous faire faire la visite ! dit Jewel en ouvrant la massive porte d'entrée de son palais.

L'intérieur ne rachetait pas l'extérieur. Des couloirs – tous parquetés d'un bois exotique différent, précisa fièrement Jewel – rayonnaient du vestibule circulaire vers les luxueuses pièces de la maison –, salon de bridge, salle de billard, piste de bowling, *home-cinéma* et un spa attenant à la salle de gym. S'il n'y avait pas de bibliothèque, une vaste pièce censée constituer le cabinet de travail de Jeff comportait des étagères garnies de livres aux reliures de cuir bordeaux assorties aux fauteuils. Gwen tenta d'imaginer l'homme qu'elle connaissait en train de lire avec plaisir un de ces livres neufs, que nul n'avait à l'évidence jamais ouverts, tout en cherchant une position commode sur ces meubles de cuir glissants et trop rembourrés.

La visite s'acheva par le retour au vestibule, d'où l'on voyait les pelouses, la maison d'amis et la piscine adossée à une sorte de paroi rocheuse. Une pression sur un bouton d'un grand panneau électrique déclencha sur cette paroi une violente cataracte digne des chutes du Niagara. Jewel manœuvra frénétiquement des leviers et des boutons jusqu'à ce que la cascade ait retrouvé un débit plus modéré.

— Je ne suis pas encore habituée à régler ce système, expliqua-t-elle avec un grand sourire.

Les courts de tennis adjacents étaient déjà inondés. Gwen n'osa pas regarder sa mère de peur de provoquer leur fou rire.

— Le paysagiste voulait me persuader d'aménager un réservoir d'eau à incendie derrière la piscine, reprit Jewel. Mais j'ai refusé, je tenais à avoir une chute d'eau.

— Vous en avez une, en effet, dit Cassandra.

Et Gwen dut une fois encore se détourner pour ne pas éclater de rire.

Elles se moquent de moi, fulmina Jewel. *Elles s'imaginent que je ne m'en rends pas compte, mais je ne suis pas idiote ! C'est ça, leurs bonnes manières ? Et qu'est-ce qu'il y a de risible, ici ? Ma maison est plus grande que la vieille bâtisse de Cassie – je la trouvais belle, mais j'ai appris pas mal de choses depuis. Quant à Gwen, qui vit dans un trou à rats en pleine ville, elle n'a vraiment pas de quoi me regarder de haut, ni moi ni personne.*

Mais alors même qu'elle avait ces pensées, Jewel ne pouvait s'empêcher de se rappeler la réaction de Jeff quand il avait découvert la maison achevée. Il avait d'abord paru stupéfait, ce à quoi elle s'attendait car l'architecte et elle avaient cherché à créer un effet de choc. Mais elle avait ensuite vu apparaître dans le regard de son mari une expression où la pitié se mêlait au dégoût – la même qu'elle lisait maintenant dans les yeux de Gwen et de Cassie – et il avait murmuré : « Dieu merci, mon père ne conduit plus aussi souvent. »

Elle avait fait semblant de ne pas l'avoir entendu – elle prenait toujours soin de ne rien dire ni de ne rien faire risquant de provoquer une dispute entre eux – et s'était forcée ensuite à ne plus penser à l'incident. Elle avait pourtant la nette impression que, depuis leur emménagement dans leur maison de rêve, Jeff restait beaucoup plus longtemps à son bureau que quand ils habitaient l'hôtel et, quand il rentrait le soir, il avait l'air absent. Il lui avait dit qu'il n'aimait pas son parfum, mais quand elle en avait changé il ne s'en était même pas rendu compte. Il se montrait irritable, aussi, et il la reprenait au moindre prétexte. « Nous avons une *cuisinière*, Jewel, lui avait-il dit un soir. Cette femme n'est pas un *chef*, c'est prétentieux de l'appeler ainsi. » Une autre fois, alors qu'ils étaient sur le point de sortir, il l'avait regardée en hochant la tête d'un air réprobateur : « Faut-il vraiment que tu portes tous tes bijoux à la fois ? » Lors d'un dîner avec des amis, elle l'avait entendu dire à son voisin : « Si c'est une nouvelle politique ou économique qui ne paraît pas dans les magazines *people*, ma femme ne l'aura évidemment pas lue. »

Un moment, elle avait mis sa méchanceté sur le compte des pressions auxquelles le soumettaient ses affaires. Elle savait qu'il subissait beaucoup de stress même si, comme elle l'avait dit à Cassie, elle ne cherchait pas à savoir ce qui se passait chez JeffSon. Malgré tout, depuis quelque temps, elle en arrivait à se demander ce qui se passait car, pour dire les choses crûment, son mari manquait nettement de chaleur au lit. Les premiers temps, il se montrait insatiable au point qu'elle bénissait les soirs trop rares où il se retirait sur son côté du lit pour lire. Elle se rendait compte maintenant que le désintérêt de Jeff la blessait. Jewel n'était pourtant pas naïve, loin de là. Elle avait depuis longtemps accepté l'idée que les hommes sont les hommes et qu'il arriverait à son mari d'avoir des aventures. Elle n'avait toutefois pas prévu que cela surviendrait si tôt, alors qu'elle était toujours aussi belle et désirable. Elle en était donc venue à se demander s'il avait une maîtresse ou plusieurs. Des aventures multiples auraient été sans gravité, mais une seule... Non, mieux valait ne pas y penser. Surtout pas pendant que les Wright mère et fille la fixaient des yeux.

— Mon mari est si généreux ! déclara-t-elle un peu trop fort. Un vrai Père Noël ! Il me donne tout ce dont j'ai envie, même quand cela coûte une fortune.

Cassie et Gwen n'avaient plus l'air d'avoir envie de rire. Elles paraissaient plutôt gênées pour Jewel, comme si celle-ci commettait une faute de goût – manger sans fermer la bouche ou se gratter les parties intimes en croyant être à l'abri des regards, par exemple. Les femmes comme les Wright se croyaient supérieures au reste du genre humain parce qu'elles étaient riches. Mais si Jewel parlait d'argent, elles la jugeaient vulgaire. C'était d'une injustice révoltante !

Pour la première fois depuis des années, Jewel eut envie de pleurer. En un rare éclair de lucidité, elle s'avoua qu'elle n'avait pas amené Cassandra et Gwen chez elle à seule fin de les éblouir et de les rendre jalouses du ver de terre qu'elles avaient méprisé, mais parce qu'elle voulait qu'elles la traitent en égale. Elle voulait les entendre dire qu'elle avait réussi à chasser la sciure de bois que son père rapportait tous les soirs dans les plis de ses vêtements, qu'elle avait quitté à jamais la petite maison bondée d'enfants dont les naissances successives avaient fini par tuer sa mère. Elle voulait qu'elles admettent enfin que Jewel Fairchild appartenait désormais à la caste exclusive dont elles étaient des membres permanents. Et elles lui signifiaient maintenant, par leurs regards de commisération dédaigneuse, qu'elle n'intégrerait jamais le cercle magique. Qu'elle aurait beau faire, elle resterait l'intruse venue à l'anniversaire de Gwen avec une invitation de dernière minute en portant une robe prêtée par sa patronne. *Je les hais !* se dit-elle en luttant contre les larmes qu'elle sentait perler à ses paupières. *Je les hais de toutes mes forces !*

Ma parole, Jewel est sur le point de fondre en larmes, se dit Gwen. *De quoi pourrait-elle bien pleurer ?* La maison était une monstruosité, bien sûr, mais au-delà de la grotesque piscine et du ridicule chalet tyrolien faisant office de maison d'amis s'étendait un paysage superbe, des arbres, des fleurs sauvages que Jewel et son prétendu paysagiste n'étaient pas parvenus à détruire ou à défigurer.

Ce qui déconcertait Gwen par-dessus tout, c'est que le mari de Jewel, homme brillant, cultivé, drôle et mille fois trop bien pour elle, lui ait offert tout cela. Même si cette maison était contraire à ses goûts, il aimait assez sa femme pour vouloir la rendre heureuse, pour la « pourrir ». Le mari de Gwen aimait sa femme, lui aussi, mais il comptait sur sa patience pour acheter la maison dont elle avait si désespérément besoin. D'un seul coup, Gwen eut hâte de fuir Jewel et son palais. En même temps, l'image de Jeff Henry se forçant à y vivre pour faire plaisir à son épouse ne quittait pas son esprit.

Cassie avait manifestement la même hâte, car elle

regardait sa montre en commençant à dire : « Je crois qu'il est temps de… » quand une voix d'homme dans le vestibule les fit toutes trois sursauter.

— Merci, George, je monterai moi-même mes bagages.

— Oui, monsieur, répondit le George en question. Mme Henry est au salon avec des invitées.

Avant que les trois femmes aient pu réagir, Jeff entra dans la pièce de son pas conquérant. Il parut d'abord étonné que sa femme reçoive des visiteuses, mais Gwen vit son regard s'éclairer quand il la reconnut – ou peut-être l'imaginait-elle. En tout cas, l'étonnement de Jeff disparut aussitôt. Il salua courtoisement Cassandra et Gwen, et donna à Jewel un baiser sur la joue en expliquant qu'il revenait plus tôt que prévu parce qu'un membre du groupe avait fait une chute, s'était cassé le bras, et qu'ils partiraient tous le lendemain dans le jet privé d'un autre. Sur quoi, Jewel lança à Gwen un regard triomphant parce que son mari et tous ceux avec qui il faisait des affaires avaient leur propre avion.

Jewel ne put quand même pas s'empêcher de jeter un autre coup d'œil à Gwen avant de prendre avec autorité le bras de Jeff. Un bref instant, quand il était entré au salon, elle avait cru discerner dans le regard qu'il posait sur Gwen un éclair de la chaleur et de la tendresse qu'il ne lui manifestait plus à elle. Elle aurait voulu lui en demander l'explication sur-le-champ, mais elle s'était vite rendu compte que ce n'était qu'un effet de son imagination.

Voilà ce qui arrive quand des femmes comme ces deux-là vous font croire que vous leur êtes inférieure, pensa-t-elle. *Si on ne fait pas attention, on s'imagine qu'un laideron comme Gwen pourrait plaire à votre mari ! Jeff n'est attiré que par des femmes belles et charmantes – la preuve, voyez celle qu'il a épousée ! Penser qu'une Gwen Girard puisse un jour rivaliser avec Jewel Fairchild Henry est tout simplement ridicule.*

28

— À quoi pensez-vous ? demanda Gwen à sa mère, qui gardait depuis leur départ de la maison un silence inhabituel.

Leur visite à Jewel s'était vite conclue après l'arrivée de Jeff, qui avait voulu nouer avec Cassandra une conversation mondaine.

— Mon père avait enseigné l'histoire de l'art au collège de Wrightstown. Un de ses meilleurs élèves, Edward Lawrence, est devenu conservateur du musée des Verreries Wright. C'est votre premier mari, je crois, qui l'avait choisi pour ce poste.

Jeff ne pouvait pas se douter, bien entendu, que la plus lointaine allusion à feu Bradford Greeley suffisait à faire fuir Cassandra. Au lieu de saisir la perche que Jeff lui tendait pour engager le dialogue, elle marmonna qu'elle ferait un de ces jours la connaissance de ce brillant sujet avant de se précipiter vers la porte.

— Vous avez l'air fâchée, reprit Gwen.

— Non, je réfléchis.

— Vous n'allez pas me répéter le même sermon sur JeffSon, j'espère ! D'après les sommes qu'il a englouties dans cette maison, Jeff Henry ne me paraît pas avoir de soucis d'argent.

— Je suis sûre qu'il en gagne des montagnes. Les gens comme lui en gagnent toujours – un moment.

— Les gens comme lui ? Que voulez-vous dire ?

Cassie fronça les sourcils. Elle paraissait réellement troublée.

— Peu importe. Mais ce n'est pas tout.

— Quoi, encore ?

— Eh bien, je... Si tu veux mon opinion, enchaîna Cassie d'un ton radouci, tu n'en veux sans doute pas mais je te la donne quand même, la manière dont Jeff Henry t'a regardée en entrant dans la pièce m'a déplu. Tu es mariée et lui aussi.

— Je ne vois vraiment pas de quoi vous voulez parler ! répliqua Gwen en piquant un fard malgré elle.

— Allons, Gwen ! Tu as très bien compris. Il avait l'air de... non, c'était pire que s'il te déshabillait du regard. Cela arrive, je sais, les hommes en font tous autant. Mais lui, il était comme un adolescent qui a son premier coup de foudre. Ne me dis pas que tu ne t'en es pas rendu compte, toutes les femmes sentent ces choses-là.

— Eh bien pas moi ! Il n'y avait rien à voir ni à sentir !

Ce n'était pas vrai, bien sûr. Elle s'en doutait depuis longtemps, mais le fait que Cassie le lui confirme fit naître en elle un sentiment de culpabilité – l'un des plus pénibles que l'on puisse éprouver. Elle en voulut donc à Cassie de sa lucidité et se mit en colère.

— De plus, vous vous trompez complètement au sujet de la proposition de JeffSon à Stan ! lança-t-elle sur un ton de défi. Elle me plaisait mais je ne savais pas comment le dire à Stan. Vous m'avez décidée, je vais lui demander d'accepter.

Stan ne s'attendait pas à ce que Gwen soit aussi résolument favorable à l'offre de JeffSon. Il s'attendait encore moins à sa propre réaction devant un plaidoyer aussi enthousiaste. Fier de la petite affaire qu'il avait lancée en partant de zéro, il était blessé que sa femme envisage aussi facilement de la vendre. Il avait toujours rêvé de pouvoir la léguer à son fils ou, pourquoi pas, à sa fille. Ce rêve, il ne le partageait pas avec Gwen, la question des enfants leur faisait encore trop mal à tous les deux, mais il n'avait pas perdu l'espoir qu'elle finirait par y penser elle aussi. Si quelqu'un pouvait comprendre la valeur des affaires familiales et des héritages, c'était pourtant bien Gwen. D'un autre côté, elle faisait preuve de bon sens en l'encourageant à accepter. L'offre de Jeff Henry était flatteuse et généreuse, n'importe qui dans sa position sauterait sans hésiter sur l'occasion.

Pourtant, au fond de lui-même, il voulait refuser.

C'est dans cet état d'esprit qu'il reçut la lettre adressée à son atelier. Il reconnut aussitôt l'écriture distinguée de Cassandra.

Mon cher Stanley,

Je me trouve dans une situation délicate. Je sais trop bien que, pour la paix de votre jeune ménage, la belle-mère que je suis ne doit pas se mêler de votre vie. Malgré mes scrupules d'aborder un sujet qui ne me regarde pas, j'ai décidé de le faire au risque de provoquer votre mécontentement. Et, dans un souci de franchise mutuelle, permettez-moi de vous dire que j'ai l'intention de discuter aussi de cette question avec Gwen. Nous en aurons d'ailleurs peut-être déjà parlé quand vous recevrez cette lettre.

J'ai appris que vous aviez reçu de JeffSon Inc. une offre de racheter votre affaire et, moyennant diverses compensations financières, de faire partie de cette entreprise. Plus j'y réfléchis, moins l'idée m'en paraît judicieuse. Vous réussissez très bien dans votre domaine alors que j'ai des raisons de me méfier de certaines choses que j'entends dire au sujet de JeffSon et de ses responsables. Vous êtes consciencieux et travailleur, ce dont je vous félicite sincèrement car vous savez sans doute la valeur que j'attache au travail. Laissez donc les joueurs de JeffSon prendre leurs paris risqués et tenez-vous à ce que vous savez faire le mieux.

Stan emporta la lettre chez lui et la montra à Gwen.

— Cassie t'en a déjà parlé ? lui demanda-t-il.

— Oui.

— Il paraît évident qu'elle ne me croit pas capable de relever le défi d'une grande entreprise.

Gwen lui prit la lettre des mains et la déchira.

— Et moi, dit-elle fièrement, je lui ai dit que tu étais capable de tenir tête aux gens de JeffSon comme à n'importe qui d'autre.

Gwen fixait sur lui un regard si chargé d'amour et de confiance qu'il n'avait plus le choix.

— Je crois que celui que tu regardes est un nouveau cadre supérieur de JeffSon, dit-il en souriant.

Quand elle se jeta dans ses bras et lui dit combien

elle était heureuse de sa décision, il se dit qu'il avait eu raison.

Mais ce soir-là, après le dîner, il sortit prendre l'air et leva les yeux vers les bureaux de Jeff Henry en haut de l'Amber. Et une petite voix dans sa tête lui chuchota que Cassandra Wright, qu'il l'aime ou non, était une femme intelligente et expérimentée. Elle en savait bien plus que lui ou même que beaucoup d'autres sur le monde de la finance et des affaires. Si elle avait des doutes sur JeffSon, il serait absurde de dédaigner son avis. *Oui, mais ce n'est pas sur JeffSon que Cassie a des doutes, c'est sur toi*, se dit-il. *Elle ne te croit pas assez fort ni assez intelligent pour te protéger dans une entreprise comme celle-là si les choses tournaient mal.*

Dès le lendemain, il appellerait John Kaiser et accepterait la proposition pour prouver à sa belle-mère qu'elle se fourrait le doigt dans l'œil ! Pourtant, la petite voix refusait de se taire. Alors, au lieu de rentrer chez lui, il continua sa promenade.

Au bout de deux tours complets du pâté de maisons, sa décision était prise. Il n'accepterait pas d'actions de JeffSon en paiement de son bâtiment et de son terrain. Si Jeff Henry refusait de lui en donner la valeur en argent, il ne ferait pas affaire. Oui, il travaillerait pour JeffSon, mais il mettrait son argent en sûreté jusqu'à ce qu'il soit certain que tout irait bien. Ce n'est qu'après avoir pensé et repensé à cette solution qu'il rentra dans son immeuble et monta rejoindre sa femme.

Assise sur une chaise tapissée de soie dans la chambre dont Jeff avait dit une fois qu'elle était de la taille d'un terrain de football, Jewel regardait son mari défaire ses bagages. Une femme de chambre aurait pu le faire aussi bien à sa place, mais, depuis leur emménagement dans la maison, Jeff tenait, pour des raisons qui échappaient à Jewel, à faire lui-même ce genre de corvées. Elle le vit enlever de la valise l'étui de cuir monogrammé où il rangeait ses montres et ses boutons de manchettes pour en remettre le contenu dans le grand coffret qui occupait la moitié d'une étagère de sa penderie. Ses chemises, taillées sur mesure dans les popelines les plus fines, furent de nouveau pendues sur les cintres de bois exécutés selon ses spécifications. Il critiquait sans arrêt les achats extravagants de Jewel, mais rien n'était jamais trop beau pour Jeff Henry lui-même ! Il ne valait pas mieux que tous ces hypocrites qui se considéraient trop bien pour des gens comme elle. Des hypocrites de la même espèce que Cassandra Wright et sa chère petite Gwen, la Reine des Moches !

— Elle n'est pas la princesse que tu t'imagines ! ricana-t-elle pendant qu'il mettait des formes en cèdre dans ses mocassins italiens.

— Qui ? Quoi ? dit-il sans se retourner.

— Gwen Wright Girard. Je connais son petit secret honteux, moi.

Ces mots attirèrent l'attention de Jeff et il vint se planter devant sa femme.

— De quoi parles-tu ? voulut-il savoir.

Appuyée au dossier de la chaise de soie, Jewel révéla alors, pour la deuxième fois de sa vie, l'histoire des vrais parents de Gwen Wright. Sa bombe lâchée, elle attendit.

Jeff garda d'abord le silence une longue minute.

— Tu as dit que sa mère était de La Nouvelle-Orléans, n'est-ce pas ? demanda-t-il enfin.

— Oui, c'était une barmaid ou je ne sais quoi, qui...

Elle ne termina pas sa phrase. Jeff avait déjà quitté la pièce.

Stan se montra ferme dans ses négociations avec JeffSon et obtint satisfaction sur toutes ses exigences. Une fois l'affaire conclue, Gwen téléphona à sa mère pour le lui apprendre.

— Oui, je suis au courant, répondit Cassandra d'un ton glacial. Stan n'a pas écouté mes conseils, j'en étais sûre par avance.

— Nous avons pensé que c'était la meilleure solution pour nous.

— Je n'en doute pas, répliqua Cassie avant de raccrocher.

Une semaine plus tard, Jeff appela Gwen chez elle pour la première fois et lui demanda de le retrouver le lendemain au musée des Verreries Wright. Il ne voulut pas lui en dire plus et elle ne parvint pas à savoir ce que signifiait ce mystérieux rendez-vous.

29

Le musée des Verreries Wright avait reçu plusieurs prix d'architecture au moment de sa construction dans les années 1960. Sa beauté tenait de la simplicité de sa conception, un cube de béton brut teinté de beige dont les ouvertures, des dômes vitrés et de grandes fenêtres, permettaient à la lumière de se diffuser pour créer à l'intérieur une atmosphère irréelle qui mettait idéalement en valeur les délicats chefs-d'œuvre de verre. La plus grande partie de la collection avait été constituée par la famille Wright dès les années 1920 et toutes les pièces exposées provenaient des Verreries Wright, où artistes et artisans venus du monde entier réalisaient eux-mêmes depuis un siècle des pièces uniques – figurines, sculptures, vases, coupes, candélabres et autres œuvres décoratives.

Gwen n'était pas entrée au musée depuis des années, bien qu'elle l'ait beaucoup aimé dans son enfance. Sous un puits de lumière de l'atrium, elle se promettait de ne plus laisser passer autant de temps sans y revenir. Quand elle vit Jeff s'approcher, sourire aux lèvres.

— Je tenais à vous montrer quelque chose,

commença-t-il. Mais d'abord, je crois vous avoir parlé de cet ancien élève de mon père, Edward Lawrence, le conservateur du musée. Il avait obtenu ce poste quand votre père dirigeait la verrerie, précisa-t-il après une pause.

Il fallut un instant à Gwen pour digérer ce qu'il venait de dire : Jeff savait que Bradford Greeley était son père.

— Qui vous l'a dit ? Jewel, bien sûr, ajouta-t-elle.

— Oui, mais c'est sans importance... Je crois, poursuivit-il pour interrompre la protestation de Gwen, avoir entendu Edward parler un jour d'une série de figurines que votre père avait commandées à l'atelier de création de la verrerie. Il avait appelé cette série de figurines le Groupe de La Nouvelle-Orléans.

Gwen n'aurait jamais cru que ses cheveux puissent littéralement se dresser sur sa nuque. Elle eut la preuve du contraire.

— Ah..., murmura-t-elle.

— Bradford est mort avant d'avoir dit ce qu'il comptait faire de ces pièces, reprit Jeff. Quant à Cassandra, elle n'a pas...

— Ma mère ne voulait rien avoir à faire avec elles ni en entendre parler, compléta Gwen.

— Elles ont donc été rangées, dit Jeff en acquiesçant d'un signe de tête. J'ai pris contact ces jours-ci avec Edward pour lui demander s'il pouvait me les montrer. Voulez-vous les voir ?

— Oui, murmura Gwen.

— Elles sont dans les réserves. Venez.

Elle le suivit par une porte marquée « Entrée interdite » et il la présenta à Edward Lawrence, qui les précéda dans un escalier menant à l'étage des réserves. Les figurines étaient exposées sur une table placée au-dessous d'un dôme de manière à ce qu'un rayon de soleil tombe directement sur la collection.

— Les voilà, madame Girard, dit le conservateur. Je les ai disposées comme elles l'auraient été dans une vitrine du musée. Jeffrey les a déjà vues, dit-il en s'écartant pour laisser Gwen s'approcher.

Une exclamation de plaisir lui échappa. Elle avait sous les yeux une ravissante scène de forêt en miniature. Les arbres étaient de vraies branches coupées et taillées pour respecter l'échelle, mais tous les personnages étaient en verre. Sous le regard attentif d'une grenouille, deux ragondins fouillaient la rive d'un étang en quête de nourriture pendant que des écureuils, aux moustaches en fil de verre, grignotaient des glands et des noisettes. Un lapin regardait un arbre en haut duquel étaient perchés des oiseaux au plumage figuré dans le moindre détail. Le soleil tombant du plafond faisait briller les petites créatures de reflets multicolores, changeant au gré des mouvements du spectateur.

— Mon Dieu, que c'est beau ! dit Gwen.

— Oui, approuva Edward. Je suis au musée depuis plus de trente ans et je crois que cette collection constitue un de nos plus beaux chefs-d'œuvre. J'ai toujours souhaité…

Mais il s'interrompit. Gwen était la fille de Cassandra.

— J'aimerais moi aussi que ces pièces soient exposées, enchaîna-t-elle. Merci d'avoir bien voulu me les montrer. Et merci à vous de me permettre de les voir, ajouta-t-elle à l'adresse de Jeff.

— Il n'y a pas de quoi, répondit-il à mi-voix.

Il ne dit rien de plus jusqu'à ce qu'ils aient quitté la

réserve et soient revenus au musée, dont les collections scintillaient au soleil.

— Je voulais simplement vous prouver qu'il n'était pas aussi mauvais homme qu'on le croit, déclara-t-il.

— Bradford, n'est-ce pas ? précisa-t-elle.

— Quand Jewel m'a dit que vous étiez sa fille et m'a raconté ce qu'elle savait de votre mère biologique, j'ai imaginé ce que vous aviez pu penser de lui en apprenant la vérité.

— Très franchement, je n'ai jamais beaucoup pensé à lui. Pour des raisons évidentes, ma mère n'aimait pas en parler. Mais j'ai toujours fait l'effort d'estimer ces deux personnes.

— Bien sûr, comme tous les enfants.

Il posait sur elle un regard pénétrant. À l'autre bout du musée, un groupe d'écoliers était rassemblé autour de son institutrice.

— Ne touche pas ce vase, Josh ! criait-elle avec inquiétude à un garçon. Lucy, ne t'appuie pas sur la vitrine !

— Je ne sais pas comment vous remercier, déclara Gwen.

Jeff restait immobile, pensif, comme s'il débattait d'une question avec lui-même. En le voyant ainsi, Gwen se rappela en un éclair les paroles de sa mère : « La manière dont il te regardait m'a déplu. » Elle eut l'intuition que Jeff était sur le point de dire ou de faire quelque chose qui risquait de mettre fin à leur précieuse amitié et elle ne voulut pas que cela se produise.

— Il faut que je rentre, je n'ai pas encore fait les courses du dîner. Pour Stan, ajouta-t-elle.

Jeff sortit de sa transe.

— Et moi, j'ai une montagne de papiers qui m'attend au bureau.

Ils se séparèrent sur le seuil du musée. Jeff ne lui proposa pas de la raccompagner en voiture, Gwen prit l'autobus.

Imbécile ! se reprocha Jeff pendant que la Lamborghini se traînait laborieusement dans les embouteillages de midi. Il avait pris sa voiture pour aller au musée au lieu de se faire conduire en limousine par son chauffeur avec l'idée de raccompagner Gwen. Et si, pendant le trajet, il avait réussi à pousser leur... disons, flirt un peu plus loin, pourquoi pas ? Il avait observé son expression en regardant la collection d'animaux commandée par son père, il s'était souvenu de ce qu'elle lui avait dit de la colline derrière la maison où elle aimait s'asseoir en regardant les lapins et les écureuils. Il savait qu'elle lui en était reconnaissante et que le moment serait propice. Pourtant, au musée, il en avait été incapable. Même si Gwen était femme à avoir connu le plaisir et la douleur, il sentait qu'elle ne savait pas encore vraiment ce qu'elle voulait et il n'avait pas envie de profiter de cet état d'esprit. *Tu vas trop loin*, se dit-il. *Une liaison est bien la dernière chose dont tu as besoin.* Ou alors, peut-être était-ce justement ce dont il avait besoin... ? Non, pas encore. Pas tant que la situation restait aussi confuse à JeffSon.

Il embraya, se glissa dans le flot de la circulation. Son affaire avait des problèmes, il se résignait enfin à l'admettre. Même s'il ne s'agissait que d'une question de cash-flow que ses nouveaux comptables étaient déjà en train de régler, ce n'était pas le moment de secouer la barque avec Jewel – encore moins avec le mari de Gwen. Stan Girard était infiniment plus coriace et moins naïf que Jeff ne l'avait imaginé. En témoignait la manière dont il avait refusé de prendre un paquet d'actions de JeffSon en paiement de son terrain et de sa bâtisse en insistant pour un règlement au comptant. Il n'avait pas reculé d'un pouce de sa position, au point d'être carrément insultant ! S'il n'avait pas été le mari de Gwen, Jeff aurait immédiatement mis fin à la transaction, rien que pour lui donner une leçon. Mais ce fichu Stan était le mari de Gwen, et celle-ci l'aimait encore. Un peu de persuasion la ferait changer d'avis, Jeff en était certain, mais pas aussi vite qu'il l'espérait. Stan se révélait un rival digne de lui. *Alors, Jeff, occupe-toi d'abord de tes affaires. Après, tu auras ta chance avec Gwen. Une fois le problème réglé, ce sera elle ta récompense.*

Gwen ne parla pas à Stan de sa visite au musée ni de la surprise que lui avait réservée Jeff. Dans une quinzaine de jours, après avoir toujours été son propre patron, Stan allait travailler pour Jeff, et elle ne voulait pas que les rapports entre les deux hommes partent du mauvais pied. Il n'y avait rien de répréhensible dans ce que Jeff avait fait, bien sûr, mais cette « surprise » pourrait paraître bizarre à Stan. Et le moment aurait été mal choisi.

La nuit, pourtant, pendant qu'elle cherchait le sommeil en écoutant la respiration de Stan endormi, elle repensait à la forêt enchantée qu'avait voulu réaliser Bradford Greeley, dont elle portait les gènes, et elle s'interrogeait : *Lequel de mes parents aimait comme moi les bois et les animaux ? Était-ce mon père ? A-t-il fait faire ces figurines pour lui-même ?*

Ou était-ce ma mère ? Était-ce elle qui s'asseyait sur une pierre pour observer ces bêtes en se demandant comme moi ce qu'elles avaient en tête ? Selon le peu que je sais de Bradford Greeley, ce ne devait pas être lui le canard boiteux. Alors, a-t-il commandé ces petits personnages pour elle, parce qu'il l'aimait ? Avait-elle autant d'importance pour lui ? Je ne le saurai jamais, mais je veux croire qu'il a fait cela pour elle. Je veux croire qu'ils s'aimaient à ce point.

À côté d'elle, Stan murmura sans ouvrir les yeux :

— Ce à quoi tu penses peut attendre demain, ma chérie.

Même aux trois quarts endormi, Stan se rendait toujours compte quand sa femme ne dormait pas. Gwen se rapprocha de sa chaleur. *Je veux croire que ma mère avait ce que j'ai. Je veux croire que mon père l'aimait autant que Stan m'aime.*

Le lendemain matin, Gwen alla dans la chambre grège et ouvrit l'ordinateur portable que Stan lui avait offert. Sans savoir si cela lui serait réellement utile, elle posa à côté un bloc-notes et un crayon pour noter les idées au fur et à mesure qu'elles lui viendraient. Dans la cuisine, elle entendait Stan qui faisait du café et se préparait à partir, mais elle ne le rejoignit pas.

Finalement, quand tout fut disposé comme elle le voulait, elle s'assit devant l'ordinateur, ferma les yeux et se transporta par la pensée jusqu'à sa clairière dans la forêt. Et puis, au bout d'un moment, elle rouvrit les yeux et commença à taper : « Abby l'écureuil était le canard boiteux du peuple de la forêt… »

Alors même que les mots apparaissaient à l'écran, elle entendit une voix derrière elle :

— Tu t'y mets enfin. Et tu l'appelles Abby !

Elle se retourna. Stan lisait par-dessus son épaule.

Alors Stan, son mari avare de mots, l'homme qui n'extériorisait jamais ses émotions, se pencha pour l'embrasser et lui sourit avec des larmes dans les yeux.

COLLISION

Ô mon beau sire, prends garde à la jalousie, ce monstre aux yeux verts qui se rit de la chair dont il se nourrit.

William SHAKESPEARE

30

Par moments, Stan avait peine à croire qu'il appartenait depuis deux ans déjà à la « grande famille JeffSon » – un des clichés les plus horripilants de Jeff Henry, à son avis – parce que les jours et les mois s'étaient en général écoulés avec une étonnante rapidité. Certains jours comme celui-ci, en revanche, il avait l'impression d'avoir passé là sa vie entière et les murs de son bureau se refermaient sur lui comme un piège. Ce sentiment survenait en général quand il restait trop longtemps assis derrière son bureau ou quand il devait assister à des réunions. Il en était arrivé à se dire que les trois quarts de ses fonctions consistaient à sacrifier à cette « réunionnite », d'autant que l'objet de ces réunions était toujours le même : comment présenter JeffSon d'une manière toujours plus attrayante pour les actionnaires potentiels.

Stan préférait infiniment aller sur le terrain résoudre les problèmes techniques. Au début, quand il était encore question de moderniser les installations existantes et d'en acheter de nouvelles, ces activités occupaient le plus clair de son temps. Et puis, d'un seul coup, ces projets avaient été suspendus.

Pendant quelques jours, Stan avait entendu courir une rumeur sur des soucis de cash-flow, mais la rumeur s'était vite évaporée et les bénéfices de JeffSon avaient repris leur croissance exponentielle. Maintenant, les actions JeffSon atteignaient des cours sans précédent au New York Stock Exchange, et Jeff Henry courait le pays recevoir des diplômes d'Entrepreneur de l'année et faire des speechs sur les opportunités illimitées de l'affaire qu'il avait créée de toutes pièces. Aussi, quand une petite voix s'obstinait à résonner dans la tête de Stan pour lui dire qu'il passait de plus en plus de temps à pondre de la paperasse – et à somnoler dans les sempiternelles réunions – au lieu de produire quelque chose de concret, cette voix se trompait forcément. Il ignorait à l'évidence comment diriger et faire croître une grande entreprise – ou peut-être n'aimait-il simplement pas les grandes entreprises. De toute façon, il ne pouvait rien y faire pour le moment puisqu'il travaillait dans l'une des plus grandes.

Stan se leva et fit les cent pas dans son bureau pour refaire circuler le sang dans ses jambes ankylosées. Il s'arrêta devant une étagère vide, à l'exception d'un mince petit livre à la couverture ornée du portrait d'un écureuil. C'était un exemplaire du premier tirage hors commerce du livre pour enfants écrit par Gwen. Intitulé *Abby*, nom de l'écureuil héros de l'histoire, l'ouvrage allait sortir en librairie à la fin du mois. L'éditeur avait programmé plusieurs séances de signature dans les villes de la région et Gwen devait ensuite faire une tournée de promotion dans tout le pays. Stan n'en revenait pas ! Qu'elle ait déjà signé les contrats pour la publication de trois livres de plus sur Abby et ses petits amis de la forêt l'émerveillait.

— Je vais remplir mes étagères de livres écrits par Gwen Girard ! s'était-il exclamé quand ils avaient reçu le premier exemplaire. Un jour, j'aurai même un mur entier tapissé de tes œuvres !

Il était très fier d'elle – et aussi un peu de lui, qui avait contribué à son succès en la poussant à écrire.

Le livre en main, il retourna s'asseoir à son bureau en se remémorant l'enchaînement des événements. Gwen avait achevé son livre quelques mois après que Stan eut commencé à travailler à JeffSon. Il avait déjà vendu son affaire et son local à l'entreprise, et avait conscience de la colère de Cassie contre Gwen et lui puisqu'ils n'avaient pas écouté ses conseils. Gwen aussi était en colère contre sa mère. « Nous sommes adultes, bon sang ! Elle devrait apprendre à nous respecter un peu plus ! » *On peut toujours rêver*, avait pensé Stan. Depuis lors, il faisait de son mieux pour rester au large de sa redoutable et irascible belle-mère.

Sur ces entrefaites, il avait lu le manuscrit de Gwen, dont la qualité l'avait aussitôt frappé. Pas seulement pour l'histoire de la petite femelle écureuil, timide, différente des autres et apprenant à s'accepter telle qu'elle était, qui l'avait fasciné, mais aussi pour la manière dont Gwen avait réussi à se glisser dans la tête des personnages qu'elle avait elle-même créés. Ses petites créatures ne pensaient pas comme des êtres humains, bien que Stan ait reconnu chez eux des pensées et des sentiments humains. Il ne pouvait pas dire comment elle y était aussi habilement parvenue, mais en lisant le livre il voyait les écureuils, les lapins et les oiseaux aussi clairement que s'ils étaient réels. Gwen avait surtout dépeint la nature avec tant d'amour et de sincérité que les arbres et le ciel incarnaient de véritables personnages de l'histoire. Stan comprenait enfin la profondeur du chagrin de sa femme quand elle en avait été privée pour venir vivre en ville.

— Que comptes-tu en faire maintenant ? lui avait-il demandé quand il eut terminé la lecture des pages sorties de l'imprimante.

— Je n'y ai pas encore pensé. Je suis juste contente d'avoir fini.

— Il faut le faire éditer.

— Voyons, Stan, on n'écrit pas un livre en s'attendant à ce qu'il soit tout de suite édité ! Il faut des années pour y arriver.

— Mais celui-ci est bon. Très bon.

— C'est ce que tu penses, mais tu ne peux pas faire autrement puisque tu m'aimes.

Tous les samedis, Stan alla donc à la bibliothèque municipale, où il lut des dizaines de livres pour enfants.

— Je peux te dire maintenant en connaissance de cause que le tien est le meilleur. Je suis même devenu expert sur le sujet.

— Je ne saurai jamais comment m'y prendre pour le faire éditer !

Mais ce n'était pas, bien sûr, la seule raison de ses hésitations. Elle avait mis tant d'elle-même dans l'histoire, surtout dans le personnage principal, qu'elle avait peur de la publier. Elle craignait que les lecteurs n'aiment pas Abby, son alter ego. Elle s'en trouverait affectée – un sentiment confus propre à beaucoup d'auteurs. Stan le comprit, mais il ne jeta pas l'éponge pour autant. Ayant trouvé sur Internet une liste d'éditeurs spécialisés dans les livres pour la jeunesse, il leur envoya à chacun une copie du manuscrit – et vit avec découragement affluer les lettres de refus.

— Tu vois ? Je te le disais bien que cela ne valait rien ! lui reprocha Gwen avec dépit.

Pourtant, le livre était bon, Stan en était sûr. D'ailleurs, dans les lettres de refus, aucun des éditeurs ne disait que le livre n'était pas bon, simplement qu'il « n'entrait pas dans le cadre de leurs publications habituelles ». Il connaissait cette forme polie de rejet, mais surtout il croyait à la justesse de son instinct et n'abandonna pas. Il décida donc d'en parler à une personne plus au fait que lui de ce genre de choses et se tourna vers le beau-père de Gwen.

Walter lut le livre et y détecta aussitôt les mêmes qualités que Stan y avait vues.

— C'est à Cassie qu'il faut en parler, lui conseilla-t-il. Elle siège dans un nombre impressionnant de comités, souvent basés à New York, et connaît par conséquent beaucoup de grands éditeurs.

— En ce moment, je ne suis pas très bien vu de ma chère belle-mère, répondit Stan tristement.

— C'est le moins qu'on puisse dire, approuva Walter. Elle a horreur qu'on ne suive pas les avis qu'elle donne.

— Et moi, je n'aime pas qu'on me dicte ce que je dois faire.

— Je sais, vous avez la tête aussi dure l'un que l'autre. Mais vous avez aussi en commun avec Cassie l'estime du travail bien fait, et ce livre est réellement très bon. Et puis, bien sûr, vous aimez Gwen tous les deux.

— Je ne suis pas sûr malgré tout d'être celui qu'il faut pour approcher Mme Wright.

— Vous devez savoir une chose à son sujet : Cassie respecte toute personne ayant le culot de lui tenir tête.

C'est ainsi que, armé d'une copie du manuscrit de Gwen, Stan se rendit à la grande maison pour affronter sa redoutable belle-mère. Quand il arriva, celle-ci jardinait. Elle n'interrompit pas son travail lorsque Stan arrêta sa voiture, mit pied à terre et se dirigea vers elle. Elle leva quand même les yeux.

— Gwen est avec vous ?

Elle portait un grand chapeau de paille qui dissimulait son expression, mais son ton n'était pas hostile.

— Non, je suis venu seul. J'ai besoin de votre aide.

Cassie se retourna vers ses roses.

— C'est un peu tard, à mon avis. D'après ce que j'ai entendu dire, vous avez déjà vendu votre affaire. Si vous vous rendez compte seulement maintenant que vous avez commis une sottise, je ne vois vraiment pas ce que je pourrais faire et…

— Il ne s'agit pas de moi mais de Gwen, l'interrompit Stan, qui se dominait à grand-peine. Non, elle n'est pas malade, tout va bien, se hâta-t-il d'enchaîner en la voyant se redresser brusquement. Elle a fait quelque chose que… Bref, elle a écrit un livre.

— Un livre ? Gwen ?

— Il a pour titre *Abby*. C'est un conte pour enfants, c'est vraiment une très belle histoire, du moins je le pense…

Il s'interrompit, tenta de distinguer l'expression de

cette femme qui le considérait comme l'idiot du village.

— Voyons les choses sous un autre angle, reprit-il. Vous croyez que je ne peux rien faire de mieux pour elle que la ruiner et la rabaisser à mon niveau. Eh bien, si ce livre est aussi bon que je le crois, elle aura toujours sa fortune personnelle mais, en plus, ses droits d'auteur et une carrière, de sorte qu'elle ne dépendra plus de moi. Cela ne vous plairait pas ? Cela ne vaudrait-il pas la peine que vous arrêtiez de tailler ces rosiers et que vous preniez le temps de lire le manuscrit ?

Cassie finit quand même de tailler le rosier qu'elle avait commencé, enleva ses gants de jardinage et tendit la main pour s'emparer du manuscrit. Elle le lut d'une traite pendant que Stan restait debout devant elle. Quand elle releva les yeux, il vit sur son visage une étrange expression, qui ne dura pas plus d'une seconde, où se mêlaient tristesse, tendresse et fierté.

— Je le garde, si vous le voulez bien, dit-elle. Je passerai quelques coups de téléphone.

— Merci.

Stan se détournait pour s'éloigner quand elle le rappela :

— Stanley ! Nous pouvons tous commettre des erreurs. S'il se passait quoi que ce soit, si Gwen et vous aviez un jour des ennuis... n'hésitez pas à me le faire savoir.

Stan hocha la tête et se retira. Six semaines plus tard, Cassie l'appela pour lui annoncer que Gwen avait un éditeur.

Stan reprit le petit livre et regarda la photo au dos

de la couverture. Gwen était prise de face, mais son regard pensif se posait très au-delà de l'appareil. Le photographe de l'éditeur avait essayé de la faire regarder droit dans l'objectif, mais elle n'avait pas pu s'y résoudre. Elle avait aussi refusé les services de la maquilleuse et du coiffeur engagés par l'attachée de presse pour la préparer à ce qu'elle appelait pompeusement la « photo de quatrième ». En fait, cette dame avait été très mécontente de Gwen ce jour-là, mais Stan estimait que sa femme avait eu raison de ne pas se laisser faire. Avec un visage tartiné de fard et les cheveux lissés dans un style à la mode, elle n'aurait pas été elle-même. L'intelligence qui étincelait dans ses yeux marron et son expression rêveuse rendaient parfaitement sa véritable personnalité. C'était bien la Gwen qu'il connaissait et qu'il aimait, celle qu'il jugeait de plus en plus en plus belle avec le temps. Non qu'elle puisse jamais égaler une reine de beauté comme Jewel Henry, par exemple, mais si Stan avait eu à choisir entre elles il n'aurait pas hésité une fraction de seconde. Cette dernière pensée lui fit froncer les sourcils, parce qu'il se demandait si le mari de Jewel ne partageait pas le même point de vue.

D'autres souvenirs lui revinrent alors, moins plaisants que les précédents. Sans être jaloux de nature, il n'était pas non plus paranoïaque et ses soupçons au sujet de Jeff Henry n'étaient pas tout à fait imaginaires. Tout avait commencé à l'occasion de la première « réunion intime » de la « grande famille » JeffSon. En recevant l'invitation – par une note de service interne –, le premier réflexe de Stan avait été de refuser. « N'y pensez surtout pas, l'avait mis en garde un de ses collègues. Quatre fois par an, nous sommes invités chez M. Henry pour dîner avec le

Grand Homme et sa femme. Ce n'est pas facultatif, on est obligés d'y aller. »

C'est donc bien pomponnés que Stan et Gwen étaient arrivés le jour dit à la maison des Henry, beaucoup trop prétentieuse au goût de Stan. Une femme de chambre leur avait ouvert la porte et Jewel, plus éblouissante que jamais, les avait accueillis en leur disant de « sympathiser » – expression qui horripilait Stan – avant de les laisser se débrouiller par leurs propres moyens. Stan se trouva bientôt coincé dans une conversation de travail pendant que Gwen se fondait dans la foule. Quand il parvint à se libérer, il la retrouva au grand salon dans un groupe entourant Jeff Henry, et écoutant ses propos avec un intérêt réel ou supposé. Le patron se livrait à un magistral exposé historique qui paraissait impressionner Gwen.

« Les sources des guerres mondiales, professait-il, viennent de ce que les Allemands se sentaient humiliés du prestige acquis par la France et l'Angleterre du fait de leurs empires coloniaux. Le point de rupture se produisit d'abord en 1914, mais en 1939 la situation était devenue encore plus explosive. Il est intéressant de constater que, jusqu'à la Première Guerre, les monarques d'Europe étaient tous cousins, n'est-ce pas ? Le roi d'Angleterre et le kaiser étaient deux des petits-fils de la reine Victoria », avait-il précisé en adressant un sourire à Gwen. Ce n'était qu'un bref sourire, mais il avait suffi à tirer une sonnette d'alarme dans l'esprit de Stan.

Au dîner, servi par petites tables à la salle à manger, Gwen était placée à la table de Jeff et la sonnette d'alarme retentit encore plus fort aux oreilles de Stan. Non que Jeff ait flirté avec Gwen, il ne faisait rien qui dépasse d'un cheveu les bornes de la simple courtoisie, mais il était évident qu'il l'admirait. Et Gwen, qui s'était si longtemps jugée laide et sans attrait, en était visiblement flattée. Mais était-ce bien tout ? Elle qui fuyait les mondanités et les grandes réunions paraissait prendre plaisir à celle-ci, Stan s'en rendait compte. Mais ce qui lui échappait, c'était l'espèce de tension électrique qui se crée entre un homme et une femme attirés l'un vers l'autre. Or, il ne la discernait pas de la part de Gwen. Elle riait aux bons mots qui s'échangeaient autour de la table avec une insouciance que n'aurait pas eue une femme en proie à la passion amoureuse pour un autre homme que son mari. Une femme telle que Jewel Henry aurait pu feindre cette insouciance, pas Gwen. *Elle est trop innocente, ma Gwen*, se dit Stan. *Très intelligente, mais encore plus innocente.*

C'est ainsi que, ce soir-là, il se dissuada sans trop de mal de lancer un coup de poing dans le nez de Jeff Henry. Mais, au cours des deux années suivantes, il resta sur ses gardes quand Gwen et lui se trouvaient en compagnie de son patron, et il acquit de plus en plus la conviction que si Gwen était innocente, Jeff, lui, éprouvait pour elle des sentiments qu'il n'avait pas le droit d'avoir. Stan ne pouvait pourtant rien faire. Se colleter avec un homme qui n'avait fait aucun geste déplacé ni dit un mot de trop aurait été absurde et, surtout, injurieux pour Gwen.

Stan alla remettre le livre sur l'étagère. S'il avait appris à étouffer ses soupçons sur Jeff Henry, surtout parce qu'il se fiait entièrement à l'honnêteté de sa femme, il ne les avait jamais complètement digérés et travaillait à JeffSon avec un enthousiasme qui déclinait chaque jour davantage. Il ne s'était pas enrôlé dans l'équipe de base-ball de l'entreprise, par exemple, ne se rendait jamais le matin aux « réunions de motivation » et était sans doute le seul de la maison à n'avoir pas profité de ses stock-options. Le produit de la vente de son affaire était à l'abri dans une SICAV monétaire. Il n'y avait jamais touché parce que, en dépit de tout, il ne pouvait pas oublier les mises en garde de Cassie. Depuis deux ans, il s'attendait à voir JeffSon subir des revers catastrophiques ou, au mieux, à en être congédié. Gwen et lui auraient donc besoin de cet argent afin de se remettre sur pied.

Pourtant, depuis une quinzaine de jours, il se disait que sa hantise perpétuelle d'une catastrophe était absurde. Pour la deuxième fois en deux ans, JeffSon venait d'être classée par le magazine *Fortune* dans les dix entreprises de pointe. Autour de lui, ses collègues ayant investi dans les actions de la société encaissaient des dividendes gigantesques pendant que ses propres économies ne lui rapportaient presque rien. Il était temps d'admettre qu'il était membre à part entière de la « grande famille JeffSon » – si ridicule que l'expression lui paraisse – et qu'il y resterait. Il était temps de sortir son argent du trou où il s'étiolait et d'acheter des actions JeffSon. Il était temps surtout d'acquérir une maison. Il avait d'ailleurs dit à Gwen de commencer à chercher et elle en avait trouvé une qui lui plaisait. De fait, elle devait le rejoindre à l'heure du déjeuner pour lui montrer la documentation de l'agence immobilière.

Il regarda sa montre : il lui restait deux heures avant de descendre retrouver sa femme dans le hall de l'immeuble. Il y avait sur son bureau la dernière lettre mensuelle que JeffSon adressait à ses actionnaires et aux investisseurs potentiels pour les tenir informés de la marche de la société. D'habitude, Stan s'en épargnait la lecture car il considérait ces lettres comme de vulgaires tracts publicitaires. Cette fois, pourtant, il n'était pas d'humeur à se plonger dans la paperasse qui encombrait son bureau. De plus, s'il envisageait d'acheter à son tour des actions JeffSon, il fallait bien qu'il se renseigne mieux sur les finances de la société.

Vingt minutes plus tard, profondément troublé, il reposa la lettre et alluma son ordinateur. Il avait relevé certains chiffres qu'il voulait vérifier.

31

Pendant que le petit jet virait pour préparer son approche de l'aéroport, Jeff regardait par le hublot la ville qu'il survolait. Il avait toujours considéré Wrightstown comme son porte-bonheur, le lieu où lui étaient venus ses coups de chance et sa réussite. Pourquoi, alors, pourquoi tout allait maintenant aussi mal ? Il se détourna du hublot, regarda le luxueux intérieur de son avion. Celui-ci était son troisième, mais il n'avait rien oublié du premier. Il en mourait d'envie, non, il en bavait de convoitise... mais sans parvenir à se dégager de son éducation puritaine pour passer à l'acte. C'est Jewel qui lui avait fait sauter le pas et il y avait si bien pris goût qu'il se sentait désormais incapable d'emprunter des avions de ligne, même en première classe. Le jour viendrait où il ne pourrait pas faire mieux, mais le pire était encore à venir. Les yeux clos, il se demanda pour la énième fois comment il en était arrivé là. Comment JeffSon, son enfant, sa créature, avait cessé d'être une entreprise débordante de vitalité, aux possibilités de croissance quasi illimitées, pour devenir un abîme où son sang se répandait en encre rouge sur tous les livres de comptes ? Qu'est-ce qui avait déclenché cette débâcle ? Les concessions des eaux de Buenos Aires ? La crise de l'énergie en Californie ? Ses *start-up* d'Internet, qui avaient englouti des millions sans jamais réaliser un sou de profit ? Quelle que soit la racine du mal, peu importait maintenant. JeffSon avait des dizaines de millions de dollars de dettes. Les experts-comptables de New York avaient fait ce qu'ils pouvaient pour colmater les brèches, mais, à moins d'un miracle, tout allait imploser tôt ou tard. Jeff avait pris des risques inconsidérés. Bien sûr, il continuait dans ses speechs et ses interviews à vanter les mérites de son entreprise moribonde, mais il liquidait discrètement ses propres actions par paquets. Mark Scott et d'autres dirigeants en faisaient autant. Et, par mesure de précaution, Jeff transférait au nom de Jewel le plus possible de ses avoirs.

Il frotta ses tempes douloureuses – sa migraine était permanente, ces derniers temps. Il avait longuement hésité avant de se décider à donner à Jewel le plus clair de sa fortune. Heureusement, elle était trop bête ou trop ignorante pour comprendre ce qu'il faisait, mais, par un scrupule illogique, il n'avait pas encore finalisé la cession de la maison. Non qu'il éprouvât un quelconque attachement pour cette horreur qu'il détestait depuis le début, mais le fait de se déposséder du toit qui l'abritait lui donnait le sentiment d'être trop vulnérable. Vulnérable, pourtant, il l'était. Impossible de l'être davantage. Aussi avait-il fait ce que font les gens menacés d'un péril imminent : il s'était hâté de mettre à l'abri du désastre tout ce qui pouvait encore être sauvé.

Il prit son téléphone, appela son avocat et le pria de préparer les documents officiels pour sa signature.

— Je vais me poser à Wrightstown. Venez à mon bureau dans une heure. Je veux que tout soit prêt.

Puisqu'il faut le faire, autant en finir vite... C'était une citation d'il ne savait plus qui. Sa migraine devenait insoutenable. Mettre la maison au nom de Jewel le lierait à elle pour beaucoup plus longtemps qu'il ne l'aurait souhaité. Or, depuis un bon moment, il voulait la quitter. Maintenant, il désirait Gwen autant qu'il avait désiré son premier avion et sa Lamborghini. Autant, à vrai dire, qu'il avait naguère désiré Jewel. Depuis, il rêvait d'être libre et de demander à Gwen de se libérer elle aussi. Mais ce n'était qu'un rêve qui datait d'un temps où Jeff pouvait encore faire des choix.

Il referma les yeux. Il n'avait jamais voulu que Gwen soit une simple maîtresse, mais il n'avait plus le choix. Il la lui fallait, même s'il ne pouvait pas se rendre libre pour se consacrer à elle. Elle était la seule lumière dans le noir de sa vie. Et avec tout ce qu'il subissait en ce moment, il avait droit à un peu d'espoir et de lumière.

Pendant l'atterrissage, son téléphone sonna. L'avocat avait besoin d'une copie du titre de propriété de la maison.

Jewel avait passé la matinée dans sa salle de gym. Une fois ses exercices achevés, elle alla prendre une douche et se changer. La suite des maîtres se trouvait dans l'autre aile de la maison et, tandis qu'elle parcourait les longs couloirs, seuls ses claquements de talons troublaient le silence. À part la présence des domestiques, la maison lui paraissait constamment déserte, ces temps-ci. Elle l'avait pourtant conçue pour que le son joyeux des bouchons de champagne et des rires salue la venue de visiteurs admiratifs. Silencieuse, elle devenait sépulcrale. Le soir, quand Jeff était absent – ce qui lui arrivait de plus en plus souvent, semblait-il –, Jewel restait au lit en n'écoutant que le silence et en pensant à la maison de son enfance. Elle lui paraissait maintenant moins laide qu'elle ne l'avait jugée et le tapage moins assourdissant qu'elle ne le pensait à l'époque. Au moins, elle était pleine de vie et on y entendait des rires – même ceux de papa. En se retournant sur son oreiller de plumes, elle sentit que la taie était humide et s'aperçut que ses joues ruisselaient de larmes.

À certains moments, elle mourait de solitude. Elle en arrivait même à un tel degré de désespoir qu'elle allait à *Présents(s) du Passé*, en principe pour y faire des achats, mais, en réalité, pour le simple plaisir de passer quelques instants dans l'arrière-boutique étouffante à bavarder avec Patsy Allen.

Jewel pressa le pas. Elle avait parfois l'impression qu'il fallait des heures pour aller d'un endroit de la maison à l'autre. Au début, elle adorait ce sentiment d'espace, mais elle avait changé – comme tant de choses depuis la construction de cette maison !

Jeff devait rentrer d'un voyage d'affaires ce matin-là. Il fut un temps où elle se serait précipitée à l'aéroport pour le rejoindre, et il aurait été si heureux de la revoir qu'il l'aurait couverte de caresses et de baisers. Au début, même, il lui était arrivé plus d'une fois de ne pas pouvoir maîtriser son désir et il avait fallu la séparation de verre teinté pour que le chauffeur ne profite pas du spectacle.

Mais Jeff s'était lassé d'elle depuis longtemps. Sans doute la croyait-il trop bête pour s'en rendre compte, alors qu'elle avait tout compris. Depuis des années, elle était au courant de ses aventures et avait toujours craint qu'il ne tombe amoureux de l'une d'elles. Aujourd'hui, elle avait réellement peur que ce soit le cas. Elle savait très bien comment Jeff se comportait quand il était amoureux – elle était mieux placée que quiconque pour le connaître – et en ce moment tous les indices concordaient. Et Jeff étant ce qu'il était, s'il était sincèrement épris d'une autre femme, il serait parfaitement capable de tout briser et de vouloir divorcer comme le héros de l'un des stupides opéras dont il était féru.

Enfin arrivée à la chambre, Jewel se dévêtit et courut sous la douche. Elle ne voulait pas divorcer, elle ! Elle lutterait par tous les moyens dont elle disposerait ! Mais pour être tout à fait franche avec elle-même, elle devait admettre que le fait d'être Mme Jeff Henry n'avait pas été aussi fabuleux qu'elle l'avait rêvé. L'argent de son mari ne lui avait pas acheté de place dans le cercle des douairières snobs qui régnaient sur les galas de bienfaisance au bénéfice des musées, des hôpitaux ou de l'orchestre symphonique. Oh, bien sûr, elles acceptaient ses dons, elles lui avaient même offert de siéger dans quelques comités, mais Jewel ne supportait pas leurs interminables parlotes sur les livres ou la politique. Et puis Cassandra Wright faisait partie de presque tous ces comités et ne cachait à personne son animosité envers Jewel. Celle-ci n'avait donc jamais franchi le seuil des résidences de ces femmes dont elle aurait voulu cultiver la compagnie ; elle n'avait jamais été conviée à leurs dîners intimes ni à leurs barbecues autour de la piscine, occasions que leurs familles et leurs amis mettaient à profit pour renforcer leurs liens.

Jewel et Jeff étaient membres du club le plus exclusif de la région, mais comme elle ne jouait ni au bridge ni au tennis et que Jeff ne se servait du *club-house* que pour des réceptions d'affaires, Jewel n'avait pas là non plus eu l'occasion de se faire des amies. Les femmes des cadres dirigeants de JeffSon étaient polies avec elle, bien entendu, mais elles gardaient leurs distances – Jewel comprenait très bien pourquoi : il était trop dangereux d'être l'amie de la femme du patron. Qu'arriverait-il si vous vous disputiez avec elle ?

Les femmes dont Jewel préférait la compagnie étaient en fait les employées subalternes de JeffSon – les secrétaires, les réceptionnistes, certaines ayant parfois déjà atteint la cinquantaine. Rosetta, la fidèle secrétaire de Jeff, ou Barbara, la téléphoniste de la réception, étaient le genre de filles avec lesquelles Jewel se sentait à l'aise. Elles auraient été ravies d'être invitées à déjeuner au bord de la piscine en savourant des margaritas et en se délectant de petits potins ; Jewel le savait, mais elle ne pouvait pas leur offrir ce plaisir. Mme Henry n'avait pas le droit de fraterniser avec des secrétaires ou des réceptionnistes.

Dans la cabine de douche – quatre mille dollars rien que pour le système de vapeur –, elle laissa l'eau chaude détendre ses muscles contractés par ses exercices. Elle aurait bien voulu que la chaleur apaise aussi ses douleurs plus profondes. Parce que cela fait très mal de savoir que votre mari ne vous désire plus – quand bien même vous n'avez jamais été amoureuse de lui. Et cela fait plus mal encore de savoir qu'il ne se soucie plus de vous au point de ne pas même essayer de faire semblant. Mais comme elle avait fait son lit – moelleux à souhait, il est vrai – elle voulait y rester couchée. Elle aimerait mieux être pendue que laisser quiconque l'en déloger.

Le téléphone sonna. Jewel se sécha sommairement et alla décrocher l'extension de la salle de bains. C'était Jeff.

— Il faut que tu m'apportes au début de l'après-midi le titre de propriété de la maison, dit-il sèchement. Va dans ma pièce, ouvre le dernier tiroir de gauche du bureau et...

— Pourquoi le veux-tu ? l'interrompit-elle.

Malgré la douche chaude, son corps était soudain devenu glacé. Quelle affaire tordue était-il en train de mijoter ? Était-ce le coup de grâce qu'elle redoutait depuis si longtemps ? La plaquait-il pour une autre ?

— J'en ai besoin, Jewel ! Va le chercher et...

— Mais pourquoi en as-tu besoin ? cria-t-elle d'une voix que la panique rendait suraiguë.

— Oh, bon sang, je mets la propriété de la maison à ton nom ! Je te l'expliquerai quand tu seras là. Maintenant, veux-tu m'écouter t'expliquer où tu trouveras ces papiers ?

Elle écouta et se sentit plus heureuse qu'elle ne l'avait été depuis des mois. Parce que si la maison était à son nom, leurs rapports n'étaient pas en aussi mauvais état qu'elle le croyait. Si Jeff la lui donnait, cela voulait dire qu'il allait y rester.

Gwen avait beau faire l'effort de se concentrer sur le cake aux myrtilles qu'elle était censée préparer, le cas était désespéré. Elle était incapable de mesurer les doses de farine, de levure ou de sucre alors qu'elle voulait danser de joie dans tout l'appartement. Dans trois jours, elle allait faire la première lecture publique de son livre. L'événement devait avoir lieu à la bibliothèque de Langham, une petite ville à trois quarts d'heure de route de Wrightstown. C'est son attachée de presse qui tenait à ce qu'elle se soumette à l'expérience avant la tournée de promotion nationale qui débutait à la fin du mois. Stan avait prévu de l'y conduire pour assister à la lecture et l'encourager en joignant ses applaudissements à ceux du public. Ils passeraient ensuite la nuit dans une charmante vieille auberge locale « pour ajouter une touche romantique à ton triomphe », lui avait-il dit. Il était aussi surexcité qu'elle. En fait, Stan et Cassie paraissaient concourir pour le titre de Membre de la famille le plus fier de Gwen. « Il a bon cœur et il t'aime sincèrement », avait dit Cassie à sa fille. Elle n'avait pas ajouté qu'il était intelligent et compétent, mais le compliment était déjà surprenant dans la bouche de Cassandra Wright.

Et puis, alors même que rien ne paraissait pouvoir aller mieux, Stan avait décidé d'acheter une maison. Gwen en était enchantée, bien sûr, mais elle voulait d'abord mettre les choses au point.

— Je n'aimerais rien de mieux que déménager d'ici, tu le sais, avait-elle dit à Stan. Mais il faut aussi que tu saches que j'ai changé. Je sais maintenant que je pourrai être heureuse n'importe où du moment que c'est avec la personne qu'il faut.

— Tu penses à quelqu'un en particulier ?

— Eh bien, il y a ce type… Il est plutôt têtu, il a toujours besoin d'une coupe de cheveux et il n'apprendra jamais à mettre ses chaussettes sales dans le panier à linge, mais j'ai un faible pour lui.

— Un faible ? Jusqu'à quel point ? avait-il murmuré.

— Je te le montrerai avec plaisir quand tu voudras, avait-elle répondu en indiquant la chambre d'un signe de tête.

Après cela, toute idée de déménagement avait sombré dans l'oubli. Pourtant, le lendemain matin, Stan lui avait dit de prendre contact avec des agences immobilières et de commencer à prospecter.

Gwen délaissa la recette du cake pour regarder la documentation sur la maison qu'elle avait vue et qu'elle voulait montrer à Stan. Chaque fois qu'elle voyait la photo, elle se sentait un peu plus contente d'elle. Elle n'avait pas jeté son dévolu sur une vieille ferme pittoresque au milieu de nulle part, comme Stan s'y attendait peut-être. Elle avait trouvé une maison dans une banlieue, respectable sans être à la mode, qui s'appelait Brookside. C'était assez éloigné du centre pour voir des arbres et des oiseaux, mais assez proche pour que Stan retrouve quand il le voudrait la fiévreuse ambiance urbaine qu'il appréciait. Brookside était l'endroit parfait. Parfait comme sa vie.

— Stan Girard. Je tiens absolument à parler à Mark Scott, c'est la deuxième fois que j'essaie de le joindre, dit Stan à la secrétaire.

— Je sais, monsieur Girard, mais, comme je vous l'ai déjà dit, M. Scott est au téléphone depuis tout à l'heure avec Tokyo et je ne peux pas le déranger.

— Bon. Quand il aura terminé, transmettez-lui un message de ma part. Je crois avoir découvert quelque chose qui risque d'être grave, une erreur dans la dernière lettre mensuelle d'information que JeffSon adresse aux actionnaires. Nous mentionnons des bénéfices dans les comptes de deux centrales électriques, c'est impossible. J'ai travaillé dans ces centrales, je suis certain de ce que j'avance. Je ne sais pas encore au juste d'où proviennent les chiffres erronés, j'essaie d'en trouver la source mais je ne suis encore arrivé à rien.

— Je transmettrai votre message à M. Scott. Il vous rappellera dès qu'il le pourra.

Apparemment, l'importante conversation de Mark Scott avec Tokyo pouvait être interrompue ou avait déjà pris fin car il rappela Stan dans les cinq minutes.

— Merci de me signaler ce problème, Stan, dit-il après que celui-ci le lui eut expliqué en détail. Je m'en occupe personnellement et je vous ferai savoir aussitôt ce que j'aurai trouvé de mon côté.

Il parlait d'un ton chaleureux, rassurant. Peut-être un peu *trop* rassurant, se souviendrait Stan plus tard.

32

Stan attendit deux jours les résultats de l'enquête de Mark Scott sur les chiffres erronés dans la lettre d'information. Rien ne vint, pas un mot. Pas même un e-mail. Quand il appelait son bureau, la secrétaire lui répondait invariablement que M. Scott était en réunion – détail d'autant plus curieux que Stan lui-même n'était plus convoqué à aucune. Elles avaient pourtant lieu tous les jours, comme d'habitude ; Stan entendait ses collègues courir dans le couloir vers la salle de réunions, mais personne ne lui demandait plus de se joindre à eux. Des secrétaires se bornaient à l'informer que les réunions dans lesquelles sa présence avait été programmée étaient annulées. Elles lui disaient qu'il serait naturellement prévenu de celles auxquelles il devait assister, mais l'information en restait là. Stan ne recevait plus non plus les liasses de notes de service et de documents quotidiennement livrées à son bureau. Cette dernière anomalie ne l'aurait pas gêné – les monceaux de paperasses et les bavardages oiseux autour d'une table ne le passionnaient pas plus que ça… – s'il ne s'était pas subitement retrouvé sans rien à faire.

Le quatrième jour, il fut convoqué dans le bureau

gris et chrome de Jeff Henry. Son patron avait l'air las. En colère, aussi. Il entra sans préambule dans le vif du sujet.

— Stan, Mark m'informe que vous fourrez votre nez dans certains secteurs de l'entreprise qui, pour être tout à fait franc, ne sont ni de votre domaine ni de votre compétence.

— J'ai juste relevé une erreur dans la lettre d'info...

— Enfoncez-vous bien ceci dans le crâne, Stan. Il n'y a pas de problème, d'accord ? Mark vérifie personnellement les informations publiées dans cette lettre et moi aussi. Grâce à vous, il a perdu des heures de son temps précieux pour reprendre toutes les données du début à la fin. Tout cela pour constater qu'il n'y avait aucune erreur.

— Mais, les chiffres...

— Stan, nous avons un des meilleurs cabinets d'expertise comptable du pays. Tous ses collaborateurs sont au top niveau, titulaires de doctorats de Yale et de Harvard et avec des années d'expérience dans les cinq cents plus grandes entreprises au palmarès de *Fortune*. Sans vouloir vous insulter, croyez-vous vraiment qu'avec votre diplôme de *high-school* et quelques cours du soir vous êtes capable de déceler une erreur qui leur aurait échappé ?

Stan n'avait pas la prétention d'y croire, en effet, mais il n'aimait pas du tout le mépris évident sous-entendu dans l'expression et les propos de Jeff Henry.

— Je sais ce que j'ai vu, répliqua-t-il. Je suis certain que les bénéfices que nous publions sont bidons et...

— Oh, le beau terme technique ! l'interrompit Jeff d'un ton où le sarcasme s'ajoutait au mépris. J'essaierai de m'en souvenir. Entre-temps, laissez-moi vous expliquer quelques notions de la vie financière. Une entreprise de la taille de JeffSon – à ne pas confondre, je vous prie, avec une petite boutique d'électricité où la vieille tante Millie va faire réparer sa lampe de chevet – dépend de l'image qu'elle projette. Nous avons travaillé dur, beaucoup trop dur, pour bâtir l'image de JeffSon ; nous n'allons pas la laisser souiller par un employé mécontent.

— Je n'ai jamais rien dit qui…

— Avec moi, mon vieux, vous avez eu droit à un traitement de faveur exceptionnel. Où avais-je la tête ce jour-là ? Je vous ai acheté votre boutique cash parce que vous ne vouliez pas d'actions JeffSon – brillante décision compte tenu de leurs valeurs respectives aujourd'hui ! Vous n'avez jamais eu l'esprit d'équipe, je fermais les yeux. Mais pour ce qui est de répandre des rumeurs malveillantes…

— Je n'ai fait que poser une question !

— Vous ne savez même pas de quoi vous parlez ! Et vous êtes trop têtu et trop arrogant pour admettre que vous avez tort !

Là-dessus, Stan présenta sa démission avec effet immédiat.

— Tu as démissionné ? s'écria Gwen. Pourquoi, Stan ? Tu ne crois pas que nous aurions dû en parler avant ?

Elle s'efforçait en vain de dissimuler sa déception. La veille, elle nageait dans la joie, et maintenant cette douche froide ! Stan avait son expression butée, qui voulait dire qu'il ne lui expliquerait rien. Il la mettait une fois de plus devant le fait accompli et attendait qu'elle lui dise qu'il avait raison.

— Je n'avais rien préparé. C'est arrivé comme cela.

— Ce genre de choses n'arrive pas « comme cela » ! C'est toi qui as démissionné.

— Je n'avais pas le choix.

— Que veux-tu dire ?

— J'y ai réfléchi, Gwen, et j'ai l'impression que Henry m'y a poussé.

— Allons donc !

— Je l'ai souvent vu en pleine action. Quand il veut qu'une négociation aboutisse, il déborde d'amabilité. Cette fois, il m'insultait délibérément, il me traitait comme une crotte sous sa semelle. Il savait très bien que je ne le supporterais pas.

Gwen ne pouvait pas y croire. Pas de la part de Jeff Henry.

— Ce que tu dis est absurde ! Pourquoi te pousserait-il à démissionner ?

— Parce que j'avais commencé à poser trop de questions et qu'il voulait se débarrasser de moi. Maintenant, si je veux dire à d'autres ce que je sais, je passerai simplement pour un employé rancunier.

Stan avait déjà parlé à Gwen de ses soupçons : il se passait, selon lui, des choses « scabreuses » à JeffSon. Non, elle ne pouvait pas y croire. Pas dans une entreprise géante couverte de louanges par tous les médias. Stan avait dû voir quelque chose qui lui échappait et il s'était monté la tête. *Je ne crois pas Stanley assez aguerri pour jouer à la même table de jeu que ces gens-là*, lui avait dit Cassie. Gwen avait été si fière que Stan lui prouve qu'elle se trompait ! Maintenant, il prouvait au contraire que Cassie avait raison. Et Jewel ? Elle allait sauter de joie en apprenant que le mari de Gwen ne faisait pas le poids à JeffSon !

— Tu ne crois pas que c'est un peu tiré par les cheveux ? Un peu comme ces histoires de conspiration à tout propos ?

— Je sais ce que j'ai vu de mes yeux, Gwen.

— Il y a sûrement une explication logique.

— Personne ne me l'a donnée. Les comptes sont trafiqués !

— Je ne parviens pas à croire qu'un homme comme Jeff Henry puisse s'abaisser à de pareilles pratiques !

— Crois-tu ton mari stupide au point de ne pas comprendre des calculs élémentaires ?

— Je n'ai jamais dit cela !

Mais elle le pensait, bien sûr. Enfin, presque.

— Tout ce que je voulais dire, reprit-elle, c'est que Jeff est un homme d'affaires remarquable qui n'a pas besoin de trafiquer les comptes de son entreprise ou de…

Ce fut au tour de Stan d'être furieux.

— Oh, oui ! Je sais ce que tu penses de Jeff Henry !

— Qu'est-ce que tu insinues ?

— Que tu as le béguin pour lui !

C'était un peu trop près de la vérité pour ne pas la piquer au vif.

— C'est méchant et injuste ! Que tu puisses me dire une chose pareille, ça me dépasse !

— Bon, admettons que tu n'aies pas le béguin pour lui. Mais lui, il l'a pour toi, cela crève les yeux. Et cela te fait plaisir !

— Quoi ?

— Oui. Tu sais ce qu'il pense de toi, Gwen, et tu en es contente ! Il est le mari de Jewel, dont tu as toujours été jalouse.

— Jeff Henry est un ami, d'accord. Je l'aime bien et, en plus, je lui suis reconnaissante.

— De quoi ? D'avoir donné un job à ton imbécile de mari ? Le genre de job que comprennent et respectent les gens comme toi ?

— Les gens comme moi ? Qu'est-ce que tu veux dire, au juste ?

Elle n'avait jamais été aussi furieuse, mais elle n'avait jamais non plus vu Stan aussi rouge de colère.

— Je parle des snobs comme ta mère et toi !

— Je ne suis pas une snob et je n'ai rien à voir avec ma mère !

— Sans blague ? Tu me donnes pourtant bien l'impression du contraire.

Elle aurait voulu le gifler.

— La première fois que tu as vu cet appartement, reprit-il avec dédain, j'ai cru que tu allais te trouver mal. Tu croyais que Jeff Henry et son job pour moi à JeffSon – on ne fait pas plus égocentrique, au fait ; appeler sa boîte de son nom ! – allaient te rendre le train de vie que tu estimais mériter. C'est pour cela que tu « l'aimes bien » et le traites en ami.

— Je le considère comme un ami parce qu'il m'a aidée, *moi* ! Ma vie entière ne tourne pas uniquement autour de *toi*, à propos d'égocentrisme !

En dominant sa colère, elle parla à Stan de la collection de figurines de verre sorties de l'oubli par Jeff pour lui en faire la surprise.

— C'est pour Jeff que je me suis décidée à écrire ! conclut-elle.

En voyant le visage de Stan, elle aurait voulu

ravaler ses mots. Parce que Stan, qui la connaissait si bien, comprenait mieux que personne ce que ces figurines représentaient pour elle. Il comprenait la valeur de ce que Jeff Henry avait fait pour elle. Son mari, si fier de ses débuts dans la carrière littéraire, était profondément blessé.

— Écoute, Stan, je ne voulais pas te…
— Si, dit-il à voix basse.
— Tu m'as traitée de snob, tu as dit que j'étais jalouse de Jewel, que j'étais comme ma mère, alors je me suis mise en colère… C'est grâce à toi que le livre est édité et…

Il ne la laissa pas terminer.

— Je crois qu'il est inutile que j'aille à Langham avec toi cet après-midi, dit-il sèchement avant de tourner les talons.

Elle voulut le rappeler, mais sa colère reprenait de plus belle. Elle n'avait jamais rien fait de plus important que cette lecture à la bibliothèque, elle comptait sur le soutien de Stan. Et voilà qu'il l'abandonnait à cause d'une dispute idiote au moment où elle avait le plus besoin de lui ! Elle se sentit soudain redevenir la petite fille pour qui commettre une erreur, une seule, signifiait que sa mère ne voudrait plus d'elle. Elle n'avait pourtant rien à se reprocher ! Ce n'est pas elle qui avait commencé la dispute, mais lui !

— Parfait ! lui cria-t-elle. Il vaut mieux en effet que tu ne viennes pas cet après-midi !

33

La migraine martelait le crâne de Jeff. Elle ne se calmait pas depuis la comédie qu'il avait dû jouer la veille à Stan Girard pour le forcer à démissionner. Si le mari de Gwen n'avait pas mordu à l'hameçon, il aurait été contraint de le congédier, ce qui aurait été du plus mauvais effet, plus tard, si Stan avait eu l'idée de témoigner devant un tribunal contre les dirigeants et le P-DG de JeffSon. Non qu'il y aurait jamais de procès. Il n'y aurait pas non plus d'enquête et personne ne témoignerait contre les dirigeants de JeffSon ou contre Jeff Henry. Rien de tout cela ne se produirait. Il restait une chance d'éviter l'effondrement de JeffSon, une chance que le salut vienne de quelque part – de Tokyo, de Londres ou de Dubaï. Et s'il n'y avait pas de bouée de sauvetage, eh bien, une fois la fumée du désastre dissipée, il serait trop tard pour que quiconque puisse reconstituer ce qui s'était réellement passé. Du moins tant qu'il resterait à Jeff, à Mark Scott et aux comptables le temps de remettre un peu d'ordre. C'est tout ce dont ils avaient besoin en ce moment, de temps.

Jeff ferma les yeux. Ils étaient prudents, ils jouaient le jeu comme il fallait, mais, bien sûr, un papier de trop pouvait encore traîner quelque part. Si quelqu'un posait des questions gênantes, comme Stan Girard venait de le faire... Mais Stan Girard s'était mis hors jeu en quittant l'entreprise. Les erreurs qu'il avait repérées dans les chiffres avaient été promptement corrigées. Et s'il s'avisait de dire quoi que ce soit, il avait de toute façon perdu toute crédibilité. Jeff se souvenait pourtant de ce qu'il avait pensé quand il l'avait embauché : le mari de Gwen était infiniment plus coriace et moins naïf qu'il n'en avait l'air. Et, par une cruelle ironie du sort, Jeff ne l'aurait jamais embauché s'il n'avait pas voulu rendre service à Gwen...

Il rouvrit les yeux, regarda son bureau. Du temps où il était fier de son travail et de son entreprise, la surface brillante était toujours vide avant qu'il ne rentre chez lui le soir. Quelle que soit l'heure, il ne laissait jamais rien en plan. Maintenant, une petite montagne de papiers et de dossiers encombrait le meuble, et la seule idée de devoir les regarder l'épuisait. Il se leva – la migraine lui paraissait un peu moins féroce –, prit une poignée de papiers et, sans même les lire, les enfourna dans la machine à lacérer. Cette méthode avait au moins le mérite d'éviter de laisser traîner les documents compromettants.

Aujourd'hui, d'ailleurs, il ferait l'école buissonnière. Il avait appelé l'éditeur de Gwen et appris qu'elle allait donner sa première lecture publique à la bibliothèque de Langham. Il y serait aussi. Il n'avait plus rien à espérer dans la vie que se rapprocher de Gwen. Il lui ferait comprendre qu'elle était désormais sa seule raison de vivre.

Sa migraine avait disparu. Il avait appelé Jewel dans la journée pour lui dire qu'il ne rentrerait pas ce soir ; il devait s'absenter. Comme prévu, elle ne s'était pas donné la peine de lui demander où il allait ni pourquoi, et il avait raccroché avec un soupir de soulagement. C'est une bénédiction, en un sens, d'avoir une femme qui ne se soucie pas assez de vous pour s'intéresser à ce que vous faites.

Jewel finit de préparer un sac de voyage avec ses affaires de nuit. Elle avait téléphoné à la secrétaire de Jeff et appris que son mystérieux voyage d'affaires imprévu ne l'emmenait qu'à Langham. Elle avait donc décidé d'y aller elle aussi, d'arriver à son hôtel – c'était simple, il n'y en avait qu'un, une vieille auberge romantique – pour lui faire une surprise. Une semaine plus tôt, l'idée ne lui serait même pas venue à l'esprit. Depuis des années, Jeff ne l'emmenait plus dans ses voyages d'affaires pour le plaisir de l'exhiber – depuis qu'il ne cherchait plus à avoir avec elle un intermède érotique entre deux réunions de travail.

Mais, trois jours auparavant, il avait transféré la maison à son nom. Il avait dit aussi qu'il lui avait déjà cédé la quasi-totalité de ses biens. Elle n'était pas idiote au point de croire que s'il lui en faisait cadeau, il devait y avoir là-dessous quelque raison en rapport avec ses affaires. Malgré tout, Jeff ne l'aurait pas fait s'il n'avait pas confiance en elle et, surtout, il ne l'aurait pas fait s'il avait l'intention de divorcer comme elle le craignait. Alors, pourquoi ne pas aller à Langham armée de son plus affriolant négligé et de son nouveau parfum ? *Notre mariage n'est peut-être pas mort, après tout*, pensait-elle en descendant mettre le sac dans le coffre de sa voiture.

Stan avait espéré jusqu'à la dernière minute que Gwen le prierait de l'accompagner quand même à Langham. Il était fier de l'entendre lire son livre à une assistance sous le charme, il se réjouissait aussi de la nuit qu'ils passeraient ensemble pour couronner son triomphe. Une dizaine de fois, il avait été sur le point de lui demander pardon de leur dispute. Pourtant, il ne s'en sentait pas responsable. Il ne pouvait pas effacer de son esprit l'image de Gwen et de Jeff Henry au musée des Verreries Wright, admirant côte à côte le cadeau qu'il lui offrait en lui révélant l'existence des délicates figurines de verre. Parce que le cadeau qu'il lui faisait n'avait pas de prix. Le type même de cadeau que fait à une femme un homme qui cherche à la séduire. Il ne fallait pas se leurrer : Jeff Henry ne souhaitait pas seulement gagner l'amitié de Gwen, il voulait bien davantage.

Et Gwen elle-même ? Sous le coup de la colère, Stan l'avait accusée d'avoir un faible pour Jeff Henry parce qu'elle enviait Jewel. Mais y avait-il autre chose ? Elle avait refusé de croire Stan quand il lui avait dit soupçonner des malversations dans les comptes de JeffSon. Elle avait pris la défense de Jeff Henry avec une chaleur suspecte. C'est ce qui avait blessé Stan plus profondément qu'il ne souhaitait se l'avouer. Il était certain d'avoir décelé une manœuvre frauduleuse, les chiffres ne mentent pas. Mais si Jeff avait raison ? Si lui, Stan, n'avait fait que s'alarmer d'une méthode de comptabilité qu'il ne connaissait pas ? Et si – et c'était un grand SI – Stan avait *voulu* trouver une faute parce que la jalousie l'aveuglait ? Pendant sa querelle avec Gwen, il avait pris conscience qu'il enviait Henry depuis des mois, peut-être même depuis les deux dernières années.

Alors, Stan, regarde-toi dans la glace et demande-toi si tu n'as pas tout chambardé pour rien.

Gwen se dirigeait vers la porte en tenant sa valise d'une main et, de l'autre, l'exemplaire de son livre annoté en prévision de la lecture. Stan s'avança vers elle. *Je vais te conduire. J'ai vraiment envie de t'accompagner*, voulut-il lui dire.

Il vit le visage de Gwen s'éclairer en devinant ce qu'il était sur le point de lui dire. Mais les mots ne purent franchir ses lèvres. L'image de Gwen découvrant avec ravissement les figurines de son père restait trop présente à son esprit. Une découverte, un ravissement dont elle ne lui avait jamais touché un mot...

— Sois prudente sur la route, se borna-t-il à dire.

La déception et la tristesse effacèrent le sourire que formait déjà la bouche de Gwen. Elle répondit d'un signe de tête et sortit.

34

La lecture publique à la bibliothèque de Langham eut un franc succès. Enfants et parents avaient écouté Gwen avec attention dans un silence flatteur. Ils s'étaient attardés ensuite pour poser des questions, goûter aux rafraîchissements offerts par la bibliothèque et faire signer par l'auteur leurs exemplaires d'*Abby*. L'atmosphère était si joyeuse et bon enfant que le public serait resté des heures si des coups de tonnerre n'avaient pas donné l'alerte d'un orage imminent. Chacun se hâta de regagner sa voiture et, heureusement, la pluie ne commença à tomber qu'une fois les enfants mis à l'abri.

— Vous m'aviez dit que vous restiez cette nuit à la *Langham Inn*, n'est-ce pas ? demanda la bibliothécaire en raccompagnant Gwen à la porte. Elle est juste après le coin de la rue, dans le quartier historique. Je peux demander à un de nos bénévoles de vous montrer le chemin, si vous voulez.

— Merci, mais si c'est aussi près, je la trouverai moi-même.

Ce n'était pas la compagnie d'un bénévole qu'elle aurait voulue pour aller à l'auberge, mais celle de Stan.

Écourtée par l'orage, la séance de lecture et de signature avait duré à peine plus de deux heures. L'intervention ayant débuté à dix-sept heures pour convenir aux enfants, Gwen se retrouvait avec toute la soirée devant elle. Une longue soirée seule dans une chambre d'hôtel, dans une ville où elle ne connaissait personne. Quand elle avait retenu la chambre à Langham, elle comptait en faire une escapade sentimentale, en pensant qu'elle fêterait ses premiers pas d'auteur avec Stan autour d'un bon dîner, accompagné peut-être de champagne. Elle avait d'ailleurs envie d'en boire maintenant. Elle s'était bien sortie de ce test, mais sans personne avec qui partager ce moment heureux.

Jusqu'à la dernière minute, espérant que Stan viendrait quand même, elle l'avait cherché des yeux dans la foule – considérable, selon la bibliothécaire. Elle le verrait assis au fond de la salle avec un grand sourire tendre et fier en attendant impatiemment qu'elle ait fini pour donner le signal des applaudissements. Mais Stan n'était pas venu parce qu'elle l'avait trop douloureusement blessé. Elle s'en voulait à mort de lui avoir parlé des figurines de verre dans de telles conditions. C'était aussi bête que méchant de sa part. Mais lui aussi lui avait dit des choses blessantes. Et maintenant il l'abandonnait.

En se dirigeant vers sa voiture, elle se sentit soudain très lasse. La bulle de plaisir de son succès avait crevé et la laissait abattue. Elle ferait peut-être mieux d'annuler sa réservation à l'hôtel et de rentrer tout de suite malgré la pluie. Elle hésitait quand elle entendit un appel :

— Gwen !

Elle se retourna. Jeff Henry s'approchait, sourire

aux lèvres. *Grand Dieu !* se dit-elle sans savoir si elle devait être contente ou consternée.

— Bravo ! Vous avez été merveilleuse !

— Jeff ? Qu'est-ce que vous faites ici ?

Jeff avait d'abord eu l'intention de dire à Gwen qu'il était venu à Langham pour affaires et jouer la surprise d'une rencontre fortuite. « Aujourd'hui, c'est mon jour de chance ! » ou quelque chose d'approchant, lui aurait-il dit. Mais, en la voyant, il se sentit incapable de lui mentir. Le moment était venu de lui faire comprendre qu'elle était sa seule lumière dans les ténèbres qu'il traversait et que sa vie ne valait encore la peine d'être vécue que pour elle.

— Je suis venu assister à votre lecture, lui répondit-il. Je n'aurais voulu la manquer pour rien au monde.

— Je ne m'attendais vraiment pas à… Mais, je ne vous ai pas vu dans la salle.

— J'étais dans un renfoncement sur le côté pour ne pas vous distraire. Vous êtes seule ?

Il le savait, il avait bien regardé l'assistance de sa place discrète et constaté que son mari ne s'était même pas donné la peine de venir. Ce type était peut-être moins bête que Jeff l'avait d'abord cru, mais il ne savait décidément pas s'y prendre avec les femmes. Tant mieux ! Que Gwen voie par elle-même qui pensait le plus à elle.

— Oui, je suis seule.

— Il ne peut pas être question de solitude pour votre jour de gloire ! Laissez-moi vous inviter à dîner. Il paraît que l'auberge a un excellent restaurant.

— Je pensais rentrer à la maison…

Elle n'avait pas fini sa phrase quand l'averse redoubla soudain de violence.

— Vous ne pouvez pas rentrer sous cette pluie ! cria-t-il pour couvrir le grondement du tonnerre. Venez, retrouvez-moi à l'hôtel.

Elle hésita une seconde, mais elle était déjà trempée.

— D'accord, dit-elle en courant à sa voiture.

Jeff attendit de voir si elle prenait bien la direction de l'auberge avant de courir à son tour vers sa Lamborghini.

Jewel entra dans le parking de la *Langham Inn*. Elle avait pensé arriver avant Jeff et l'attendre dans sa chambre pour parfaire sa surprise, mais elle s'était égarée à un carrefour et avait perdu du temps. Elle regarda les voitures déjà garées ; la Lamborghini n'y était pas. *Tant mieux*, se dit-elle, *il n'est donc pas encore arrivé, j'aurai le temps de préparer ma surprise*. Elle resta quand même dans sa voiture en attendant que l'averse se calme car elle n'avait pas pensé à prendre un parapluie. Mieux vaut ne pas avoir l'allure d'un chien mouillé quand on essaie de séduire son mari, n'est-ce pas ?

Quelques minutes plus tard, constatant qu'il allait sans doute pleuvoir encore longtemps, elle était sur le point de courir jusqu'à la porte de l'auberge quand elle reconnut le grondement d'un moteur italien et vit la Lamborghini s'arrêter près des marches de la réception. Au moment où Jeff mit pied à terre, elle baissa sa vitre pour l'appeler mais fut étonnée de constater qu'il ne courait pas se mettre à l'abri à l'intérieur. Il restait sous la pluie près de sa voiture comme s'il attendait quelqu'un. En effet, une voiture arriva sur le parking et Jeff fit signe au conducteur de venir se ranger à côté de la sienne. Alors, à la lumière des fenêtres de l'auberge, Jewel vit que c'était une femme qui descendait de voiture. Une femme aux cheveux roux qui frisaient sous la pluie et formaient une sorte de nuage de rouille autour de sa tête. Elle vit son mari se précipiter, enlever sa veste de costume à cinq mille dollars – un costume fait sur mesure... – et la tenir au-dessus de la femme en guise de parapluie avant de monter les marches de l'auberge avec elle en courant.

Jewel resta pétrifiée jusqu'à ce que les soubresauts de son estomac lui fassent reprendre contenance. Par les deux grands bow-windows de la façade, on pouvait voir ce qui se passait dans le hall d'entrée. Jewel descendit de voiture, courut jusqu'au perron, se fraya un passage entre les haies pour s'approcher des fenêtres. Et, à l'instar des scènes classiques des mauvais films dépeignant de manière ridicule les femmes trompées en train d'épier leurs maris volages, elle se mit à espionner le sien.

Les idées se bousculaient dans la tête de Gwen. C'était gentil de la part de Jeff d'être venu à sa lecture, mais pourquoi se sentait-elle mal à l'aise avec lui ? Il l'avait fait entrer dans l'auberge pour l'abriter de la pluie, ce qu'aurait fait n'importe quel gentleman. Et maintenant il voulait l'inviter à dîner. Rien de plus.

— Hmm ! Cela paraît très bon ! dit-il en consultant le menu à l'entrée de la salle de restaurant.

Il fit à Gwen un sourire enthousiaste. Un peu trop enthousiaste ? Un peu désespéré, peut-être ? Ou se l'imaginait-elle parce que Stan avait accusé Jeff d'avoir pour elle des sentiments illicites ? *Il bave de convoitise quand il te regarde*, avait-il dit, en ajoutant que Gwen le savait et y prenait plaisir. C'était absurde et injuste ! Jeff n'avait jamais rien fait pouvant indiquer qu'il cherchait à être autre chose qu'un ami. Tout ce qu'il voulait maintenant, c'était fêter son succès – un succès auquel son mari ne s'était pas donné la peine de se montrer ! Tout cela avait l'air parfaitement innocent... Peut-être, mais l'était-ce vraiment ? Un homme d'affaires débordé de travail laisse-t-il tomber toutes ses activités pour se rendre dans une autre ville fêter le succès d'une femme s'il cherche simplement à lui donner des preuves d'amitié ?

— Écoutez, Jeff, je suis très touchée que vous ayez fait tout ce chemin pour venir m'applaudir, mais, compte tenu de ce qui s'est passé entre Stan et vous, je me sens un peu gênée de...

— De rien du tout, voyons ! dit-il en lui prenant les mains. Ma dispute avec Stan a été une bonne chose pour lui, en fin de compte. Il n'a jamais cherché à s'intégrer à l'entreprise et son départ l'a soulagé, à mon avis. Laissons cela de côté...

Il porta les deux mains de Gwen à ses lèvres, les embrassa. Et c'est quand il releva les yeux que Gwen vit son regard. Il lui était impossible de s'y méprendre, Stan avait raison au sujet de Jeff comme Cassie avait eu raison des années plus tôt. C'est elle, Gwen, qui était une idiote incurable ! Les attentions de Jeff la flattaient et, avec une naïveté de gamine jalouse, elle prenait plaisir à surclasser par son esprit la beauté éclatante et le charme de Jewel. Elle s'était conduite de manière irresponsable, puérile et, disons le mot, égoïste.

Elle s'efforça de dégager ses mains, mais Jeff ne les lâcha pas.

— Il y a entre nous un sentiment très spécial, Gwen. Je n'ai jamais éprouvé une telle… amitié pour une autre femme. Ne laissons pas Stan se dresser en obstacle entre nous.

Elle ne put maîtriser un frisson.

— Vous avez froid ? murmura-t-il tendrement.

— Oui, à cause de la pluie… Je devrais monter me changer.

— Bonne idée. Allons tous deux nous changer.

Il lui lâcha les mains pour appuyer sur le bouton de l'ascenseur.

— Nous sommes tous les deux au sixième étage, je crois.

Jewel avait le visage griffé par les haies, ses chaussures s'enfonçaient dans la boue, mais, pour une fois, elle s'en moquait éperdument. Elle avait vu son mari prendre les mains de Gwen et les embrasser. L'avait-il jamais regardée, elle, Jewel, avec cette expression de tendresse ? Même quand tout allait bien entre eux, lui avait-il jamais tenu les mains avec autant de soin que si elles étaient fragiles et précieuses ? Il venait de prendre l'ascenseur avec Gwen et le témoin lumineux indiquait qu'ils étaient montés au même étage. Inutile d'être un génie pour comprendre ce qui allait se passer entre son mari et Gwen Wright ! C'était donc bien Gwen la femme que redoutait Jewel depuis des mois, celle dont Jeff était amoureux, celle pour laquelle il était prêt à briser sa vie, à demander le divorce, celle qui dans la vie avait tout reçu servi sur un plateau d'argent sans l'avoir jamais mérité ! Gwen, la fille illégitime du mari volage de Cassandra Wright et d'une putain !...

Jewel aurait voulu en cet instant tenir la tête de sa rivale et l'écraser contre un mur, lui griffer la peau jusqu'au sang, la rouer de coups, la faire hurler de douleur. Elle s'écarta enfin de la fenêtre, se dégagea de la haie et courut jusqu'à sa voiture.

Dans l'ascenseur, Jeff parla de la lecture comme s'il n'y avait rien de plus important au monde.

— J'ai bien observé votre auditoire. Les enfants étaient envoûtés. *Abby* prendra bientôt place auprès des grands classiques pour la jeunesse, comme *Winnie l'ourson*.

— Abby n'est qu'une petite femelle écureuil qui cherche à déterminer qui elle est et ce qu'elle veut, dit Gwen, gênée du compliment.

— N'est-ce pas ce que nous cherchons tous ?

Il la regardait fixement comme s'il essayait de pénétrer dans ses pensées. Par chance, la porte de l'ascenseur s'ouvrit à ce moment-là.

— Je ne me sens pas en état de manger quoi que ce soit ce soir, je préfère sauter le dîner. Merci de vous être donné le mal de venir, dit-elle en lui tendant la main pour lui signifier son congé.

— Tout le plaisir était pour moi.

Il ignorait la main tendue, souriait d'un air désespéré, comme un peu plus tôt, mais ne bougeait toujours pas. Et quand Gwen se retourna pour se diriger vers sa chambre, il lui emboîta le pas. Arrivés devant la porte, Gwen fouilla dans son sac pour y prendre la clef.

— Merci encore d'être venu. C'était très gentil de votre part...

Jeff se délectait de son trouble. *Si elle s'énerve à chercher sa clef*, en déduisit-il, *si elle préfère sauter le dîner, c'est parce qu'elle est impatiente de ce qui va suivre. Elle a enfin compris ce qui se passe entre nous, sa remarque sur l'écureuil en est la preuve, et elle ne veut plus attendre. Voilà la raison de sa nervosité, c'est évident.*

Gwen trouva enfin sa clef, mais celle-ci lui glissa entre les doigts et tomba à ses pieds sur la moquette. Avant qu'elle ait pu faire un geste, Jeff la ramassa prestement, l'introduisit dans la serrure, ouvrit la porte et entra dans la chambre.

Plus tard, en y repensant, Gwen eut l'impression d'avoir assisté à la scène sans avoir vraiment participé à l'enchaînement des événements. Elle se vit tenter de bloquer le passage à un homme qui ressemblait à Jeff mais qui ne pouvait pas être Jeff – il n'était pas homme à se conduire de la sorte. Elle entendit cet abominable Jeff inconnu lui murmurer à l'oreille, tout en essayant de forcer le passage, qu'elle était la seule personne qui comptait dans sa vie, qu'il ne voulait ni ne pouvait se permettre de la perdre elle aussi. Et elle entendit quelqu'un – une Gwen qu'elle ne connaissait pas davantage – dire d'un ton suppliant qu'il ne devait pas croire ni faire cela. Et la Gwen qui n'était pas la vraie Gwen repoussait de toutes ses forces le Jeff qui n'était pas le vrai Jeff, si fort qu'elle avait perdu l'équilibre et était tombée de tout son long quand il avait reculé d'un pas. Elle avait entendu une sorte de craquement et ne voyait plus ce qui se passait en simple témoin, parce que la douleur l'aveuglait. Une douleur fulgurante qui partait de la main et remontait le long du poignet jusqu'au bras, accompagnée d'un vertige et d'une nausée. En voyant le faux Jeff penché sur elle, elle avait fondu en larmes. Elle était étendue par terre, à quelques centimètres d'une paire de mocassins italiens du cuir le plus fin. Il voyait certainement qu'elle souffrait et elle attendait bêtement, naïvement, qu'il l'aide au moins à se relever.

Jeff, lui aussi, avait entendu un craquement, mais dans sa tête. Ses frustrations accumulées et ses illusions perdues avaient fini par provoquer en lui une explosion qui lui avait littéralement fait perdre la raison.

— Petite garce ! cracha-t-il d'un ton venimeux. Tu sais exciter un homme, lui laisser croire que… Va au diable ! Comme tout le reste !

Sur quoi il tourna les talons et s'éloigna dans le couloir.

35

Gwen n'eut pas conscience du temps qu'elle resta par terre mais, une fois la douleur un peu calmée, elle fut capable de se relever et de fermer la porte. Elle essaya d'abord avec précaution de bouger les doigts – elle avait entendu dire qu'ils n'obéissaient pas en cas de fracture. L'essai s'avéra douloureux mais concluant, ses doigts bougeaient. Elle n'avait donc rien de plus qu'une mauvaise foulure. Il y avait dans la chambre un seau à glace ; elle y plongea sa main et l'y laissa jusqu'à ce qu'elle soit engourdie par le froid. Son poignet enflait, mais la douleur devenait supportable. Elle absorba deux comprimés de l'aspirine qu'elle avait toujours dans son sac, puis, lentement, péniblement, elle entreprit de rassembler ses affaires et de les mettre dans sa valise. Pas question de passer la nuit dans cette chambre d'hôtel.

Jewel conduisait beaucoup trop vite sur la route sinueuse, elle le savait et s'en moquait. Il fallait qu'elle s'éloigne de Langham, de la vision de son mari embrassant les mains de Gwen. Gwen Girard ? Non, Gwen Wright ! L'imbécile d'ouvrier qu'elle avait épousé ne comptait pas, elle restait l'enfant gâté de Cassandra Wright, la sale gamine qui avait toujours eu tout ce qu'elle voulait. Maintenant, elle lui volait son mari…

Le virage la surprit, le rail de séparation au milieu de la route surgit tout à coup devant elle. Jewel freina trop fort sur la chaussée détrempée, dérapa à gauche puis à droite. Elle avait perdu le contrôle de la voiture, elle ne pouvait plus qu'attendre le choc. À la dernière seconde, par miracle, la voiture reprit son adhérence, se redressa à un pouce du rail et le moteur cala. S'il y avait eu quelqu'un sur la route, si la voiture avait dérapé quelques mètres de plus… En état de choc, Jewel redémarra et repartit lentement, avec prudence cette fois, jusqu'à ce qu'elle trouve un café de routiers ouvert la nuit. Elle se glissa entre deux camions sur le parking et resta affalée sur son siège, tremblante à la pensée de ce qui venait de lui arriver. Elle aurait pu se tuer. Se tuer par la faute de Gwen Wright ! La terne Gwen Wright, la Reine des Moches qui avait réussi à lui voler son mari ! Les larmes lui jaillirent des yeux, ruisselèrent sur ses joues, des petits cris de bête blessée s'échappèrent de sa gorge. Au bout d'un moment, d'une main tremblante, elle prit son téléphone dans son sac et composa le numéro des renseignements de Wrightstown.

Stan attendait un appel de Gwen. Sa lecture devait être finie, elle était sans doute dans la chambre retenue pour eux deux à l'hôtel, et il fallait qu'elle sache combien il regrettait de ne pas être avec elle. Il fallait qu'elle sache avec quelle impatience il voulait avoir de ses nouvelles. C'était toujours elle qui faisait le premier pas après une dispute. Oui, elle appellerait.

Quand il l'aurait au bout du fil il lui dirait, même s'il ne le croyait pas vraiment, qu'il s'était sans doute trompé au sujet de Jeff Henry. Mais Gwen n'appelait toujours pas. Il consulta sa montre et se donna encore cinq minutes avant de faire lui-même la démarche.

Il se levait pour aller boire un verre d'eau dans la cuisine quand le téléphone sonna.

— Gwen ! s'écria-t-il avec joie. Gwen, ma chérie...

— Si vous voulez des nouvelles de votre chérie, essayez plutôt la chambre de mon mari à l'auberge de Langham, l'interrompit une voix haletante qu'il reconnut vaguement.

— Jewel ? C'est vous ?

— Oui, c'est moi ! Il m'avait dit qu'il travaillait. Je suis allée là-bas lui faire une surprise. Je croyais que tout s'arrangeait entre nous...

— Jewel, où êtes-vous ?

— Il a mis la fichue maison à mon nom ! lâcha-t-elle entre deux sanglots. Il a mis le plus clair de sa fortune à mon nom ! Un homme ne ferait pas ça s'il voulait quitter sa femme, c'est ce que je croyais.

— Je ne comprends rien. De quoi, de qui parlez-vous ?

— De Jeff ! Et de votre épouse parfaite ! Ils sont à Langham tous les deux, je les ai vus du parking de l'hôtel, ils ont pris l'ascenseur ensemble. Dieu sait depuis combien de temps ils se retrouvent comme ça !

— Vous devez vous tromper, Jewel. Gwen s'est rendue à Langham pour une lecture de son livre...

— Je m'en fiche de ce qu'elle est allée y faire ! J'étais sûre que Jeff me quitterait pour une autre. Eh bien l'autre, c'est elle ! Avec n'importe laquelle, passe encore, j'aurais fermé les yeux. Mais elle !...

Elle n'alla pas plus loin.

— Il faut que je m'en aille, Jewel, dit Stan avant de raccrocher.

Il marcha de long en large quelques instants en essayant de mettre de l'ordre dans ses idées. Ce que disait Jewel était absurde : jusqu'à cet après-midi même, c'était lui qui devait aller à Langham avec Gwen, elle n'avait donc pas pu prévoir un rendez-vous clandestin avec un amant ; ç'aurait été matériellement impossible même s'il avait cru Gwen capable d'une telle dissimulation. Mais pour Henry, c'était une autre histoire. Il était capable de tout, même de suivre Gwen à la bibliothèque et de vouloir la séduire en la trouvant seule et vulnérable –, ce qu'elle était sans aucun doute dans cet hôtel.

Stan empoignait ses clefs de voiture sur la console de l'entrée quand il entendit gratter à la porte, comme si on essayait avec maladresse d'introduire la clef dans la serrure. Aussitôt après, il y eut un coup de sonnette et il alla ouvrir.

Gwen se tenait sur le seuil, les cheveux trempés, le visage pâle et l'air épuisée. Elle portait sa valise de la main gauche, son poignet droit était enveloppé dans une serviette de toilette, mouillée elle aussi.

— Tu avais raison, dit-elle. Je te demande pardon, tu avais raison.

Il voulut la prendre dans ses bras, mais elle poussa un cri de douleur en criant : « Attention à ma main ! » et fondit en larmes.

Il fallut à Stan un long moment pour lui faire raconter toute l'histoire de façon cohérente. Elle s'efforça ensuite de le convaincre qu'elle n'avait pas besoin de voir un médecin pour une simple foulure et il la réprimanda, avec douceur, d'être rentrée seule en voiture au lieu de l'appeler pour lui demander de venir la chercher. Elle dut donc lui expliquer qu'elle était si bouleversée que conduire avec un poignet douloureux – elle était gauchère et c'était le poignet droit – était moins pénible que rester à Langham une seconde de plus. Il menaça d'aller chercher Jeff Henry et de le tuer de ses mains ; elle le supplia de n'en rien faire – c'était quand même un peu sa faute à elle. Là-dessus, il se tut en voyant sa femme sur le point de fondre de nouveau en larmes, mais il se promit d'avoir le plus tôt possible une explication d'homme à homme avec M. Henry. Puis il l'accompagna à la salle de bains et resta prêt à intervenir pendant qu'elle prenait une longue douche chaude. Il la sécha lui-même dans la plus grande serviette qu'il trouva, la coucha dans le lit et s'étendit à côté d'elle. Elle lui parla alors du succès de sa séance de lecture et de la partie heureuse de sa soirée avant l'arrivée de Jeff à la bibliothèque. Peu de temps après, elle s'endormit dans les bras de Stan – attentif à ne faire aucun geste risquant d'être douloureux pour son poignet –, et il sombra à son tour dans le sommeil, entièrement habillé.

Vers le milieu de la nuit, la douleur réveilla Gwen. Stan alla lui chercher de l'aspirine, après quoi il se déshabilla. Mais, en se mettant au lit à côté d'elle, il se souvint tout à coup de quelque chose qui le tracassait depuis un moment. Il ne l'avait pas clairement enregistré dans sa mémoire mais cela lui revenait maintenant : quelques mots que lui avait dits Jewel.

Le lendemain matin, Stan se réveilla quand Gwen dormait encore. Il se leva sans bruit et alla composer le numéro de téléphone de sa belle-mère. Matinale de nature, Cassie décrocha à la deuxième sonnerie.

— J'ai un problème dont je ne sais pas à qui parler, commença-t-il. Je crois qu'il se passe quelque chose de louche à JeffSon.

Il exposa alors depuis le début les chiffres trafiqués, la manière dont il avait été traité après cette découverte et la scène finale avec Henry ayant entraîné sa démission.

— Cela paraît suspect, en effet, commenta Cassie. Mais rien ne prouve qu'il ne s'agit pas d'une erreur explicable.

— C'est ce que je m'étais dit, moi aussi. Mais je viens d'apprendre que Jeff Henry a transféré presque tous ses avoirs au nom de sa femme.

Un long silence suivit. Cassandra poussa ensuite un soupir que Stan entendit comme s'il avait été près d'elle.

— Il vaudrait sans doute mieux que vous n'en parliez à personne jusqu'à ce que je me sois moi-même renseignée là-dessus. Je vous tiendrai au courant de ce que j'aurai trouvé.

— J'attendrai.

— Et puis… Stan ?

— Oui.

— Possédez-vous des actions JeffSon ?

— Non, je n'en ai pas acheté quand j'en ai eu l'occasion.

— Dieu merci ! s'exclama Cassandra.

Le krach de JeffSon Inc. éclata comme un coup de tonnerre dans un ciel serein. Bien peu auraient imaginé ce qui se passait réellement dans les bureaux high-tech de verre et de chrome du Texas, de New York et de Wrightstown. Avec un peu plus de temps, peut-être, le salut serait venu de Tokyo, de Londres ou de Dubaï et personne ne se serait jamais aperçu de rien. Mais le temps ou la chance avaient manqué, et les ondes de choc de l'écroulement ne tardèrent pas à se répercuter dans tous les milieux économiques. La mèche, disaient les gourous de Wall Street, avait été allumée dans une petite ville insignifiante de la Nouvelle-Angleterre. Cassandra Wright, la discrète mais puissante P-DG des Verreries Wright, aurait eu vent d'anomalies qui se passaient à JeffSon et en aurait alerté Tommy Rubin, l'analyste de la Bourse, dont les émissions de radio sur les questions financières étaient très écoutées. Après avoir creusé la question, Tommy conseilla moins de trois semaines plus tard à ses auditeurs de se débarrasser au plus vite de leurs actions JeffSon. Le résultat ne se fit pas attendre : l'entreprise s'écroula comme un château de cartes et le reste s'ensuivit inéluctablement. Des enseignants en Géorgie, des fonctionnaires de Californie apprirent tout à coup qu'il n'était plus question de prendre leur retraite, car les caisses auxquelles ils étaient affiliés avaient placé leur argent dans des actions JeffSon qui ne valaient même pas le prix du papier sur lesquelles elles étaient imprimées. Les retraités qui avaient fait confiance à JeffSon pour s'assurer une vieillesse heureuse devaient soudain se rabattre sur la générosité de leurs enfants. Les parents qui avaient cru que le rêve de Jeff Henry garantirait à leur progéniture les moyens de poursuivre des études supérieures se retrouvaient les mains et les poches vides. Les collaborateurs de JeffSon ayant bénéficié de leurs stock-options, contrairement à Stan, n'avaient plus rien. Du jour au lendemain, Jeff Henry devint l'homme le plus haï d'Amérique.

Inévitablement, des enquêtes financières et pénales furent aussitôt ouvertes, mobilisant une cohorte d'avocats. « Prenez les meilleurs, vous en aurez grand besoin », conseilla à Jeff le patron du cabinet d'expertise comptable de New York – avant que son propre avocat le persuade qu'il ferait mieux de coopérer avec les autorités dans les enquêtes sur sa propre personne plutôt que de s'exposer lui-même à des poursuites. Mark Scott avait d'ailleurs déjà sauté le pas.

Dans le mausolée de sa grande maison, Jewel paniquait. Elle avait cru que le pire qui pouvait lui arriver était une liaison entre Gwen et son mari. Mais quand elle l'en avait accusé, il avait nié avec tant de véhémence et de manière si convaincante qu'elle avait fini par le croire et poussé un grand soupir de soulagement. Puisque la plus grande de ses craintes était imaginaire, la vie ne pouvait plus lui réserver de mauvaises surprises. Elle n'avait pas tardé à s'apercevoir qu'elle s'était lourdement trompée.

— Qu'est-ce que tu dis ? Qu'ils vont te mettre en prison ? avait-elle hurlé un soir. C'est bien ça ?

Jeff avait enlevé sa veste. En sueur dans sa chemise de soie, il s'était laissé tomber dans le premier fauteuil en se frottant les tempes comme s'il avait une sévère migraine.

— Je te l'ai déjà expliqué cent fois, que veux-tu que je te dise de plus, bon sang ! Je ne suis pas en prison, Dieu merci. Pas encore, du moins. Calme-toi.

— Je ne comprends rien à ce qui t'arrive !

— Arrête de crier, je t'en prie ! Bien sûr que tu n'y

comprends rien. Qu'est-ce que tu sais des lois ? Qu'est-ce que tu sais de la finance, de la valeur de l'argent ? Tu ne sais que le dépenser.

Il restait prostré, ses longues jambes étendues devant lui, en s'essuyant le front d'une main pendant que, de l'autre, il puisait par poignées dans le bol de noisettes et de cacahuètes posé sur un guéridon à côté de lui. Jewel le regardait avec effarement, comme si elle essayait de reconnaître un étranger dont elle aurait oublié le nom.

— Tout aurait pu bien se passer. J'aurais prétendu que je ne savais rien, que j'étais continuellement en voyage pour promouvoir l'entreprise, que je ne pouvais pas suivre les opérations au jour le jour, que j'ignorais l'existence des comptes offshore. Que j'étais innocent ! Mais elle a découvert le pot aux roses. Cette garce de Cassandra Wright a appris je ne sais comment que je transférais mes avoirs à ton nom. Voilà ce qui a tout déclenché.

Jewel se souvint alors des quelques minutes où elle était restée assise dans sa voiture après avoir failli se tuer parce qu'elle avait vu son mari baiser les mains de Gwen. Elle se souvint de sa rage. Elle se rappela aussi avoir voulu que Gwen, l'enfant toujours gâté sans jamais l'avoir mérité, paie chèrement pour une fois son égoïsme inconscient de privilégiée. Alors, aveuglée par la jalousie et sans réfléchir aux conséquences, elle avait téléphoné à Stan Girard pour lui dire que sa femme ne valait pas mieux que la putain qui l'avait mise au monde. Elle avait aussi balancé à Girard que son mari avait transféré leur maison à son nom...

Elle leva les yeux, regarda par la fenêtre où

s'encadrait un ciel qui paraissait infiniment vide. Un vide effrayant.

— Pourquoi ne me l'as-tu pas dit plus tôt ? demanda-t-elle d'une voix soudain rauque. Pourquoi ne pas m'avoir tenue au courant de ce qui se passait ? Des risques de jugement, de prison ? Si j'avais su...

— Autant demander à un Tibétain de soutenir une conversation avec un Bulgare. Ils ne parlent pas la même langue. Voilà pourquoi je ne t'ai rien dit.

Désemparée, Jewel crut une seconde devenir folle. Les rideaux aux fenêtres prenaient l'allure de draperies funèbres. Qu'est-ce que Jeff pouvait bien avoir en tête en ce moment ? Ses traits n'avaient pas changé, le dessin de ses lèvres était aussi ferme, comme la manière dont il la jaugeait du regard en parlant... mais ce n'était plus le même homme. Il était accusé de banqueroute frauduleuse, menacé de prison. Mais surtout, avant tout, une pensée se gravait dans l'esprit de Jewel, une pensée qui ne la quitterait plus jamais : après avoir été l'inspiratrice, le moteur en un sens, de la réussite fulgurante de son mari, c'est elle qui avait provoqué sa chute. Elle n'en était pas entièrement responsable, bien sûr, mais il avait suffi d'un bref accès de rage et de jalousie pour déclencher le processus ayant amené Jeff Henry à subir des inculpations dont il ne pouvait plus éviter les conséquences désastreuses. Il avait suffi de quelques secondes...

Jewel se retrouvait maintenant l'esprit encombré de mots d'autant plus effrayants qu'ils lui étaient incompréhensibles – déficits d'exercices trimestriels, caisses de retraite en faillite, compagnies d'assurances et banques en cessation de paiement ; dizaines de milliers de chômeurs, dizaines de millions de dollars évanouis ; avocats, procès, expertises, contre-expertises, des avocats, encore des avocats et toujours plus d'avocats. Elle ne connaissait rien à tout cela, elle n'y comprenait rien. Et puis, engluée dans le mélange poisseux de peur et de remords qui lui emplissait la tête, Jewel se découvrait un inexplicable petit noyau de compassion pour Jeff, cet homme qui l'avait si tendrement aimée.

36

La Lamborghini vaut largement chaque dollar qu'elle m'a coûté, se dit Jeff pour la centième fois. Le siège était idéalement adapté à son dos et à ses longues jambes. L'harmonieuse simplicité de ses lignes, le jaune glorieux de sa carrosserie, le cuir souple et doux de son intérieur, tout était d'une absolue perfection. Quand il effleura l'accélérateur, la voiture bondit comme si elle répondait à sa voix et comprenait les sautes de son imprévisible humeur qu'il n'aurait pas su décrire lui-même.

Il sortait de chez son père, dans ce quartier qui se dégradait peu à peu près de la rivière. Pourquoi être allé voir ce vieux ronchon ? Pour lui demander l'absolution ? Pour expliquer ? Expliquer quoi ? Il n'avait pas mieux plaidé sa cause avec son père qu'avec les enquêteurs, les juges ou même les avocats. Aucun ne semblait comprendre qu'il n'avait jamais voulu que les choses se passent ainsi. JeffSon n'était pas censée agoniser comme une grosse bête blessée qui écrase tout sur son passage avant de mourir.

« Je n'ai rien pu faire, papa, avait-il dit, tout près de fondre en larmes comme cela ne lui était pas arrivé depuis son enfance. Quand les choses ont commencé à se gâter, je ne pouvais déjà plus rien empêcher. C'était comme... se noyer ou avoir un accident de voiture. Tout échappe en même temps au contrôle. »

« Les pactes avec le diable, Jeffie... Je t'avais pourtant mis en garde. Tu as oublié le sort de Faust. »

C'est tout ce qu'il avait trouvé comme réconfort. Faust !...

Alors Jeff avait quitté cette maison où il ne pouvait plus rien espérer, il était remonté dans sa sublime machine à faire rêver et avait repris la route. Non pas vers Wrightstown, où plus rien ne l'attendait. En roulant le long de la rivière, dont la route épousait les méandres, il pensait au tableau accroché dans son bureau – celui de la petite fille solitaire qui regardait la rivière en crue. Walter Amburn l'avait peint, il le lui avait acheté. N'était-ce qu'une poignée d'années plus tôt ? Cela lui paraissait remonter à une éternité. En voyant le tableau, Jeff avait tout de suite voulu le posséder, bien avant d'aller à l'anniversaire de Gwen Wright, bien avant d'y faire la rencontre de Jewel, qui l'avait encouragé à faire fortune – et à signer un pacte avec le diable.

Allons, Jeff, va devant toi. Va ailleurs, n'importe où, mais dans un lieu différent. Pas dans la prochaine bourgade. Surtout pas dans une grande ville. Il en avait assez vu des grandes villes, de Paris à Shanghai. Il en était las, écœuré. Il était las des gens, aussi, de leurs visages, de leurs voix, de leurs flots de paroles. De leurs prédictions, de leurs opinions, de leurs avis. *Aujourd'hui, tu dois faire ceci. Si tu le fais, tu gagneras cela. Et si tu gagnes cela, tu pourras en gagner davantage ensuite.*

Je ne veux rien de plus. Je n'ai plus envie de rien.

Peut-être que si, mais de quoi ? Je ne sais pas. Ce que je sais, c'est que je ne veux pas rentrer dans ma maison. Ou plutôt dans cette maison qui était la mienne. Je ne veux pas retrouver la femme qui vit dans cette maison. L'autre femme, celle que je désirais, s'est battue pour me fuir. Elle était là, par terre à mes pieds, et me regardait avec l'horreur qui éclatait dans ses beaux grands yeux intelligents. Je ne veux pas retourner là où elle vit. Cela, au moins, j'en suis sûr.

La route longeait la rivière qui s'enfonçait dans un défilé entre deux montagnes d'une petite chaîne dont Jeff avait oublié le nom. Ses eaux scintillaient comme un des bracelets de diamant qu'il achetait pour Jewel du temps où il prenait tant de plaisir à voir sa joie devant les cadeaux qu'il lui offrait. Du temps où il s'intéressait encore à ce qu'il faisait, à ce qu'il projetait de faire.

Mais, bon sang, il ne voulait pas finir enfermé dans une cellule comme un ours dans la cage d'un zoo ! Enfermé des années ! Bien sûr, il ferait appel du jugement, les avocats affirmaient qu'il pouvait se le permettre. Oui, mais cela voulait dire subir deux ans de plus les tribunaux, la peur, les sueurs froides, l'estomac noué, la gorge sèche. Subir deux ans de plus les regards froids, curieux, haineux. Deux ans de plus de jugements malveillants d'inconnus. Deux ans… Deux ans…

Regarde plutôt devant toi la route qui va franchir une colline. En bas, la rivière si belle, si pure. En haut, un carrefour. Si tu vas vers le nord ou vers le sud, tu trouveras une petite ville, semblable à celle que tu veux fuir. Il y en aura aussi une à l'est et une autre plus loin. Mais à l'ouest… Vers l'ouest, la rivière aura d'autres méandres avant de s'échapper vers le vrai Ouest, le Far West, celui de la belle Amérique. Va vers l'ouest avec la rivière, Jeff. Profite pleinement de cette belle journée. Enfonce l'accélérateur. Va, file vite, plus vite. Savoure la fraîcheur de l'air qui entre par les vitres grandes ouvertes. Laisse-le te baigner de sa pureté. Plus vite. Plus vite...

Au virage suivant, la voiture alla tout droit, bondit au-dessus de la berge, plongea et termina sa course au fin fond de la rivière, où elle s'immobilisa dans le silence revenu. Dans les eaux calmes que sa chute avait à peine troublées.

On ne voyait plus que la tache jaune comme un soleil d'été d'une carcasse de voiture cabossée, déformée, brisée. Morte. Immobile à jamais, comme l'homme encore assis à son volant.

37

Les funérailles de Jeff Henry se déroulèrent dans la plus stricte intimité. Pour une fois, Jewel avait préféré la discrétion.

— Je suis contente, finalement. La mort a été pour Jeff une libération, dit Gwen le lendemain de l'enterrement à Stan, qui gardait le silence. Mais je ne peux pas m'empêcher de penser à son amour de la musique, de la littérature. À sa manière de parler d'histoire, de philosophie. Il était intelligent et cultivé. Généreux aussi, admets-le. Regarde, par exemple, la fondation qu'il a créée en faveur des sans-abri. Elle durera des années.

— Tant mieux. Certaines des familles que la ruine a jetées à la rue à cause de lui en profiteront peut-être, répondit Stan avec une froideur que Gwen reconnut aussitôt.

— Ne seras-tu jamais capable de lui pardonner ?

Stan lui écarta une mèche de cheveux pour la regarder dans les yeux.

— Je ferai de mon mieux, répondit-il. Mais je ne peux rien te promettre.

Gwen pensait que cette conversation au sujet de Jeff Henry serait la dernière. Mais quelques jours plus tard, un après-midi, on sonna à sa porte. Elle alla ouvrir et vit Jewel qui se tenait sur le seuil – une Jewel différente, changée plutôt. Les bracelets d'or et de diamant, les boucles d'oreilles clinquantes que Cassie trouvait vulgaires avaient disparu. Jewel était sobrement vêtue d'une jupe de tweed et d'un sweater en cachemire. Son visage aussi était changé. Elle avait des cernes de lassitude autour des yeux et un début de ridules au coin des lèvres. Sa chevelure était toujours d'un ébène éclatant, mais coiffée en chignon au lieu de retomber sur ses épaules en lui auréolant le visage.

— Je peux entrer ?

Gwen acquiesça d'un signe de tête et l'escorta au salon.

— Je suis venue vous faire mes adieux, poursuivit Jewel, qui prenait comme toujours l'initiative de la conversation.

— Vous vous en allez ?

— Oui, je quitte Wrightstown. La maison est déjà vendue et je rentre chez moi, là où j'ai grandi. Deux de mes sœurs y vivent encore. Le mari de Peggy l'a abandonnée après la naissance de leur troisième enfant, alors je vais acheter une maison, assez grande pour que les enfants et elle puissent s'y installer et vivre avec moi.

— Ce sera très… très pratique, dit Gwen, faute de mieux.

— Je ne veux plus être seule. J'ai pris conscience l'autre jour que je n'ai jamais eu de racines à Wrightstown. Allons ! enchaîna Jewel avec son grand rire chaleureux. Pourquoi croyez-vous que je sois venue vous dire au revoir ? Patsy Allen et vous êtes les seules personnes ici que je connaisse un peu. C'est plutôt triste, n'est-ce pas ?

Gwen rit aussi par politesse. Jewel reprit son sérieux.

— Croyez-vous qu'il l'ait fait exprès, Gwen ? Je me répète que ce n'était qu'un accident, mais vous le connaissiez mieux que moi et je crois que…

— Ne croyez rien ! l'interrompit Gwen avec une autorité qui les surprit autant l'une que l'autre. Ma mère me disait toujours qu'il ne faut pas réveiller le chat qui dort, ce qui me rendait furieuse. J'ai appris depuis que nous ne pouvons le plus souvent rien faire de mieux. Vivez votre vie, Jewel, et ne regardez pas en arrière.

Jewel approuva d'un signe de tête et s'apprêta à prendre congé. À la dernière minute, elle se ravisa.

— La jalousie est un horrible défaut, n'est-ce pas ?

— Oui. Tout à fait.

Gwen la raccompagna jusqu'à la porte.

— Si jamais vous passez un jour par mon trou perdu, dit Jewel en lui serrant la main, venez donc voir ma nouvelle boutique. Je compte ouvrir une succursale de *Présent(s) du Passé*.

Épilogue

Cassie tourna dans une petite rue tranquille de Brookside, l'une des premières banlieues de Wrightstown construites pour les ouvriers des verreries. Dans les rues, tracées en simple grille, s'alignaient de modestes maisons toutes pareilles interrompues çà et là par des rangées de boutiques. Celles-ci ne se souciaient pas de la mode, les maisons étaient loin d'être neuves, mais elles étaient bâties sur des terrains de bonne taille et il y avait un grand jardin public à proximité.

Arrivée à destination, Cassie soupira avec, comme d'habitude, un hochement de tête réprobateur. Les pissenlits proliféraient sur la pelouse qui n'avait pas été tondue depuis au moins un mois, au point que les mauvaises herbes commençaient à empiéter sur les passages séparant les maisons. Si elle s'était écoutée, Cassie aurait déjà été à genoux en train d'arracher cette végétation abusive. Mais la maison était celle de Gwen et de Stan. Depuis trois ans qu'ils en étaient propriétaires, son gendre veillait de son mieux à l'entretenir, certes, mais il restait citadin dans l'âme. Il se conduisait comme un locataire d'appartement qui attend que le gérant fasse exécuter le travail par un employé ! *Mais si cela ne dérange pas Gwen, après tout, je n'ai pas mon mot à dire*, se dit Cassie avec fermeté. Stan et elle avaient eu assez de mal à se raccommoder pour qu'elle risque d'altérer leur entente encore fraîche. D'ailleurs, Walter la sermonnerait sévèrement.

Elle n'avait pas oublié le jour, environ six mois après le krach de JeffSon et l'accident de Jeff Henry – c'était du moins la version officielle de sa mort, même si certains restaient sceptiques –, où Stan avait demandé à venir lui parler à son bureau. Il avait d'abord gardé le silence en faisant les cent pas avant de se décider à plonger.

— Eh bien, voilà. Il y a une maison qui plaît beaucoup à Gwen. Elle me plaît aussi, surtout maintenant que... mais je préfère laisser Gwen vous annoncer elle-même la bonne nouvelle. C'est un quartier déjà ancien mais très bien entretenu. Les gens de l'immobilier disent que c'est un bon investissement et que nous ne perdrions pas d'argent si nous... Mais nous n'avons pas encore les moyens de l'acheter, reprit-il après un grand soupir. Je redémarre ma propre affaire, qui me prendra tout l'argent que j'avais mis de côté en vendant la première. Le livre de Gwen se vend très bien, mais il faut du temps pour renforcer une carrière d'auteur et nous voudrions déménager d'ici quelques mois, avant que... Mais Gwen vous le dira mieux que moi. Dans l'immédiat, nous ne pouvons pas obtenir de prêt bancaire parce que je ne gagne pas assez. Alors, je me demandais si...

— Rien ne me rendrait plus heureuse que de vous donner l'argent qui vous manque, Stan, l'interrompit Cassie d'un ton joyeux. Achetez la maison que vous voudrez.

— Je pensais seulement vous emprunter la somme.

Elle en savait désormais assez sur la personnalité de son gendre pour ne pas le braquer en répliquant que l'argent ne comptait pas et qu'ils auraient grand tort de s'en priver sans raison. Il ne lui fallut donc qu'une demi-seconde de réflexion avant de répondre :

— D'accord. Voulez-vous un contrat rédigé en bonne et due forme avec nos avocats ou serez-vous satisfait d'une simple poignée de main ?

Cassie mit pied à terre et s'avança vers la porte. Nul n'avait besoin d'entrer chez Gwen pour savoir qu'il n'y trouverait pas plus d'acajou que de tapis persans ou d'argenterie rutilante – d'abord parce que les gens qui possèdent de tels trésors ne supporteraient pas un gazon infesté de mauvaises herbes. Une rangée de petits érables rouges au bord de la pelouse constituait le seul indice pouvant évoquer la demeure dans laquelle Gwen avait grandi. *Ces arbustes paraissent se porter à merveille*, constata Cassie avec plaisir.

Avant qu'elle ait sonné, la porte s'ouvrit pour laisser passer un petit boulet de canon qui courut se jeter dans ses bras.

— Bonne-maman ! Bonne-maman ! cria Stanley Girard Junior âgé de deux ans – plus connu sous le diminutif de Petit Stan.

Au même moment, Gwen apparut sur le seuil.

— Attendez une minute ! Stan a acheté une nouvelle caméra qu'il veut essayer aujourd'hui, il n'a pas fini de lire le mode d'emploi.

Dès qu'elle eut disparu, Petit Stan harcela Cassie pour la convaincre de lui acheter un cornet de glace.

— Une glace…

— Tu es incorrigible, répondit Cassie en s'agenouillant pour le serrer dans ses bras.

Mais Petit Stan ne se laissa pas démonter.

— Une glace, bonne-maman ! ordonna-t-il sévèrement.

Tout en sachant qu'elle ne devrait pas l'encourager, Cassie ne put s'empêcher de rire.

— Bon, tu as gagné. Nous irons t'acheter une glace.

— Au chocolat, précisa Petit Stan avec un sourire épanoui.

— Il joue sur vos sentiments comme un violoniste virtuose sur un Stradivarius, commenta Gwen qui les rejoignit à ce moment-là.

Derrière elle, Grand Stan, comme on l'appelait désormais, arriva à son tour en tripotant sa nouvelle caméra, et les trois Girard se dirigèrent avec Cassie vers sa voiture.

— Walter nous rejoindra au musée des Verreries, dit Cassie. Il n'a fini de peindre la toile de fond qu'avant-hier et il avait peur qu'elle ne soit pas sèche pour l'inauguration de l'exposition. Mais il m'a appelée pendant que j'étais en route pour me rassurer. Il est en train de disposer les figurines devant le décor avec le conservateur.

— J'ai adoré ses croquis préliminaires. Ils ressemblaient exactement à mon refuge sur la colline.

— C'était bien ce qu'il cherchait, confirma Cassie.

— Merci encore, Mère, lui dit Gwen en la prenant

par le bras. Merci d'exposer enfin le Groupe de La Nouvelle-Orléans.

— Ces figurines sont superbes, il est grand temps de les montrer au public. Il est aussi grand temps pour moi de devenir raisonnable.

Petit Stan traversait devant elle la pelouse en courant jusqu'au rideau d'érables.

— Ne va pas plus loin ! lui cria sa mère.

Il se retourna et resta planté là en la regardant comme s'il se demandait s'il devait ou non lui obéir. Sa posture déterminée, sa moue de défi rappelèrent à Cassie son père et son grand-père, même si aucun lien du sang ne le reliait directement à eux. Elle pouvait déjà voir Petit Stan prendre sa place à la tête de la verrerie et en maître de la grande maison blanche. Bien sûr, Gwen ne s'y résoudrait jamais tout à fait, mais Gwen avait trouvé sa propre voie. En ce qui concernait la petite personne debout devant elles, ma foi, c'était une autre histoire.

Petit Stan décida en fin de compte de se plier au désir de sa mère, qui le prit dans ses bras et le balança en l'air au son de leurs rires mêlés, sous le regard attendri de Cassie. *Elle en a fait du chemin, ma Gwen. Un long, un très long chemin*, pensait-elle. En la voyant maintenant, il lui était impossible de se souvenir de l'adolescente rebelle et mal dans sa peau qui avait été jalouse de la trop belle Jewel Fairchild. En dépit d'elle-même, Cassie sentit les larmes lui monter aux yeux.

— Cassie, mettez-vous à côté, ordonna Stan en braquant son objectif. Je veux vous prendre tous les trois.

Cassie battit des paupières pour ravaler ses larmes. Elle sourit en se rapprochant de l'enfant qu'elle avait adoptée il y avait si longtemps déjà et de l'enfant de cette enfant. Côte à côte, les deux femmes avec le Petit Stan dans les bras de sa mère se tenaient sous le soleil du matin. Devant elle, Cassie voyait la maison de Gwen et de ce mari qui s'était révélé exactement l'homme qu'il lui fallait. Derrière elle, le rideau d'arbustes que Gwen avait plantés par amour des jardins et de la forêt où s'était écoulée son enfance.

Un ronronnement signifia que Stan immortalisait l'instant par des images qui pourraient être revues plus tard et chéries à nouveau. Au fil des ans, des joies et des peines qui surviendraient inévitablement, il leur resterait au moins ce souvenir d'un moment de bonheur parfait.

Cassie savait pourtant qu'elle n'aurait pas besoin de les revoir. Les rires, le soleil et l'amour qui rayonnaient entre eux étaient déjà gravés à jamais dans sa mémoire et dans son cœur.

Dans la tourmente de l'histoire...

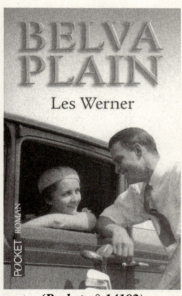

(Pocket n° 14182)

Les années 1920, les années folles. Les hommes veulent oublier la guerre, l'Amérique s'enivre – prohibition oblige. Mais bientôt c'est la crise, le fameux « jeudi noir », la montée du nazisme. Paul Werner, déchiré entre un mariage stérile et l'amour impossible qu'il voue à Anna, cherche ailleurs l'illusion du bonheur. Entre Munich et New York, dans les bras de Leah ou d'Ilse, le destin de Paul va basculer. Un destin pris dans le tourbillon de l'histoire, entre menace nazie et crise boursière, à la poursuite du bonheur, malgré tout...

Il y a toujours un Pocket à découvrir

Un espoir de bonheur...

(Pocket n° 13750)

Sur l'île de Saint-Felice, au cœur des Caraïbes, Teresa, fille d'un planteur de canne à sucre fortuné, vit une enfance rêvée. Jusqu'à ce jour de 1928, l'été de ses quinze ans, où tout bascule... Elle part alors précipitamment pour la France où sa rencontre avec un riche Américain lui donne l'occasion unique d'un nouveau départ. Mais les secrets du passé ne meurent jamais...
Des années plus tard, à Saint-Felice, les haines ancestrales sont sur le point d'éclater et les enfants de Teresa sont au cœur de l'orage.

Il y a toujours un Pocket à découvrir

L'amour d'une mère

(Pocket n° 11666)

Pour Gérald, étudiant en médecine désargenté mais promis à un bel avenir, Hyacinthe a tout quitté. Elle était sûre de lui et de ses propres sentiments. Pour mieux se consacrer à lui et à leurs deux enfants, elle a même sacrifié sa carrière artistique. Jusqu'au jour où son couple se brise. Quand la preuve de l'infidélité de Gérald éclate, Hyacinthe, en proie à la douleur autant qu'à la fureur, commet l'irréparable. Un acte qui va bouleverser son existence et que son mari va utiliser pour se livrer au plus cruel des chantages qu'on puisse imposer à une mère...

Il y a toujours un Pocket à découvrir

Drame familial

(Pocket n° 10137)

Alarmés par le comportement de leur fille de cinq ans, Dan et Sally Grey consultent le docteur Lisle, spécialiste des problèmes pédopsychologiques. Son diagnostic est formel : Tina est victime de sévices sexuels... Incrédules, Sally et Dan voient un second médecin qui émet un avis différent. Le traitement reste sans effet et Tina sombre dans un profond mutisme. Soudain, alors que les Grey cherchent un remède au mal de leur enfant, la vérité éclate. Non seulement le docteur Lisle avait raison, mais le coupable serait un membre de la famille...

Il y a toujours un Pocket à découvrir

Le choix d'un destin

(Pocket n° 13518)

Rien, jamais, ne sera trop beau pour eux. Connie et son frère Eddy en ont fait le serment… À la mort de leur mère, ils quittent leur petite ville de l'Amérique profonde et leur sœur aînée, pour partir à la conquête du monde.
Les deux jeunes gens entreprennent leur irrésistible ascension vers l'univers de luxe et de raffinement dont ils ont tant rêvé.
Mais lorsque le passé les rattrapent, c'est l'heure du choix : le faste de la grande vie ou la sérénité familiale ?

Il y a toujours un Pocket à découvrir

Composition : Facompo, Lisieux
à Lisieux, Calvados

Imprimé en Espagne par
Liberduplex
à Sant Llorenç d'Hortons (Barcelone)
en janvier 2011

POCKET - 12, avenue d'Italie - 75627 Paris cedex 13

N° d'impression : 21847
Dépôt légal : février 2011
S 20809/01